리투아니아 여인

리투아니아 여인

*

이문열 장편소설

RHK
알에이치코리아

새로 이사한 내 집을 알아 둔다는 핑계로 낮부터 찾아와 어물 거리던 극단 스태프들이 모두 돌아가자 아파트 안은 다시 조용해 졌다. 한때는 내게도 혼자 지내는 아파트의 고즈넉함이 평온이나 홀가분함 같은 말과 동의어로 느껴진 적이 있었다. 그러나 삶이 점 차 대책 없는 휴일처럼 변해 가고, 기다림도 그리움도 없는 나날이 반복되면서 혼자 산다는 것은 오히려 외로움이나 불편 같은 통속 적인 추정에 더 가까워졌다. 나는 그런 느낌에 슬그머니 애조가 끼어드는 것이 싫어 저물어 오는 아파트 안을 서성거리며 그 어울 리지 않는 감상을 다스릴 일거리를 찾았다.

무슨 무빙 익스프레스라던가 하는 현대식 이름의 이삿짐센터 에 맡겨 포장 이사라고 하는 방식으로 짐을 옮긴 터라, 약정대로

라면 모든 게 전에 살던 아파트의 그 자리로 옮겨 앉아야 했다. 그러나 이전 아파트보다 평수를 몇 평 줄인 바람에 제자리를 찾지 못한 것도 있었다. 그것들이 종이 박스에 포장되어 좁은 다용도실 바닥을 덮고도 모자랐는지 거실 한 모퉁이에도 두어 무더기 쌓여 있었다. 대개는 이전 아파트의 넓은 거실 양쪽에 있던 붙박이 장식장 안이나 그 선반 위에 놓였던 것인 듯했다.

나는 아직 익숙하지 않은 새 아파트에서 혼자 보내게 된 첫날 밤의 외로움과 적막감을 잊을 일거리를 찾아낸 안도감까지 느끼며 거실 모퉁이에 쌓인 종이 박스들 중에서 맨 위의 것을 내려 테이프를 뜯었다. 안에는 지난날의 여러 여행지에서 무슨 의무처럼 사 와 집 안 여기저기 벌려 두었던 모조 골동품이거나 장식물, 기념품 같은 것들이 플라스틱 공기 방울 패드에 쌓여 있었다. 주로 이전 아파트의 붙박이 장식장 위에 놓여 있던 것들이었다. 한때는 그것들을 샀던 여행지를 떠올리고 추억의 매혹에 젖기도 했지만, 이제 와서 보니 모든 게 부질없는 삶의 군더더기 같았다. 기회가 오는 대로 내가 그것들을 사 모을 때와 같은 열정을 아직도 지닌 이들에게 나눠 줄 생각으로 다시 덮개를 닫고 다용도실 안쪽에 쌓아 두었다.

두 번째 박스는 첫 번째보다 가벼웠는데, 열어 보니 몇 권의 앨범과 함께 사진이 가득 든 여러 개의 비닐 봉투였다. 역시 이전 아파트 장식장 안 선반과 서랍에서 나온 것들인 듯했다. 나는 먼저 그 엄청난 사진의 양을 보고 알 수 없는 낭패감 같은 것을 문득 느꼈다. 아마도 내 영상이 들어 있는 사진들일 텐데, 어쩌자고 이렇게 많은 사진을 찍었던가. 애써 눈감아 오던 자신의 허물을 어쩔수 없이 시인하게 된 때와 같은 심경으로 그렇게 한탄하다가 다시 후회처럼 덧붙였다. 이렇게도 요란스럽게 복사하여 저장해 둘 만한 일이 내게 그렇게 많았던가. 무엇을 잡아 두고 누구에게 전하려고 이런 소동을 벌였던가…….

그러자 나는 장식품 박스를 열었을 때보다 더 다급한 마음이 되어 앨범과 사진이 든 봉투들을 거실 바닥에 꺼내 놓았다. 앨범은 낡은 디자인으로 보아 오래전의 사진들을 모은 것 같았고, 봉투에 든 사진들은 그 앨범을 묶은 뒤에 찍은 것들을 두서없이 쓸어 담아 놓은 듯했다. 종이 박스 밖으로 꺼내자 몇 배나 부풀어 오른 듯한 사진들을 바라보며 나는 조금 전보다 더욱 가차 없는 처분의 결의를 굳혔다. 모두가 전혀 쓸모없는 것은 아니겠지만 너무 많다. 뒷날 나를 모르는 사람들에게 이 사진 더미를 내밀었을 때 그들은 얼마나 어이없고 황당해할까. 더구나 내가 속절없이 소비해 버린 시간의 파편들이 영상으로 잡혀 낯모르는 사람들의 무성의한 처분에 맡겨진다는 것은 상상만으로도 끔찍하다. 나 스스로 미리 처분해 두지 않으면 안 되겠다…….

나는 갑자기 몇십 년 더 늙어 죽음을 앞둔 늙은이처럼 비장감까지 느끼며 사진이 가득 든 봉투를 거실 바닥에 하나씩 쏟아 한

장 한 장 살펴보기 시작했다. 그리고 무슨 살생부라도 작성하듯 남길 것과 없앨 것들을 구분하기 시작하였다. 이미 무엇 때문인가 뒤틀려 버린 심사 탓에 선별은 터무니없이 엄혹했다. 대략 300장은 되어 보이는 사진 봉투 하나를 다 뒤졌는데도 내 삶의 기록으로 남겨 두려고 골라낸 사진은 20장도 되지 못했다.

거기다가 없애기로 작정하고 미뤄 둔 사진들 가운데 어떤 광경들이 언뜻언뜻 상기한 내 삶의 비참과 희극은 까닭 모를 결연함까지 부추기며 그 엄혹한 선별을 이어 가게 했다. 나는 무자비한 판관처럼 두 번째 비닐 봉투를 열고 그들의 생사를 갈라 나갔다. 그런데 몇 장 살피기도 전에 몹시 자극적이면서도 내력이나 출처를 얼른 기억할 수 없는 사진 한 장을 만나게 되었다. 유럽 어디쯤인 듯한데, 들판에 솟은 높지 않은 야산에 크고 작은 수많은 십자가들이 빼곡하게 꽂혀 있는 광경이 묘하게 내 눈길을 끌었다.

나는 섬뜩한 느낌을 누르며 그 사진을 자세히 들여다보았다. 그러나 멀리서 전경(全景)을 찍은 듯 웅크린 고슴도치의 등 같은 야산 등성이에 가시처럼 보이는 것이 크고 작은 십자가라는 것을 겨우 알아볼 수 있을 뿐, 그곳이 어디며 어찌하여 그런 곳이 생겨난 것인지를 짐작할 수 있는 단서는 쉽게 찾아볼 수 없었다. 한참이나 그 사진을 가로세로로 돌려 보며 뒷면까지 뒤집어 보았으나 더 찾아낸 것은 사진 오른쪽에 작은 숫자로 찍혀 있는 "1993. 9. 24."라는 촬영 일자가 고작이었다.

마침내 그 사진에서 무얼 더 찾기를 단념한 나는 그 사진이 들어 있던 비닐 봉투에 기대를 걸고 남은 사진을 방바닥에 한꺼번에 쏟아 보았다. 그러자 별로 애쓸 필요도 없이 그 사진과 이어진 것임에 틀림없는 사진 석 장이 더 나왔다. 한 장은 그 산의 전경이라도 바짝 다가가 찍은 것이라, 그 산이 어떻게 만들어졌는지를 알아볼 수 있게 해 주는 사진이었다. 입구에서 산등성이로 올라가는 길이 판자로 덮여 다듬어져 있는 것으로 미루어, 그 산은 인공으로 조성된 십자가 숲이지만 무덤이나 다른 기념물이 더 있는 것 같지는 않았다.

다른 사진 두 장은 각기 다른 곳에서 근접하여 찍어 부분적으로 확대한 것으로, 그중 하나는 등신대보다 훨씬 커 보이는 십자가 고상(苦像)을 중심으로 대밭처럼 솟은 크고 작은 십자가들이 선명하게 드러나 보였다. 장석까지 박은 전봇대만 한 십자가에서, 나무젓가락을 십자로 묶어 꽂아 둔 것처럼 희고 가늘어 애처로워 보이기까지 하는 십자가가 땅바닥이 보이지 않을 만큼 산등성이를 뒤덮고 있는 광경이 사람의 가슴을 한 번 더 섬뜩하게 하였다. 다른 하나는 로사리오(묵주)를 감아쥔 등신대의 성모상을 중심으로 꽂힌 또 다른 크고 작은 십자가들인데, 수십 평이 넘는 주변 비탈을 젓가락 하나 더 꽂기 어려울 만큼 빽빽하게 뒤덮고 있는 게 어쩐지 그것들을 거기 세운 사람들의 애절한 염원을 그대로 드러내고 있는 듯했다.

이어진 석 장의 사진을 더 살피자 비로소 나는 그 사진들이 보여 주고 있는 십자가 동산의 성격을 짐작할 것 같았다. 무언가를 절실하게 염원하는 불특정 다수의 사람들에 의해 의도적으로 조성된 십자가 숲. 그러나 그게 어디에 있는 것이며, 그 사진이 어째서 그 비닐 봉투 속에 석 장씩이나 더 끼어 있게 되었는지는 영 알 수가 없었다. 그 바람에 나는 다시 그 석 장의 사진을 이리저리 뒤집으며 꼼꼼히 살피게 되었는데, 거기서 비로소 그 십자가 언덕으로 다가가는 첫 단서를 찾을 수 있었다. 다른 두 장보다 크기가 배나 되는 십자가 고상의 사진 뒷면에 흘려 쓴 영어 두 마디였다.

십자가들의 언덕(Hill of Crosses), 샤울레이(Siauliai).

서명은 없었으나 눈에 익은 별난 필체가 보낸 이를 퍼뜩 짐작할 수 있게 해 주었고, 그 짐작이 다시 오래 잊고 있었던 어떤 목소리를 떠올리게 했다.

"잘 들어맞는 비유가 될 수 있을는지 모르지만, 서민 대중의 애절한 염원을 담고 있다는 점에서 저들의 십자가 언덕은 우리나라 사람들의 서낭당 돌무더기 같은 것이라고 보면 될 거예요. 듣기로 그 언덕에 처음 십자가가 세워지기 시작한 것은 19세기 중반 저 나라 사람들이 폴란드 독립 운동에 호응해서 일으켰던 반러시아 민중 봉기 이후라더군요. 그때 러시아군에게 학살되었거나 시베리아로 끌려간 사람들을 애도하고 무사한 귀환을 빌며 십자가와 성상을 세우기 시작하였다는 거예요. 그러다가 1918년 독립 전쟁 때 다시 독립의 염원을 빌고 희생자를 애도하는 십자가들이 더해졌고, 1920년대 마침내 독립을 성취하게 되면서 민족의 성지처럼 되었다고 해요. 하지만 2차대전이 끝날 때 그 나라를 다시 병합한 소련은 그 십자가들의 언덕을 없애 버리려고 갖은 수를 다 썼다더군요. 그 언덕에 불을 지르기도 하고 중장비로 십자가들을 밀어버린 적도 있으나 누군가에 의해 다시 십자가들이 세워져 오늘에 이르게 되었는데, 1991년 저들이 소련에서 독립하면서부터는 국가가 성역화 작업을 주도하기도 했대요. 요즘은 그 나라 사람이 아닌 관광객들까지 십자가를 꽂거나 걸어 머지않아 거기 있는 십자가가 100만 개를 넘어설 거라는 말도 있어요."

그러나 이어 내 눈앞에 떠오른 그 목소리의 임자는 그녀를 마지막으로 본 10여 년 전의 성숙한 여인이 아니라, 30년의 아득한 세월 저쪽 갈색 눈에 금발 머리를 땋아 내린 열한 살짜리 이국 소녀였다.

차
례

1

내 기억 속의 1970년대 중반은 언제나 먹구름 짙은 여름 오후로 은유된다. 금방 벼락이 내려치고 온 세상을 쓸어버릴 비바람이 휘몰아칠 듯하지만, 한편으로는 그 안에서도 무언가가 흥청대며 자라고 붙고 익어 가는 듯한 느낌이 바로 그러하다. 어쩌면 첫 대학 입시에 떨어져 암담한 재수생으로 보낸 1년이 그런 은유로 대치된 것 같기도 하고, 유신 후기로 접어든 시대 상황이 그런 느낌으로 추체험된 것 같기도 하다. 시대 상황이란, 1970년대 초의 꿈같은 남북 밀월이 깨지면서 북의 권력 세습과 남의 유신 체제로 드러난 이른바 적대적 의존관계가 우리에게 끊임없이 강요하던 긴장과 위기감을 되돌아보며 하는 말이다. 그러나 한편으로는 1960년대 중반 들어서야 겨우 1억 달러를 돌파한 수출이 10년

사이에 50배가 넘게 늘어 어느새 로스토가 말한 성장단계론 중에서도 이륙(離陸) 단계에 이르렀음을 훌륭하게 확인시켜 준 남한의 산업 근대화 같은 것을 포함하기도 한다.

그런 1970년대 중반의 어느 해 여름 나는 부산 남부민동(南富民洞)의 우리 집과 광복동 부근의 학원가 사이를 오락가락하며 못마땅하면서도 전망 없는 재수생 시절을 보내고 있었다. 그 무렵 우리 집은 저만치 산복(山腹) 도로가 올려다 보이는 천마산 발치에 있었는데, 나는 매일 그곳과 광복동 학원가를 시계추처럼 왔다 갔다 했다. 아침 일찍 집 앞 긴 골목을 따라 버스 정류장이 있는 큰길로 걸어 내려가 거기서 시내버스로 학원에 이른 뒤에는 하루 종일 입시 준비를 한답시고 학원과 독서실 부근을 어슬렁거리다가 밤늦게야 돌아오는 식이었다.

부모님이 알고 있던 그 무렵의 내 일과표는 오후까지 학원에서 대입 종합반 강의를 듣고, 나머지 시간은 근처의 조용한 독서실에서 공부하는 것으로 짜여 있었다. 하지만 그때, 나는 이미 독서실에 배정된 시간 대부분을 영화 두 편을 잇달아 보여 주는 삼류 극장이나 그 무렵 몇 개 생겨나기 시작한 지방 극단의 꾀죄죄한 무대를 찾아다니는 일로 탕진하고 있었으니, 어슬렁거렸다는 게 반드시 스스로를 비아냥거리는 말만은 아닐 것이다.

내가 살던 집에서 버스 정류장이 있는 큰길까지의 골목은 걸어서 10분 정도 거리였는데, 좀 별난 형태로 삼등분 되어 있었다. 아침에 집에서 나와 첫 번째로 지나야 하는 골목길은 리어카도 지나기 힘들 만큼 좁았다. 그러나 몇 분 걷지 않아 그 골목길은 산비탈 다른 곳에서 출발한 비슷한 골목 둘과 만나 겨우 승용차가 편도로 진입할 수 있을 만큼 넓어진다. 그리고 거기서 다시 몇 분을 더 내려가면 이번에는 또 그 비슷한 너비의 골목 둘을 만나 승용차 두 대가 자유롭게 마주쳐 갈 수 있는 제법 번듯한 이면 도로가 된다. 그 이면 도로로 다시 나머지 몇 분을 걸어 내려가면 이번에는 버스 정류장이 멀지 않은 왕복 4차선 도로와 만난다.

그런데 그 두 번째 골목 끝 넓지 않은 공텃가에 있는 집 한 채가 언제부터인가 아침마다 그 앞을 지나는 내 주의를 끌었다. 그 부근에서 그리 낯설지 않은 1960년대식 문화 가옥 같은 건물로, 정면에서 눈에 띄는 것만 붉은 벽돌을 무슨 귀한 장식처럼 덧씌운 시멘트 블록 집이었다. 그러나 그마저도 담장에까지는 충분한 여유가 돌지 않았는지, 담장은 그저 외겹 블록으로 키 큰 어른의 어깨 높이 정도로 쌓은 뒤 그 위에 가시철망을 두어 줄 어설프게 돌려 놓고 있었다. 그러다가 대문께에 이르면 갑자기 굵은 기둥을 세운 뒤 요란한 원색으로 도색한 철판 대문을 달아 붉은 벽돌을 덮은 현관 기둥과 어울리도록 하려고 애를 썼다. 겨우 전쟁의 참화를 털고 약간의 여유를 찾아 내 집 마련을 나선 사람들을 겨냥한 도시 부동산 업자들의 초기 상품이라 상상하면 대강 짐작은 될 것이다.

하지만 그 집이 내 주의를 끈 것은 그 주변에서도 눈길만 돌리면 흔하게 찾아볼 수 있는 그런 외양이 아니라 그 집의 구성원들이었다. 언젠가 그 집에서 나오는 젊은 서양 여자와 역시 서양인의 외모를 한 어린 자매를 본 뒤로 그 집을 지나칠 때면 나는 자신도 모르게 집 주변을 힐금거리는 버릇이 생겼다. 그때만 해도 부산 거리에서는 그 집에 사는 사람의 외양만 보고 그 주변까지 힐금거리며 살필 만큼 서양인이 드물지 않았지만, 그들의 주거지는 대개 어떤 특정한 곳에 제한되어 있었다. 미군 부대 안의 사택이나 이런저런 이름이 붙은 외국인 집단 거주지가 그랬다. 그런데 내가 살던 동네는 '남쪽 부자 마을(南富民洞)'이라 해서 이름은 그럴듯해도 외국인이 아무 경계 없이 끼어들어 살 만한 곳은 아니었다.

거기다가 내가 유심히 살필수록 그 집 안에 사는 가족들의 구성도 유별났다. 가끔씩 미군이나 서양인 남녀가 그 집을 찾고, 한국인 남녀도 자주 찾아와 어울리는 것 같았으나, 그 집 식구로서 남자는 키가 큰 한국인과 초등학교 상급반으로 보이는 사내아이뿐인 듯했다. 그리고 그들 말고 그 집에 상주하는 사람으로는 중년의 아주머니가 하나 더 있었는데, 그 키 큰 남자의 아내나 그 사내아이의 어머니로는 아무래도 너무 나이 들고 지쳐 보였다.

매일같이 그 집 앞을 지나며 흘금거린 탓인지 나는 그 봄이 다 가기 전에 그 집 구성원을 훤히 꿰게 되었다. 곧 처음 내 눈길을 끌었던 젊은 서양 여자와 키 큰 한국 남자가 부부이고 금발 머리 자매와 한국인 얼굴의 소년은 친남매 간이었다. 더구나 그 집 앞 공터 모퉁이의 구멍가게 아줌마는 거기서 청량음료를 마시면서 마주 보이는 그 집 식구들을 궁금히 여기는 내게 그들에 대한 제법 깊이 있는 정보까지 더해 주었다. 곧 내가 그 집 안주인으로 본 서양 여자는 미국 사람으로 서면 쪽에 있는 미군 부대의 외국인 학교 교사이며, 그 남편 되는 한국 남자도 미국 시민권을 가진 사람으로 그때 한창 해외 진출에 열을 올리던 어떤 지역 대기업에서 일하고 있다는 귀띔이었다.

그때만 해도 외국 남자와 결혼해 사는 한국 여자 얘기는 이미 그리 특별할 게 없었다. 그러나 외국 여자, 특히 미국 여자와 결혼해 사는 한국 남자 이야기는 아직도 들으면 이것저것 되물어 보고 싶은 게 있을 만큼 흔치 않은 경우였다. 그래서인지 나는 그 뒤로도 공터를 가로지르며 그 집 앞을 지날 때면 여전히 흘금거리며 쳐다보는 습성을 버리지 못했다. 그러다가 방학에 접어들면서는 아예 공터 나무 그늘 아래 멈춰 서서 그 집과 구성원들을 살피기까지 했다. 특히 공터에 나와 한국 아이들 틈에 섞여 노는 금발머리 아이들을 보게 될 때가 그랬다.

처음 내가 한국인만의 동네에서 한국인 틈에 끼여 사는 그들을 보며 떠올린 말은 소외나 고립같이 결코 밝지 않은 주변과의 관계를 드러내는 것들이었다. 그러나 그 집 아이들이 동네 한국 아이들과 어울려 노는 것을 보면서 나는 곧 그게 지나친 선입견이었음을 알게 되었다. 무엇 때문인가 한국인의 외양을 물려받은 남자아이는 오히려 공터에 나와 동네 아이들과 어울리는 것을 볼 수 없었지만, 금발 머리를 한 두 여자아이는 그 공터에 자주 나와 동네 여자아이들과 어울렸다. 특히 둘 중에 언니로 보이는, 키는 껑충해도 나이는 초등학교 중급반쯤 되는 여자아이는 남과 다른 자신의 외양을 거의 의식하지 못하는 듯했다. 방학이 시작되고부터 적어도 이틀에 한 번은 그 공터 부근에서 동네 여자아이들과 어울려 놀이에 열중한 모습을 볼 수 있었다.

초등학교조차 동네에서 그 아이들과 함께 다닌 듯, 그 금발 머리 아이가 진한 부산 사투리를 쓰며 또래의 여자아이들과 패를 지어 고무줄놀이를 하거나 몇 그루 안 되는 플라타너스 그늘에 다리 편히 퍼질러 앉아 공기를 노는 걸 보면 문득 진기한 광경을 보고 있다는 느낌이 절로 들었다. 그 바람에 그럴 때면 나는 자신도 모르게 걸음을 멈추고 한참씩이나 그 아이가 동네 아이들만큼이나 솜씨 좋게 공깃돌을 받는 걸 바라보았다. 어떤 때는 너무 골똘히 바라보다 거기서 노는 아이들이나 지나가는 어른들의 수상쩍어하는 눈길을 받고서야 무안해하며 갈 길을 재촉한 적도 있었다.

그러던 어느 날이었다. 여름방학도 다해 가는 어느 오후, 나는 무엇 때문인가 학원에서 조퇴를 하고 바로 집으로 돌아가다가 다시 그 공터를 지나게 되었다. 짙게 낀 먹구름 아래 비바람까지 서늘하게 불어와서인지 그날은 그 공터가 비어 있을 줄 알았는데, 그 아이네 집 모퉁이를 돌다 보니 그날도 그 아이는 동네 아이 몇과 함께 거기서 놀고 있었다. 나는 무슨 습관처럼 여남은 발자국 떨어진 플라타너스 곁에 걸음을 멈추고 마치 몸을 숨기기나 하듯 굵은 둥치에 기대 그 아이들이 노는 것을 보았다.

그날 놀이는 어찌 된 셈인지, 그 또래 아이들에게는 좀 때늦은 느낌을 주는 소꿉놀이였다. 얼른 보아 그 아이가 들고 나온 듯한 서양 인형들이나 제법 큰 개집만 한 모형 살림집, 그리고 거기 딸린 듯한 몇 개의 모형 가구들이 조금 어울리지 않는 데가 있기는 했다. 하지만 아버지 어머니에다 아기까지 정하고, 사금파리나 부스러진 붉은 벽돌 따위를 곱게 빻아 그릇에 담고 식품처럼 차려 놓은 것은 옛날 우리들이 '동두깨비'라고 하던 그 소꿉놀이임에 틀림없었다.

그런데 내가 바라본 지 몇 분 지나기도 전에 그 아이들 사이에서 작은 시비가 일었다. 동네 여자아이 하나가 갑자기 그 금발 머리 아이에게 강하게 불평을 했다.

"가시나, 니가 또 엄마 할 끼가? 이쁜 인형 알라(아기) 니 혼자 업고 끼고…… 야, 이 아이노꼬(튀기) 가스나야. 니는 우째 좋은 거는 맨날 니가 다 하노?"

오래 참다 터진 볼멘소리였다. 그러자 함께 놀던 아이들이 약속이나 한 듯 그 금발 아이를 몰아세우기 시작했다.

"맞다. 집하고 인형하고 밥상에다 그릇까지 저그 집에서 가지고 왔다 카지마는 우째 그카노? 해도 너무하는구마는."

"가시나 저거, 우리 엄마 말마따나 참말로 우리하고 종자가 달라 저래 숭악한 거 아이가?"

그러더니 모두가 금세 한 덩이가 되어 그 아이를 둘러서서 뭇매라도 놓을 듯 노려보며 그 나이의 여자아이들 같지 않게 욕을 퍼붓기 시작했다.

"울 아부지 말이 양놈들은 모두 심보에 꺼먼 털이 났다 카디 참말인가 베. 저 가시나가 바로 그 짝 아이가?"

"야, 이 미국 년아, 다시 니하고 노는가 봐라. 니하고 놀믄 성을 갈지!"

"이 코쟁이 가시나야, 인자 고마, 너 나라 돌아가거라이. 가서 다시는 오지 마래이."

멀리서 바라보고 있던 내 이해력으로는 도무지 따라잡을 수 없을 만큼 급격한 사태의 변화였다.

동네 아이들이 갑작스레 한 패거리가 되어 드러내는 그 악의에 금발의 여자애도 움찔 놀라는 듯했다. 그러지 않아도 큰 눈을 등 그렇게 뜨고 옅은 갈색 눈동자를 온전하게 드러내 보이며 그런 동네 아이들을 마주 쳐다보았다. 가만히 훔쳐보니 억울해하는 것 같기도 하고 분해하는 기색도 있었으나, 그런 일을 처음 겪어 당황하는 기색은 없었다. 이내 그 여사애도 동네 아이들 못시않은 진한 사투리로 받아쳤다.

"가스나들아, 또 그 소리가? 내가 왜 미국 년이고? 그라고 가기는 어디로 가? 우리 집이 여기고, 어무이 아부지 다 여기 있는데…… 가스나들, 잘 놀다가 뭐든지 저그 하자 카는 대로 안 하믄 미국 년, 양년 카며 사람 야코나 죽이고……."

그런데 알 수 없게도 그렇게 받아치는 금발의 여자애가 쳐다보고 있는 것은 동네 아이들 모두가 아니라 그들 가운데 있는 한 여자애였다. 그 눈길에 담긴 것도 동네 아이들의 부당한 따돌림을 억울해하고 분해하는 감정만은 아니었다. 그보다는 그때껏 아무 말도 않고 있는 그 여자애에게 걸고 있는 어떤 간절한 기대와 또 그만한 크기의 불안이 아울러 어려 있는 듯했다.

금발 여자애가 그렇게 맞받아치자 앞서 그 애를 몰아세우던 동네 아이들도 잠깐 멈칫하며 그 아이와 함께 자기들 속에 있으면서도 말이 없는 한 소녀를 돌아보았다. 그 바람에 나도 그 소녀를 바라보았다. 까무잡잡하고 동그란 얼굴에 야무져 보이는 눈매를 가진 또래의 소녀였다. 한꺼번에 여럿의 눈길을 받게 되자 당황한 것은 오히려 그 소녀였다. 하지만 아주 짧은 순간이었다. 소녀는 이내 야무져 보이는 눈길을 치뜨며 차게 내뱉었다.

"맞다. 혜련이, 이 가스나, 니가 미국 년 아이믄 누가 미국 년이고? 오늘 동두깨비 니 혼차 안고 앉아 심술 떤 것도 자들 말이 다 맞고……."

무슨 비정한 선고와도 같은 말투였다. 그러자 혜련이라는 한 국식 이름을 가진 금발의 여자애가 눈물이 그렁그렁한 두 눈으로 그 아이를 쳐다보다가 갑자기 풀썩 주저앉듯 땅바닥에 앉더니, 그 나이의 상심한 한국 여자아이들이 흔히 그러듯이 두 손으로 얼굴을 감싸 안고 우는 시늉을 했다. 일시에 기세가 되살아난 동네 아이들이 그런 그녀를 둘러싸고 조금 전보다 더 심하게 몰아세우며 놀려 댔다.

나는 그 이국적인 생김의 소녀가 빠진 곤경을 보며 왠지 가슴이 찡했지만 그렇다고 내가 나서서 할 수 있는 일은 없었다. 그저 멍하니 보고 있는데, 잠시 주저앉아 울고 있던 금발 머리 아이가 발딱 일어나더니 몇 달음 안 되는 제 집 대문 쪽으로 달려갔다. 나는 여전히 플라타너스 등걸에 기대선 채 눈길로 그런 그녀를 좇았다. 금세 초록 페인트칠을 한 철제 대문 앞에 이른 그녀는 열린 쪽문으로 뛰어들려다 말고 걸음을 문득 멈추었다. 그리고 앞쪽 대문 안을 바라보다가 다시 놀란 듯 대문 위쪽을 올려 보았다.

나도 무심결에 금발 머리 여자애의 눈길을 따라 바라보았다. 열린 쪽문을 대문 안에서 가로막고 있는 것은 한국인 같지 않게 후리후리한 남자의 죽 뻗은 두 바짓가랑이였다. 그리고 이어 높지 않은 철제 대문 위쪽에는 휘어지듯 앞으로 나와 있는 그 남자의 머리가 보였다. 바로 그 여자아이의 아버지인 키 큰 남자였다. 그날 무슨 휴일이라 집에서 쉬고 있던 그는 진작부터 철제 대문 너머로

딸아이의 놀이를 보고 있었던 것 같은데, 나와 눈이 마주쳤을 때는 낯이 백지장처럼 허옇게 질려 있었다.

원래 그 여자아이가 급하게 집 안으로 뛰어간 것은 그런 아버지에게 자신이 겪은 부당한 일들을 일러바치고 편들어 주기를 조를 마음이었던 듯했다. 그래서 제 집으로 달려가 쪽문으로 들어서려다가 아버지의 두 다리가 막고 있어 위를 올려 본 것 같은데, 거기서 진작부터 대문 너머로 자신을 내려다보고 있던 아버지의 얼굴을 보게 된 것임에 틀림없었다. 하지만 그런 아버지의 얼굴에서 무엇을 보았는지 그 여자애는 갑자기 몸이라도 굳은 것처럼 움직임이 없었다. 그때 오히려 그 애의 아버지 쪽에서 무언가를 딸에게 나지막한 소리로 물었다.

"혜련이 너 무슨 일이야?"

"아니야! 암것도."

잠시 굳은 것처럼 서 있던 여자애가 그렇게 소리치듯 아버지의 물음을 받고는 황급하게 눈물을 훔치며 쪽문 안으로 뛰어들었다. 그리고 그 자리에서는 어울리지 않게 어리광이라도 부리듯 아버지의 두 다리를 감싸 안는가 싶더니, 이내 대문 안으로 사라져 버렸다.

금발 머리 여자애의 아버지 되는 키 큰 남자는 딸이 안으로 들어가고도 한참이나 대문에 붙어 서서 동네 여자애들을 가만히 내려다보았다. 동네 아이들은 아직도 그가 자기들을 살피고 있는지 알지 못한 채, 이제는 야릇한 승리감에 빠져 합창하듯 큰 소리로 그의 딸을 놀려 대고 있었다. 처음 허옇게 질려 그런 동네 아이들을 내려다보던 그의 얼굴이 이윽고 알 수 없는 결의로 굳어지는 듯하더니, 곧 거칠게 쪽문을 닫아거는 철제 빗장 소리와 함께 그도 딸을 따라가듯 집 안으로 들어가 버렸다.

그날 그 집 철제 대문 너머로 솟아 있던 키 큰 남자의 허옇게 질린 듯한 얼굴이 놀라움이나 두려움보다는 분노나 상심 때문이라는 것을 알아보면서부터 나는 왠지 조마조마한 느낌이 들었다. 곧 끔찍한 일이 벌어질 것 같은 예감에 숨죽인 채 그들 부녀를 지켜보았다. 그런데 갑자기 일을 별것 아닌 것으로 줄여 버리는 금발의 여자애에 이어 그 아이의 아버지까지도 조용히 집 안으로 물러나 버리자 무슨 구경 삼아 보고 있던 나까지 머쓱해졌다. 하지만 오히려 그래서인지 그날 내가 본 광경은 강한 인상으로 내 기억에 새겨지고, 한참이나 전보다 더한 호기심으로 그 집과 그 여자애를 살펴보게 되었다.

그 당시 우리 중·고등학교의 음악 교과서에는 「금발의 제니」라는 노래가 실려 있었다. 나는 그 금발의 여자애에게 혜련이라는 한국식 이름이 있음을 알면서도 굳이 제니라는 서양식 이름을 붙였다. 그리고 매일 아침저녁 그 공터를 지날 때마다 일삼아 발길을 멈추고 그 집과 나의 제니가 어떻게 지내는지를 살폈다. 어떤 때는 제법 잠복 나온 형사처럼 시간까지 재 가며 기다려 보기도 했지만 제니는 그날 이후 그 공터에서 다시 볼 수 없었다. 이따금 함께 공터에 나와 놀던 제니의 여동생도, 이미 그해 봄부터 잘 보이지 않던 그 애의 오빠도, 다시 볼 수 없기는 마찬가지였다.

"암만캐도 가들 삼 남매 저그 나라로 돌아간 것 같구마는. 그 내외가 가들 삼 남매 모도 미국 데불고 가서 키울라꼬 작정한 모양이라. 요새는 가들 어마시 되는 미국 여자까정 안 보이더라꼬. 그 키 큰 바깥양반만 며칠에 한 번썩 축 처진 어깨로 왔다 갔다 할 뿐이라."

가을이 되어서야 궁금함을 참지 못한 내가 대놓고 그 집과 제니의 일을 수소문하자 공터 구멍가게 아주머니가 그렇게 추측을 엮어 들려주었다. 그러다가 찬바람이 불고 대학 입시가 발등의 불로 떨어지자 나도 더는 그 집 부근을 기웃거리거나 제니의 뒷일을 궁금해할 여유가 없어지고 말았다. 이어 불같은 입시의 몇 달이 지나고, 어렵사리 길을 찾아 서울의 변두리 대학에 진학한 내가 부산을 떠나게 되면서 남부민동의 골목길과 그 공터가 제니를 떠올리게 하는 일도 드물어졌다.

"그 미국 여자하고 한국 남자네 가족 말이라, 인제는 혼차(혼자) 남아 있던 그 남자까지 싸 말아 미국으로 돌아갔 뿌랬는 모양이라. 요새 보이 그 집에 딴 사람들이 와 사는데, 세 든 게 아니라 아예 사 가주고 이사 왔다 안 카나. 집까지 팔았다는 게 무슨 뜻이겠노? 자기도 기집 자슥 있는 미국 가서 살라 카는 거겠제. 아무리 조선 사람 사는 데 묻혀 조선 사람맨쿠로 살아 볼라 캐도 영 잘 안 되던 모양이제?"

이듬해 첫 여름방학 때 집에 내려갔다가 그 공터 구멍가게 아주머니에게서 한 번 더 제니 일가의 뒷 소식을 들었으나 여전히 그녀의 추측일 뿐, 그들이 그때 왜 그렇게 거기서 떠나갔는지를 아는 데는 그 여름날부터 10년이 더 지나야 했다.

"그때 제가 그렇게 간절하게 구원을 기다리며 쳐다보았던 애는 바로 제 단짝이었어요. 아버지는 우리 삼 남매를 여느 한국 아이들처럼 기르시려 했대요. 그래서 우리들을 외국인 학교에 넣지 않고 한국 초등학교에 입학시켰고, 한국 아이들과 뒹굴며 자라게 했는데, 그 아이는 2학년 때부터 4학년 그때까지 저랑 한 반이었고, 또 단짝으로 어울려 다녔어요. 그날의 시비요? 그건 그 무렵의 제겐 그리 드문 일이 아니었어요. 그때 한국 아이들과 어울려 놀다 보면 몇 번에 한 번꼴로는 당하게 되는 일종의 따돌림이었으니까요. 그런데 그날은 그때껏 단짝으로 붙어 지내던 그 아이까지 동네 아이들과 한편이 되어 나를 몰아세우자 그만 참지 못하게 된 거예요.

저는 아버지가 보고 있는 줄도 모르고, 아버지에게 내가 겪은 부당한 일을 일러바쳐 동네 아이들을 혼내 주려고 집으로 달려갔죠. 그런데 대문께에서 아버지의 허옇게 굳어 있는 얼굴을 올려다보고 가슴이 철렁했어요. 내가 울며 들어온 까닭을 묻는 아버지에게 모든 일을 사실대로 알리면 무슨 끔찍한 일이 벌어질 것 같아 겁이 덜컥 나더군요. 그래서 오히려 아무 일 없었다는 듯 거짓말을 하고 집 안으로 들어갔어요. 하지만 내 방에 들어가니 다시 밖에서 당한 일이 억울해 책상에 엎드려 울고 있는데 아버지가 들어오셨어요. 아버지는 울고 있는 저를 가만히 끌어안으며 말하더군요. 그래, 맞다. 얘야, 내가 너무 미련했다. 이제 돌아가자. 너희가 있었어야 할 곳으로, 라고.

원래도 아버지는 저희들을 초등학교만 한국에서 보내고 중등교육부터는 미국에서 받게 할 작정이셨대요. 그해 초등학교를 졸업한 오빠는 가을부터 미국에서 공부하기로 되어 있었거든요. 그런데 그 여름의 일이 그런 아버지의 교육 계획을 바꾸어 놓았죠. 4학년이던 나는 말할 것도 없고 그해 갓 입학한 여동생까지도 9월부터는 오빠와 함께 미국 학교로 옮겨 가게 된 거예요. 거기서 새로 일자리를 구한 엄마와 함께요. 한국 살림을 정리하느라 홀로 남아 있던 아버지도 3년 뒤에는 미국으로 건너와 다시 저희들과 합류했어요. 아버지는 그로부터 몇 해 안 돼 다시 한국에 근거지를 마련하게 되지만, 어쨌든 그 뒤로 우리 가족의 삶은 한국과 미국을 오락가락하는 것이 되고 말았지요. 당연히 저희들도 그 가운데 자라게 되고……"

아직 몇 년 남은 올림픽 준비로 온 나라가 벌써부터 시끌벅적 하던 그해, 이제는 성숙한 미국 숙녀가 되어 돌아온 제니는 그렇 게 그 무렵 그들 일가에게 일어난 일을 요약해 주었다. 하지만 그 렇게 제니를 다시 만나게 된 경위를 얘기하려면 잠시 그 무렵의 내 삶을 되짚어 보지 않을 수가 없다.

있지도 않은 유기(遺棄) 설화를 지어 내어 아이들을 놀리고 울 리는 장난은 정착된 삶, 특히 구성원 서로가 철저하게 기명화(記 名化)된 사회가 드러내는 자기 정체성 확보의 자신감이기도 하다.

"너는 다리 밑에서 주워 왔어."

"너는 방물장수의 함지에 담겨 우리 집 앞에 버려져 있는 것을 너희 아버지가 거둬들였지."

어느 날 멀쩡하게 잘 노는 어린 손자나 조카 들을 불러 앉히고 어른들이 짐짓 엄숙한 표정으로 그렇게 허두를 꺼내면 아이들은 물론 어림없다는 듯 도리질을 하며 아니라고 소리친다. 예로부터 그런 경우를 위해 마련된 다음 순서로 들어가서도 한동안은 마찬 가지다. 여전히 정색을 하고 생판 거짓으로 꾸며 댄 근거를 들이 대며 그 아이가 버려진 정황을 꾸며 대 봐도, 아이는 쉽게 믿으려 하지 않는다. 하지만 친부모의 애절한 정을 꾸며 대고 달콤한 물 욕으로 유혹하면 완강하게 버티던 아이도 끝내는 넘어가고 만다.

"니를 다리 밑에 버리고 떠날 때 얼마나 슬펐넌지, 네 친엄마 아빠가 발 내디디는 자국자국 피눈물이 고였다더라."

"지금도 온 천지 방방곡곡 너를 찾아다니는데, 하도 많이 울어 두 눈이 다 짓물렀다더라."

"너를 버린 뒤에 네 친엄마, 친아빠는 과자 공장을 차렸는데, 입에만 넣으면 그대로 녹는 온갖 맛난 과자를 산처럼 쌓아 놓고 네가 돌아오기만을 기다린다더라."

"돈도 엄청나게 많이 벌어 고래 등 같은 기와집에 살며, 네가 오면 주려고 장난감도 자동차, 비행기 없는 것 없이 한방 가득 사 모아 두었다더라."

이야기가 그쯤으로 이어지면 드디어 아이는 눈물을 글썽이며 저항을 포기하고, 심할 때는 스스로 보따리를 싸 떠날 채비까지 한다. 그러다가 마침내 참지 못한 어른들의 폭소와 그제야 속은 것을 알게 된 아이의 성난 홰 울음으로 그 짓궂은 장난은 끝이 난다.

내가 그 장난의 대상이 될 만한 나이가 되었을 때만 해도, 또래들에게서 그런 놀림을 당한 얘기를 흔히 들을 수 있었고, 때로는 그 광경을 직접 본 적도 있었다. 그때는 이미 전쟁이 끝난 지 10년이 지나 일반의 삶이 안정되기 시작하면서 자기 정체성에 대한 믿음이 회복되어 가고 있었기 때문일 것이다.

하지만 그때까지도 전란에 뿌리 뽑힌 삶, 갑작스러운 월남으로 시작된 이산(離散)과 유랑의 연장으로만 살아가고 있던 아버지가 가장인 우리 집에서는 달랐다. 어쩌다 떼밀려 하게 된 월남을 오히려 고향 땅으로부터 버림받은 것으로 여기고 일생을 유기된 영아의 심리로 산 아버지 때문에, 토박이 부산 사람인 어머니와 외가 쪽 어른들까지도 내게 그런 장난을 할 여유를 되찾을 수 없었다. 그보다는 아버지가 술만 취하면 흥얼거리던 「타향살이」나 「굳세어라 금순아」의 처량한 가락 속에서 어린 나까지도 "눈보라 휘날리는" 흥남 부두가 버림받은 고향처럼 느껴지고, 안태 고향인 부산에서의 삶은 언젠가는 버리고 떠나야 할 "타향살이"로 의식 속에서 엇바뀌기까지 했다.

그 뒤 자라면서 알게 된 아버지의 월남 경위도 내가 유기된 듯한 느낌 또는 이향(離鄕) 심리를 키워 나갔다. 흥남 인근의 평범한 농부였던 아버지는 1950년 유엔군의 북진 때 국군의 군수품을 지고 장진호 부근까지 갔다 온 일로 북한에 머물 수 없게 되고 말았다. 국군의 총칼에 끌려간 것이라 돌아오는 인민군들에게 사정을 해 보자는 형제들의 권유가 있었으나, 국군의 군수품을 지고 장진호로 가는 도중에 본 인민군의 끔찍한 반동 부역자 처형 흔적은 결국 아버지에게 월남을 선택하게 했다. 그리하여 저 긴박한 흥남 철수의 아침, 아버지는 두 아이와 만삭의 아내까지 버리고 미군 유조선 메러디스 빅토리호(號) 갑판에 홀몸으로 끼어 앉아 남으로 내려왔다.

처음 기제도에 부려진 아비지는 우여곡절 끝에 당신의 또 다른 십팔번의 한 구절대로 "국제시장 나그네"가 되었다. 그리고 악착스레 국제시장 바닥을 긴 지 5년 만에 작은 점포 하나를 얻고 새 장가를 들어 나를 낳게 되었다. 하지만 아버지가 북한에 두고 온 아이들은 가슴 깊이 살아남아 철이 든 내게 끊임없이 기억에도 없는 먼 고향을 느끼게 했다. 어떤 때 아버지가 나를 지그시 바라보고 있는 듯하면서도 전혀 다른 것을 바라보고 있는 느낌을 받을 때가 있는데, 그때는 어김없이 아버지가 나를 통해 북쪽 어느 하늘 아랜가에 남은 내 배다른 형제들을 보고 있음을 진작부터 느낄 수가 있었다. 그리고 그때는 나 또한 아버지의 눈길을 피해 언젠가는 돌아가야 할 먼 하늘 아래를 바라보게 되었다.

그 아버지가 남쪽에서 새로 얻은 어머니와 우리 삼 남매를 남겨 두고 세상을 버린 것은 대학을 졸업하고 입대한 내가 군에서 제대한 해였다. 금발의 제니가 사라진 이듬해 재수까지 하고도 대학 입시 1차 시험에 다시 실패한 나는 2차에서 당시 경쟁만 치열하고 실속은 없는 어떤 대학 연극영화과로 지망을 바꾸어 어렵사리 삼수생을 면했다. 그리고 졸업과 함께 입대하여 제대한 뒤로는 부산으로 내려가 '항도'라는 작은 극단에서 보수도 없는 조연출을 하면서 나름으로 연출 수업을 하고 있었는데, 그해 가을 끝내 지병을 이겨 내지 못한 아버지가 숨을 거두시고 말았다.

아버지가 국제시장에서도 알려진 이북 사람의 근성으로 벌어들여 우리 삼 남매에게 남겨 주신 재산은 그리 대단한 것이 못 되었다. 하지만 두 여동생뿐인 장남으로서 당시의 통념대로 별 어려움 없이 그 대부분을 물려받은 내게는 큰 힘이 되어 주었다. 늦도록 직장다운 직장 없이 빈둥거리면서 연극에나 열을 올리며 지내도 그럭저럭 버텨 낼 수 있었을 뿐만 아니라, 지금 내가 대표로 있는 극단의 대주주 지분을 확보하는 데도 한밑천 보탰기 때문이다.

나는 가끔씩은 내 삶이 그렇게 낙착을 본 게 조금은 엉뚱하게 느껴졌지만, 그래도 별 불만 없이 연출 수업에 열중하면서 몇 년을 더 보냈다. 그러다가 연출 지도를 하는 선배가 「리투아니아 남자들」이란 연극을 기획하면서 뜻밖에도 내 금발의 제니와 10년 만에 다시 만나게 되었다.

「리투아니아 남자들」이란 연극은 원래 극본이 따로 있지 않았다. 이제는 이름조차 기억이 나지 않는 어떤 동구 작가가 쓴 같은 제목의 단편소설을 극단 대표인 선배가 직접 각색한 것인데, 숱한 좋은 각본들 제쳐 놓고 직접 각색해 가면서까지 굳이 그 작품을 무대에 올리고 싶어 한 까닭은 솔직히 그때도 잘 알 수가 없었다.

하도 오래전 것이라 연극의 줄거리조차 희미하지만 기억으로는 대강 이랬다. 전쟁에 참가했다가 운 좋게 약간의 전리품까지 챙기고 살아서 고향으로 돌아가게 된 리투아니아 청년이 있었다. 그가 부모 형제에게 자신의 성공을 극적으로 자랑하기 위해 어느 때까지는 신분을 속이고 얼굴을 감추려 한 게 비극의 발단이 되었다. 그 청년이 어두운 곳에서 얼굴을 감추고 자는 동안에 그가 지고 온 배낭과 자루를 훔쳐보고 그 안에 든 재물에 눈이 뒤집힌 가족들은 그를 죽이고 그 재물을 뺏을 궁리를 했다. 그리하여 남자들이 힘을 합쳐 잠든 그 청년을 죽여 놓고 보니 그게 바로 자기의 자식이고 형제란 것이 드러나 비극적인 대단원을 맞게 된다는 내용이었다.

그런데 그때 마침 극단에서 음악을 맡고 있던 스태프가 그만두어 그 자리를 채워 넣는 과정에서, 나는 10년 만에 내 금발의 제니를 다시 만나게 되었다. 우리가 몇 군데 알 만한 곳에 수소문도 하고 극단 사무실 앞에 작은 구인 광고도 내걸어 음악을 맡아 줄 사람을 찾고 있던 어느 날이었다. 중앙난방 장치가 안 된 허술한 극단 사무실에서 작은 석유난로를 끼고 갓 인쇄된 각본을 검토하고 있는데, 누군가 층계를 걸어 올라오며 떠드는 소리가 들렸다. 목소리가 맑고 높은 여자애들 같았는데 함께 연극하는 단원은 아니었다.

"가스나야, 거 좀 섰거라. 보자, 같이 안 들어갈래?"

"저 가스나가 오늘따라 와 이리 꾸무럭거리노? 니 어디 체했나?"

그렇게 거침없는 사투리로 농담을 주고받으며 문 앞까지 와 잠시 멈칫하더니 조심스레 문을 열고 두 사람이 들어왔다. 검토하고 있던 극본을 탁자 위에 올려놓고 무심코 그들을 바라보던 나는 자신도 모르게 몸을 일으키며 놀라움에 떨리는 목소리로 물었다.

"어, 어떻게 오셨습니까?"

그도 그럴 것이, 주고받는 말투로 봐서는 같은 또래의 부산 아가씨 둘이 들어오리라고 예상하고 있었는데, 둘 중 앞선 사람은 뜻밖에도 노란 머리칼을 길게 늘어뜨린 백인 아가씨였다. 그리고 뒤따라 들어온 것은 가무잡잡한 20대 초반의 한국 아가씨로, 오히려 수줍어하며 자꾸 뒤로 빠지려고 하는 것은 그 아가씨 쪽이었다. 내 물음에 먼저 대답한 것도 그 백인 아가씨였다.

"여기 음악 스태프 필요하다면서요. 제가 한번 해 볼까 해서요."

어휘는 표준말로 바뀌었지만 억양은 바로 조금 전에 들은 두 목소리 중 하나인 그 사투리였다. 그제야 조금 마음을 가라앉힌 내가 사무적이 되려고 애쓰며 다시 물었다.

"함께 오신 분도 같이 지원하시는 겁니까?"

"쟤는 아니에요. 그냥 구경삼아 절 따라왔어요."

그 말에 나는 다시 마음을 가다듬어 그녀를 살펴보며 물었다.

"이력서 가지고 오셨습니까? 전에 어디서 이런 일 해 보신 적이 있으신지요?"

아무리 서양인의 얼굴이지만 그래도 짐작되는 나이가 있어 해 본 소리였다.

"여기 이력서 준비해 왔어요. 한국에서는 해 본 적 없지만, 미국에서 학교 연극에 음악을 담당해 본 적은 있어요."

그러면서 백인 아가씨가 한글로 단정히 '이력서'라고 쓰인 흰 봉투 하나를 내놓았다. 그녀의 얼굴에서 느껴지는 까닭 모를 낯익음이 갑작스럽고도 걷잡을 수 없는 호기심을 일으켜 나는 그 자리에서 봉투를 열어 보았다. 이력서를 펼쳐 들자마자 나는 아, 하고 외치고 싶을 만큼 놀랐다. 사진 곁에 단정한 한글로 쓰인 김혜련이라는 이름과 그 영문 표기 때문이었다. 혜련, 헬렌. 아, 내 금발의 제니…….

나는 오래전에 잃어버린 배다른 여동생이라도 되찾은 기분으로 혜련의 얼굴을 찬찬히 살펴보았다. 내가 금발로 기억했던 머리칼은 옅은 황갈색으로 짙고 탁해져 있었지만 얼굴에는 어딘가 옛날 금발의 제니를 떠올리게 하는 데가 많이 남아 있었다. 그때도 또래 아이들보다 한 뼘은 더 커 보였던 혜련의 키 또한 그사이 훌쩍 자라, 한국에서는 남자 축에서도 큰 편인 나와 어깨 높이가 거의 같아 보였다.

비록 아마추어 수준을 벗어나지 못한 지방 도시의 작은 극단이고, 유료 공연 레퍼토리는 아직 열 개를 채우지 못했지만, 그래도 우리 극단은 유급 배우까지 끼인 여남은 명의 단원과 어엿한 사무실까지 갖춘 전문 공연 극단이었다. 그리고 나는 총무 겸 소품 담당까지 하고 있었지만, 또한 조연출도 맡아 극단 쪽으로 봐서는 간부급이었다. 그런 위치에서 스태프로 참여를 원하는 신규 가입 지원자의 이력서를 검토하고 있다는 것도 잊고 내가 불쑥 물었다.

"김혜련 씨는 혹시 어렸을 적 남부민동 쪽에 살지 않았어요?"

"네. 거기 산복 도로 쪽에서 내려오는 골목 끄트머리에 난 공터 뒷집. 그런데 총무님은 그걸 어떻게 아세요?"

내 금발의 제니, 아니, 혜련이 그렇게 대답하면서 그러잖아도 커 보이는 두 눈을 더욱 둥그렇게 떴다. 나는 대답 대신 궁금한 것부터 물었다.

"그때 부모님과 함께 미국으로 돌아간 줄 아는데. 그 여름, 그러니까 1970년대 중반의 8월쯤 되나. 그 공터에서 동네 아이들과 놀다가 싸우고 집으로 들어간 뒤에…… 그런데 그새 다시 돌아와 여기서 자란 모양이네. 말도 완전히 여기 사투리고, 친구도 여기 친구를 그대로 사귀고 있는 걸 보니……."

"그런 건 아니지만, 그렇다고 그때 영영 미국으로 돌아간 것은 아니었어요. 우리 식구 모두 미국으로 옮긴 지 3년 만에 아버지가 다시 한국으로 돌아와 서면 쪽에 집을 장만하셨으니까요. 그리고 그해 여름부터는 우리 남매도 방학은 다시 한국서 보내게 되었으니까요. 그래서 쟤들 찾아보고 나니 몇 년 못 봐 단절된 것들, 금방 이어지던데요. 그런데 총무님은 어떻게 옛날 저를 아세요? 틀림없이 저를 잘 아시는 것 같은데……."

그제야 나도 약간 멋쩍은 느낌이 들어 얼버무리듯 10년 전 여름 어느 날 내가 본 일을 띄엄띄엄 들려주었다. 혜련도 내 말을 받아 그때의 정황을 간추려 늘려수더니 문득 함께 온 아가씨를 가리키며 일러바치듯 말했다.

"저 가스나가 바로 그때 그 가스나예요. 다른 애들하고 같이 날 더러 미국 년이니 미국으로 돌아가라고 한 고 암팡진 계집애 말이에요. 3년 뒤 방학에 돌아와 가장 먼저 찾아보고 화해는 했지만, 그때 일 생각하면 지금도 속에서 열이 콱 치솟는 것 같다니까요."

그러고 보니 함께 온 아가씨의 얼굴에서도 어릴 때의 가무잡잡함은 화장기로 가려져 있었지만 야무져 뵈는 표정은 아직도 엷은 입술과 오뚝한 콧날 언저리에 남아 있었다. 내가 자기를 쳐다보자 그 아가씨도 배시시 웃으며 받았다.

"저 가스나 한국말은 정말 알아줘야 해요. 미국 가 산 게 10년, 겨우 열한 살까지만 여기 살았고, 그 뒤로는 기껏 한 해에 두어 달밖에 한국에 안 와 있었는데도 우리보다 우리말을 더 잘한다니까요. 사투리뿐만 아니라 표준말도 저 가스나가 하려고 들면 서울 사람 뺨칠 정도예요."

"그건 아버지가 서울 사람이고, 저희 남매는 그런 아버지와 그분의 말을 배운 어머니 밑에서 먼저 우리말을 배웠으니까요."

그때 우리 극단의 단장이자 연출을 맡고 있던 선배가 극단 사무실로 들어와 사사로운 추억담으로 흘러가던 우리 대화는 사무적인 것으로 바뀌었다. 실내로 들어온 선배가 혜련의 이국적인 외모 때문에 그랬는지 잠시 머뭇거리다가 나를 보고 물었다.

"이 아가씨 외국 사람 같은데 어찌 된 일이야? 문밖에서 듣기에

41

는 한국 사람들만 있는 줄 알았잖아? 무슨 일로 왔어?"

"음악 파트 지원자예요. 지금 이력서를 읽어 보고 있는 중입니다."

그러자 선배는 내가 들고 있던 혜련의 이력서를 뺏어 들고 훑어보았다.

"흠, 국적은 한국이군. 어머니가 미국이고, 아버지가 한국…… 그런데 중·고등학교는 미국에서 했네. 헌팅턴 하이스쿨이라……."

"네, 뉴욕 북쪽의 작은 시티에 있는 사립학교예요."

"그리고 호이그스트 음악학교라, 이건 또 뭐야? 줄리아드니 버클리니 하는 음대 이름은 더러 들어 봤어도 이런 음악학교는 처음이네."

"역시 뉴욕 주에 있는 2년제 칼리지예요. 클래식 기악 중심이고요."

"흠, 그래. 그런데 연극 음악은 경험이 있고?"

"학교 연극에서 몇 번 음악을 맡아 본 적이 있답디다."

그 말에 내가 아는 척 혜련에게서 들은 대로 대답하며 끼어들었다. 그런 나를 거들떠보지도 않고 선배가 다시 혜련에게 물었다.

"학교 연극이라면 어디야? 어느 학교에서 어떤 연극의 음악을 맡아 보았어?"

"하이스쿨 때 연극반이었어요. 체호프의 「갈매기」……."

그러자 언제부터인가 조금씩 말투가 삐딱해지던 선배가 비로소 제대로 된 시빗거리를 찾았다는 듯 정색을 하고 나무라는 투로 말했다.

"뭐? 고등학교 연극반? 이봐요. 헬렌 킴. 아무리 미국이 뭐든지 최고라지만 고등학교 연극반 경력을 가지고 우리 극단의 음악 연출을 하겠다면 그건 무리지. 우리 극단 이래도 천하의 부산하고도 광복동에서 뿌리내린 지 벌써 10년이 다 돼 가는 전문 극단이야. 더구나 이번 「리투아니아 남자들」은 우리 극단 자체 각색의 국내 초연 레퍼토리란 말이오."

그 무렵이 마침 미국 유학파들이나 재미 교포들의 거드름을 비꼬는 텔레비전 코미디 프로가 한창 인기를 끌 때였다. 그런 쪽으로 남달리 괴팍스러운 편인 그 선배도 혜련이 대단찮은 학교의 졸업장이나 미국에서의 경력을 내세워 우리 극단을 무시하는 걸로 여겼는지 자신의 악의를 숨기려 하지 않았다. 곁에서 듣는 내가 민망스러울 지경이었으나 그것도 오랜 단련 덕분인 듯 혜련은 별로 움츠러드는 기색이 없었다.

"그래도 브로드웨이에서 이름깨나 날리는 선배들이 모교 창립 100주년 기념 공연을 빛내 주기 위해 특별 지도를 해 준 공연이었어요. 하지만 그 경력 말고도 제가 이번 연극의 음악 연출을 지원한 이유는 또 있어요."

"그래? 그게 뭔데?"

선배가 아직도 악의를 거두려 들지 않고 빈정거리듯 그렇게 물었다. 혜련도 정색한 얼굴이 되어 또박또박 대답했다.

"리투아니아요. 그리고 리투아니아 음악요. 리투아니아는 우리 어머니가 태어난 나라고, 또 미국에 건너와 세계 민속음악을 전공한 어머니가 가장 밝은 것은 리투아니아 음악이었어요. 그래서 나도 리투아니아와 리투아니아 음악에 대해 좀 알아요."

그러자 그만의 일 욕심이 발동하기 시작했는지 꼬여 있던 선배의 말투가 알아듣게 풀어지기 시작했다.

"흐음, 어머니가 미국 사람이 아니고 리투아니아 사람이란 말이지. 어머니 전공까지 리투아니아 민속음악이고…… 거기다가 헬렌 킴도 어쨌거나 음악 전공으로 칼리지를 마쳤다……."

"9월 학기부터 서울의 대학교 학부에서 정식으로 국악을 다시 공부하게 될 거예요. 그때까지 여유 있는 시간으로 「리투아니아 남자들」 음악 부분을 거들고 싶었어요."

"그렇다면 적어도 이번 작품의 음악은 특색 있는 걸로 기대해볼 만하겠군. 좋아요. 그럼 우리 다시 한 번 생각해 보지. 참, 그런데 헬렌 킴, 아니, 김혜련 씨는 우리 작품 각본이나 구해 읽어 보고 오셨던가……."

선배가 완연히 풀어진 목소리로 혜련의 말을 받으면서 바로 실무적인 검토로 넘어갔다.

이후 일은 잘 풀려 혜련은 그해 가을 서울의 명문 음악대학 국악과로 진학할 때까지 우리 극단에서 함께 일하게 되었다.

「리투아니아 남자들」은 그해 5월 무대에 올랐는데, 선배의 기대와는 달리 큰 성공을 거두지는 못했다. 한 달 공연은 그럭저럭 버텼지만 유료 관객은 객석의 절반이 되지 않았다. 그래도 선배는 그 공연을 성공으로 자평했는데, 그 성공에 혜련의 음악이 얼마나 보탬이 되었는지는 알 길이 없다. 솔직히 그때의 무대 음악이 얼마나 리투아니아적인 정서를 담아냈으며, 구체적으로 어떤 리투아니아 민속음악이 활용되었는지도 별로 기억에 없다.

그녀 때문에 특별해진 리투아니아란 나라도 곧 이전 기억 속 그대로의 크기로 줄어들어 제자리로 돌아갔다. 소련 제국주의 팽창정책에 희생되어 점령당한 발트 3국 중의 하나. 라트비아, 에스토니아, 리투아니아……. 그런데 그해 8월 어느 날 우연히 혜련과 같이하게 된 바닷가의 하루가 그 리투아니아를 다시 특별한 나라로 만들고, 그 땅에 오래 뿌리를 내리고 살아왔던 한 가족의 비극적인 이산의 역사를 오래오래 애조 띤 기억으로 남게 하였다.

혜련이 그 분야로는 이름 있는 대학에서 국악을 공부하기 위해 서울로 올라가기 전인 그해 8월 초순 어느 날, 우리 극단 단원 여남은 명은 영도의 태종대로 놀러 갔다. 「리투아니아 남자들」이 막을 내리고, 다시 오프브로드웨이의 실험극 하나를 다음 공연으로 준비하고 있을 때였다. 이미 떠날 채비를 마친 혜련이 그날 아침 인사차 극단을 찾아오자, 마침 배우들과 새로 무대에 올릴 작품 대본을 조정하고 있던 선배가 갑자기 선심을 썼다.

"그래도 반년 가까이 한솥밥을 먹은 식군데 헬렌 킴을 그냥 보낼 수 있나. 마침 날도 더우니 우리 여기서 궁상 고만 떨고 오늘 하루 태종대로 야유회나 가지. 해수욕장은 어디나 너무 북적거릴 거고……."

배우들과 함께 검토하고 있던 대본을 내던지듯 탁자 위에 내려놓으며 그렇게 말했다. 선배는 부르기 쉬운 한국식 이름이 있는데도 혜련을 꼭 영어식으로 불렀다. 그리고 그것도 일종의 이국 취향인지 혜련과 함께 여럿 앞에 나다니기를 좋아했다. '기르던 닭은 잡아먹지 않는다.'는 나름의 처신법으로 여자 단원이나 여배우들과는 일정 거리를 유지하는 선배에게는 별난 예외였다. 하지만 그날은 열 명이 넘는 단원들과 함께 가는 것이라 꼭 그런 이국 취향이 발동한 것 같지도 않았다. 말 그대로 함께 지내다 떠나는 사람을 보내는 마지막 정으로 벌인 송별회라는 편이 옳았다.

아직 오전이었지만 10시를 넘긴 때라 날은 이미 찜통 같은 더위로 달아오르고 있었다. 단원들이 하던 일을 서둘러 마무리한 뒤 극단 사무실 문을 닫고 세 대의 택시에 나눠 탔을 때는 벌써 11시였다. 때아닌 교통 혼잡에 짜증들을 내며 태종대 유원지에 이르자 이미 점심때가 되었고, 커다란 천막 식당에서 콩국수 한 그릇씩과 불안한 여름 회로 소주 한 잔씩을 돌리자 8월 초순의 불볕은 절정으로 다올렸다. 원래는 자게 식힌 맥주나 및 병 들고 근처 바닷가의 시원한 그늘에서 조촐한 송별연을 대신할 작정이었으나 될 일이 아니었다. 전망 따지지 않고 찾아봐도 여남은 명이 둘러앉을 그늘은 없었고, 천막 식당이나 놀이용 차일을 빌려도 바람 한 점 없는 오후 2시의 불볕더위를 피할 길은 없어 보였다. 그때 영도에 살아 부근의 사정을 잘 아는 단원 하나가 선배에게 건의했다.

"단장님, 차라리 저 아래로 내려가 유람선이나 타는 게 어떻겠습니까? 요즘 새로 생긴 밴데, 설비가 좋고 바다로 나가면 바람도 시원해 견딜 만할 겁니다. 오륙도까지 돌아보고 오는 데 두어 시간 걸린다고 하니, 그렇게만 해도 돌아오면 이래저래 해거름이 될 거고…… 술은 그때 다시 자리 잡고 한잔하지요."

그 말에 선배도 별 대책이 없는지 선선히 동의했다. 하지만 피서 철이 대목이라 그랬는지, 돈 내고 유람선을 타는 일도 수월치는 않았다. 거기도 피서 나온 사람들이 몰려 결코 싸지 않은 승선권을 끊고도 다시 찌는 듯한 부두에서 한 시간 가까이 기다려서야 유람선에 오를 수가 있었다.

하지만 단원들이 모두 배에 오르고 유람선이 10여 분 바다로 나가자 모든 일은 처음 제의한 단원의 말대로 돌아갔다. 원래부터 조금 있던 바닷바람에다 날렵한 신형 유람선의 고속이 더해 선실 구석구석까지 시원한 바람이 불었다. 거기다가 그 불볕 같은 더위 속에서 배를 기다리는 동안에도 가만히 술과 마른안주를 챙겨 온 단원이 있어 취기도 끊어지지 않게 되자 이내 흥겨운 선유(船遊) 분위기까지 흘렀다.

내가 갑작스레 혜련과 리투아니아 얘기를 하게 된 것은 그렇게 얼큰해서 오륙도 부근을 돌아보다가 다시 유람선 부두로 돌아가는 뱃전에서였다. 저만치 선착장을 바라보며 배가 속도를 줄이고 있을 무렵 단원들은 모두 갑판 위에 나와 내릴 채비를 했다.

전형적인 백인 여성의 외모를 가진 혜련에게서 진한 부산 사투리를 끌어내어 주변 사람들을 놀라게도 하고 웃기기도 하는 데 재미를 들였는지 그때까지도 선배는 혜련 곁에서 우스갯소리를 하고 있었다. 그러다가 선배가 무엇 때문인가 잠시 자리를 비우자 줄곧 유쾌하게 맞장구를 치고 있던 혜련도 이내 입을 다물고 멀리 서쪽 바다 위로 지는 해를 쳐다보았다. 그런데 마침 그녀의 등 뒤에 서 있던 내 눈에 햇살을 받은 누른 머리칼이 가득 차오르듯 들어왔다. 내가 습관적으로 금발이라고 불러 왔던 그 머릿결은 기우는 햇살에 비낀 탓인지 거의 적갈색을 띨 만큼 짙고 탁했다.

"그러고 보니 혜련의 머리칼이 금발은 아닌 것 같네. 나는 옛날부터 무턱대고 혜련이 금발이라고 생각했는데……."

내가 무심코 그렇게 말하자 혜련이 돌아보며 별 표정 없는 얼굴로 말했다.

"「금발의 제니」 때문이겠죠. '오늘도 미소 짓네/ 제니/ 국화꽃 같은 금발 나부껴…….' 특히 한국 사람들 제 머리칼을 많이늘 금발로 착각해요. 하지만 제 머리칼은 금발이 아니에요. 어머니 말로는 리투아니아 해안의 황톳빛 모래 색깔이래요. 리투아니아 여자들에게 아주 흔한 머리칼이라던데요."

나도 리투아니아가 발트해 연안이고 그래서 해안선이 발달한 나라라고 듣기는 했지만, 그 해안의 모래 색깔을 상상해 본 적은 없었다. 그런데 한순간에 혜련의 머리칼 같은 황갈색 모래로 길게 펼쳐진 해안이 떠오르면서 검푸른 발트해의 물결까지 연상되어 대비되었다. 거기다가 어떤 땅의 색깔이 그곳에 사는 사람들의 머릿결에 투사된다는 것도 별난 느낌으로 다가들었다.

"사람의 머리카락 색깔이 살고 있는 땅 색깔을 닮는다는 게 어째 좀…… 그게 유전학적으로 가능할까?"

"그건 저도 몰라요. 어렸을 적에는 할머니와 어머니가 그렇게 말해 주어 그런가, 했을 뿐이에요. 하지만 요즘은 어쩌면 리투아니아 사람들이라면 그럴 수 있을지도 모른다는 생각이 들기도 해요."

"리투아니아 사람들이 어쨌기에?"

그러자 혜련이 한국 여자아이들 같지 않게 어깨까지 들썩하며 풀썩 웃었다.

"지금 이 뱃전에서 제게 리투아니아 역사를 강의하란 거예요?"

그때 마침 가벼운 충격과 함께 배가 선착장에 닿았다. 그 바람에 까닭 없이 서둘러 내리는 단원들과 함께 내리느라 이야기는 중

단되었으나, 새삼 인 리투아니아에 대한 호기심은 쉬 사그라지지
않았다. 그게 다시 여름밤까지 이어진 포장마차의 술자리에서 틈
나는 대로 리투아니아와 모계의 이산 역사를 혜련에게 묻게 만들
었다. 마침 자리도 떠나는 혜련을 위한 자리라 아무도 그녀가 대
화의 중심이 되는 걸 방해하지 않아 우리는 그녀로부터 리투아니
아에 대해 그 무렵의 상식을 뛰어넘는 지식을 얻게 되었다. 그리
고 그 가운데 어떤 것은 다시 20년이 더 지난 지금까지도 기억 속
에 단편적으로 남아 있다.

"한때는 유럽에서 가장 큰 나라였대요. 모스크바와 우크라이
나까지 차지한 적이 있는."

"리투아니아 왕이 폴란드 국왕을 겸한 적도 있었지요. 폴란드
와 연방을 이루었다가 배신당해 엄청난 낭패를 본적도 있고."

"그래도 자기들의 언어를 가지고 있고, 리투아니아 인구의 80
퍼센트 이상을 차지하고 있는 민족이죠. 독립성이 강하고."

"러시아에게 가장 많은 피해를 입은 나라일 거예요. 오랫동안
러시아 속국으로 지냈지만 종교는 동방정교가 아닌 로마 가톨릭
이란 것도 별나죠."

그러다가 근대사로 들어가면서는 무엇에나 대범한 혜련 같지
않게 제법 비장한 감상까지 내비쳤다.

"리투아니아의 근대 역사는 상당 부분 한때 연방국이었던 폴
란드의 비극과 연관이 있어요. 17세기 폴란드가 유럽 강대국들에

의해 분할될 때 리투아니아는 러시아에 점령되어 그 속국이 되었지요. 그리고 나폴레옹 전쟁 때는 러시아 침입의 통로가 됨으로써 프랑스, 러시아 양쪽 군대에게 쑥밭이 되었다더군요. 그 뒤 리투아니아는 죽 러시아의 속국으로 있다가 1차대전 때 독일에게 점령되면서 다시 외세의 침략에 시달리지만, 오래잖아 독일이 패전하면서 리투아니아는 독립을 누리게 되지요. 그러나 그것도 잠시, 이번에는 난데없이 폴란드군에게 점령당했다가, 2차대전 직전 폴란드가 다시 소비에트 러시아와 독일에 분할되었을 때는 소련에게로 넘어가게 됩니다. 하지만 기구하게도 이듬해 독일과 소련이 싸우게 되자, 리투아니아는 독일에게 점령당해 2차대전이 끝나서야 소련의 점령 아래 들게 됩니다. 그 뒤 리투아니아는 발트 3국 가운데 하나로 소비에트 연방에 편입되어 오늘날에 이른 불행과 비참의 나라입니다. 민족과 언어를 따로 가지고 국가를 세운 지 600년이 넘도록 독립국으로보다는 속방이나 점령지로 더 많은 세월을 보낸 나라가 우리 리투아니아예요.”

그때 혜련은 대강 그렇게 리투아니아의 근대사를 정리했는데, 아마도 나름으로는 리투아니아 역사를 깊이 있게 살펴본 듯했다. 그녀가 “우리 리투아니아”라고 말할 때의 묘한 떨림은 20년이 더 지난 지금까지도 기억에 아련히 남아 있다. 거기서 받은 어떤 감동 때문이었을까. 나는 다시 그녀의 모계가 리투아니아를 떠나게 된 경위를 물었다. 그러나 그 대답은 어차피 여남은 명의 취한 단원이 중구난방 떠들고 있는 그날 밤의 술자리에서는 듣기 어려웠다. 주위를 둘러보던 그녀가 문득 난감한 표정으로 대답을 망설이고, 어지간히 취한 나도 이내 집중력을 잃어 물음을 이어 가지 못했다. 그 바람에 혜련의 대답을 들은 것은 그로부터 몇 해 뒤, 우연히 다시 만나게 된 서울 거리의 어떤 카페에서였다.

2

히틀러와 스탈린이 폴란드를 나누어 점령했을 때, 폴란드 동부의 삼림지대에서 벌어진 이른바 '카틴 학살'은 이듬해 폴란드 전토를 차지한 독일 군부가 그것이 소련군의 소행임을 밝히며 전 세계를 상대로 선전전을 펼치는 과정에서 비로소 세상에 널리 알려지게 되었다. 그러나 카틴 학살의 풍문은 이미 그전에도 폴란드뿐만 아니라, 여러 세기 연방으로서 폴란드와 운명을 같이해 온 리투아니아에도 구석구석 음산한 겨울 안개처럼 번져 나가고 있었다. 특히 리투아니아 지식인이나 전문가층으로서 폴란드군의 장교로 징집될 예정이었던 사람들은 언 가슴을 쓸어내리면서도 수시로 가위눌림에서 깨나야 할 만큼 그 일을 소름 끼쳐 했다.

폴란드-리투아니아 연방 시절에 폴란드화(化)한 리투아니아 구

영주 계급의 후예인 비타우타스도 독일과 소련이 개전하기 전에는 리투아니아의 옛 수도인 빌뉴스 일대를 점령하고 있던 폴란드군의 장교로 징집될 예정이었다. 조부까지 내려왔다는 백작의 작위도 옛일이 되고, 빌뉴스 근처의 작은 영지와 허물어지다 만 고성이 전부인 비타우타스는 그때 아내와 세 딸을 둔 서른한 살의 고등학교 물리 교사였다. 15세기 리투아니아 영토를 발트해에서 흑해까지 확장하였던 대공(大公)에게서 따온 이름에는 전혀 어울리지 않았으나, 그래도 어쨌든 그는 신생 독립국 폴란드가 의지해야 할 지식인 계층에 속하였고, 당장은 침입해 오는 소련군에 맞설 폴란드 군대의 장교로 쓰이게 되어 있었다.

비타우타스가 폴란드의 운명에 얽매여 있는 조국 리투아니아를 떠나려고 마음먹은 것은 아마도 카틴 숲에서의 학살 풍문을 들은 뒤였을 것이다. 볼셰비키 소련이 그토록 모질게 폴란드 장교들과 지식인을 처형한 것은 폴란드 독립의 의지와 능력을 말살하기 위함이었으며, 언젠가는 자신에게도 똑같은 일이 벌어질 것이라 믿고 불안하게 여기던 그는 비슷한 처지의 친구들 몇과 미국으로의 이주를 꿈꾸었다. 실제로 그 무렵 적지 않은 리투아니아 민족주의자들이 소련 당국에 의해 시베리아로 끌려가기도 했다. 그러나 그가 미처 실행에 들어가기도 전에 다시 폴란드와 리투아니아는 히틀러가 보낸 독일군에게 점령되고, 멀리 외국으로 이주한다는 그의 계획은 잠시 주춤하게 되었다.

폴란드를 모두 점령한 그들 독일군은 어떻게 알았는지 소련군에 의한 카틴 숲의 학살을 들춰내 전 세계에 대고 소련을 소리 높여 비난하였다. 그것이 마치 세상에서 다시는 그런 일이 없을 거라는 다짐처럼 들리며, 거의 강박 수준에 이르렀던 비타우타스의 공포에 진정의 효과를 냈다. 그러자 작은 농장밖에 안 되는 영지와 이미 폐허에 가까운 고성도 새삼스러운 애착으로 그를 붙잡았다. 그래서 어물어물하는 사이 두어 해가 지나고, 어느 날 홍수가 차오르듯 스탈린그라드 전투에서 반격에 성공한 소련군이 독일군을 몰아내고 리투아니아로 밀려들었다.

그제야 놀란 비타우타스는 이주 계획을 다시 서둘렀으나 스탈린이 보낸 군대와 비밀경찰이 더 빨랐다. 폴란드에서만큼은 아니라도, 리투아니아를 소련의 위성국으로 만드는 데 장애가 될 만한 지도층 인사들이 하나둘 자취를 감추더니, 어느 날 밤 비타우타스도 어디론가 끌려갔다. 그런데 무슨 예감이라도 있었던 것일까. 체포되기 전날 밤 비타우타스는 젊은 아내에게 가만히 당부했다.

"아무래도 나는 기회를 놓친 것 같소. 카틴 숲의 일 때문인지 폴란드는 전보다 더 엄하게 단속되고, 발트해 쪽도 소비에트 군함들로 콱 막혔다고 들었소. 이제 우리 다섯 가족이 함께 이 나라를 빠져나가기는 글러 버린 듯하오. 잘 들으시오. 만약 내게 무슨 일이 일어나면 당신이라도 아이들과 함께 이 나라를 떠나 멀리 달아나야 하오."

그 말에 놀란 그의 아내가 눈물을 쏟으며 받았다.

"당신도 없이 우리만 가서 무엇하겠어요? 그렇게 되면 오히려 여기 남아 당신이 돌아오기를 기다려야지요."

"당신은 카틴 숲의 일을 모르시오? 거기서 처형당한 것은 폴란 드 장교들만이 아니오. 그들을 찾아 나선 가족들도 학살당했을 뿐만 아니라, 독일군의 침공이 늦었으면 나머지 가족들까지 처분할 계획이 있었다는 말도 있소. 내가 끌려가면 당신들은 반드시 멀리 피해야 하오. 당신들 넷이 모두 함께 떠날 수 없으면 떠날 수 있는 만큼이라도 떠나 어떻게든 반드시 살아남아야 하오."

"싫어요. 저 어린것들하고 떠난들 어디로 가며, 가서는 또 어떻게 살아간단 말이에요?"

"미국으로 가시오. 그곳은 모두에게 기회의 땅이라 하지 않소? 진작 이 나라를 떠나 미국으로 간 친구들 중에는 벌써 그곳 시카고에서 자리를 잡은 이들도 있다 하니 그리로 가 보시오. 특히 스메타나를 찾아가면 모르는 체하지는 않을 것이오. 거 왜, 내 어릴 적부터의 친구 스메타나 말이오. 대학 동창이기도 하고…… 빌뉴스의 상의(商議) 회장까지 지낸 그의 아버지만큼은 안 되어도, 그곳에 뿌리를 내려 시카고의 상가에서도 제법 그럴듯한 곳에 큰 상회까지 열었다고 하오."

그러고는 윗대로부터 물려받은 자신의 봉인(封印) 반지까지 뽑아 채운 귀금속 주머니와 소련 군표를 비롯해 몇 가지 북유럽에서 유통 가능성이 있는 인접국 화폐 한 묶음을 내놓았다. 모두 국외로 이주할 준비를 하면서부터 모아 온 것들인 듯했다.

자신의 예감대로 비타우타스는 이튿날 밤 급조된 리투아니아 소비에트 당원들에게 끌려간 뒤로 다시는 아내와 가족들에게로 돌아오지 못했다. 1945년 초봄의 일이었다.

비타우타스의 젊은 아내는 남편의 간곡한 당부도 접어 두고 그날부터 있는 힘을 다해 남편의 행방을 쫓았다. 그러나 한 달이 넘게 빌뉴스의 구석구석을 뒤지며 찾아보아도 남편이 끌려간 곳은 알아낼 길이 없었다. 1940년 초 리투아니아 민족주의자들이 그랬던 것처럼, 시베리아로 끌려갔다는 소문으로부터 어딘가 또 다른 카틴 숲에서 원통한 죽음을 당했을 거란 불길한 추측까지, 모두가 하나같이 넋이 흩어지고 애간장이 녹을 소리들뿐이었다.

그러는 사이에 동쪽과 서쪽에서 독일로, 독일로 다가들던 전선은 마침내 엘베 강에서 동서가 만나면서 참혹한 대전은 끝이 났다. 그러나 어느새 붉은 군대로 불리게 된 러시아군은 예전처럼 자신의 땅으로 돌아가거나 폴란드 일부를 분할해 점령하는 정도로 전쟁을 마감하지 않고, 동유럽 곳곳에 주둔하여 미국과 더불어 유럽을 반분했다. 그 유례없이 강대한 두 세력의 대치와 고착의 기미가 문득 비타우타스의 젊은 아내를 깨우쳤다.

'남편이 돌아올 수 없게 되었다면 이제는 우리가 서둘러 빠져나가야 할 차례다. 더 늦기 전에 아이들과 함께 저들에게서 벗어

나야 한다. 저들 러시아의 지배 아래 있는 이 리투아니아는 우리에게 죽음의 땅이나 다름없다.'

그런 깨달음에 소스라친 그녀는 그날로 떠날 채비를 하고 밤이 깊기를 기다려 몰래 빌뉴스를 떠났다. 그러나 그녀가 폴란드의 국경 도시로 떠나는 기차에 오를 때 함께 데리고 간 것은 세 딸 중 가운데인 여섯 살배기 일리야뿐이었다. 아홉 살배기 맏딸 엘레나와 세 살배기 막내 올가는 약간의 귀금속과 함께 이름만의 영지이지만 그래도 대를 이어 그녀들의 땅을 돌봐 온 늙은 부부에게 맡겼다.

혜련에게서 그 이야기를 들은 것은 내가 부산에서의 연출 활동을 접고 서울로 올라온 그해 겨울이었다. 학사 편입을 한 격인 혜련이 다시 그 대학교 석사과정으로 들어간 해니 그녀가 부산에서 떠난 지 3년째 되던 해였다. 지방 무대의 척박함에 지쳐 무턱대고 서울로 올라온 내가 대학로에 짐을 부린 지 얼마 안 되는 어느 날, 우연히 거리 카페에서 혜련을 만났다. 벌써 세 번째로 반복되는 만남이라 그런지, 헤어진 뒤로 그리 절실하게 그리워해 본 적도 없는 사이였지만 반갑기 짝이 없었다. 혜련도 반가워하기는 마찬가지여서, 이내 함께 들어온 일행과 작별하고 내 자리로 옮겨 왔다. 그런데 서로의 근황과 아는 사람의 안부를 묻는 절차가 끝나기 바쁘게 혜련이 그 얘기를 꺼냈다.

"지금 네 외가 쪽 얘기를 하는 것 같은데, 그럼 일리야란 여섯 살배기가 바로 어머니가 되는 거야?"

"그래요. 외할머니와 어머니, 그리고 맏이모 엘레나와 막내 이모 올가 얘기예요."

"그런데 야, 우리 이거 한 3년 만에 다시 만나는 거 같은데, 지금 그 얘기가 만나자마자 하던 얘기 이어 가듯 만사 제쳐 놓고 먼저 할 얘기냐?"

나는 그때까지 재미있게 들었으면서도 한편으로는 난데없다는 기분을 떨쳐 내지 못하고 그렇게 솔직히 물었다. 혜련이 조금도 이상할 게 없다는 듯 받았다.

"그때 부산에서 단원들과 송별회 하던 밤에 궁금해하셨잖아요. 마지막 화제였으니까 이렇게 만난 김에 잇는 거죠, 뭐."

그러고 보니 그게 모든 일에 실용적인 그녀다운 어법이기도 했다. 그 말에 나도 더 따지지 않고 그때까지 이야기를 듣는 사이에 생긴 궁금증부터 털어놓았다.

"하긴 재미있네. 그런데 너희 외할머니는 어째서 세 딸을 다 데리고 가지 않았지?"

"아마 그 당시 형편이 셋을 다 데리고는 리투아니아를 벗어날 수 없어서였을 거예요. 생각해 보세요. 미국 가는 배를 탄 것이 암스테르담이었다니, 리투아니아 빌뉴스에서 폴란드와 독일을 가로질러 수천 킬로미터를 갓 서른인 젊은 여자가 세 아이를 데리고 어떻게 헤쳐 갈 수 있었겠어요? 폴란드뿐만 아니라 동독을 가로지를 때도 줄곧 걸었다는데요. 서독으로 들어갈 때는 밤중에 몰래 숨어들 듯해야 했고."

"그렇다고 해도 왜 하필 여섯 살배기 가운데 아이야? 잘 걷는 아이로 고른다면 아홉 살배기가 나을 거고, 어린 게 불쌍하다면 세 살배기를 데려갔어야지."

나는 정말로 궁금해 혜련이 그녀의 외할머니나 되는 듯 다그쳐 물었다. 혜련이 갑자기 쿡쿡 웃으며 대답했다.

"그건 나도 모르죠. 아니, 그렇게 선택한 외할머니도 모르시는 것 같았어요."

"물어봤어?"

"아뇨. 저는 아니고, 한 10년 전에 엘레나 이모와 올가 이모가 외할머니를 찾아와 그걸 따진 적이 있는데, 외할머니는 도통 대답을 못 하시더라고요."

"그럼 리투아니아에 남겨졌다는 두 이모도 모두 미국으로 건너왔단 말이야?"

내가 다시 혜련의 얘기에 빨려 들며 그렇게 묻자 그녀가 별 감동 없는 얼굴로 대답했다.

"네. 그때 미국으로 돌아간 제가 막 하이스쿨에 입학했을 때요."

"그렇다면 1970년대 말쯤이고, 네 외할머니와 어머니가 그들

을 버리고 떠난 지는 30년이 훨씬 넘었을 때잖아? 그 오랜 세월이
지났는데도 그토록 먼 길을 찾아왔다는 말이야?"

나는 그 몇 해 전에 있었던 KBS의 이산가족 찾기가 분단 30
년 만의 일인데도 눈물바다를 이루며 몇 날, 몇 달이나 이어졌던
것을 까맣게 잊고 그렇게 물었다.

"한국에서도 그 무렵에 이산가족찾기운동인가 뭔가 하며 난리
쳤잖아요? 마침 방학 때라 나도 한국에서 그 방송 봤는데, 전쟁고
아인 아버지는 아예 텔레비전 앞에 붙어 살고……."

"그건 한국전쟁이란 큰 전쟁 중에 대규모로 일어난 것이고, 너
희 외가 경우는 좀 다르잖아? 게다가 네 이모들은 그때 겨우 아
홉 살, 세 살이었다면서? 둘 모두 외할머니나 어머니의 얼굴조차
잊어버렸을 때인데."

그제야 나도 그 방송을 떠올리고 까닭 모르게 솟구치는 짜증
을 누르며 그렇게 쏘아붙이듯 말했다. 그때 이미 말기 위암으로 가
망 없다는 선고를 받고 퇴원해 있던 아버지 때문이었을 것이다. 첫
날부터 엊그제 흥남 부두에서 철수한 "삼팔따라지", "국제시장 나
그네"의 정서로 돌아간 아버지는 때늦은 후회와 눈물로 얼마 남
지 않은 생명력을 헛되이 소진한 탓인지, 결국 그해를 넘지 못하
고 세상을 떠났다. 그런 내 속을 알 리 없는 혜련이 여전히 무덤덤
한 얼굴로 받았다.

"그들이 리투아니아에서 출발한 것은 외할머니와 어머니가 떠

나고 6년 뒤였대요. 그러나 북유럽을 가로질러 남독일로 가고 거기서 다시 프랑스로 내려가 정착했다가 미국으로 건너오는 데 20년이 걸리고, 미국에서 다시 우리를 찾아오는 데 몇 년 더 걸리는 식으로 30여 년이 흘러간 거죠."

"서양 사람들에게도 그토록 대단한 가족 관념이 있다는 게 놀라운데."

"리투아니아 사람들이 좀 그런 데가 있어요. 하지만 그보다는 이모들의 개성이죠. 아니, 한국 사람들 식으로 말하면 이모들이 어린 나이에 안게 된 한 때문이라고나 할까?"

"한이라고? 그건 또 무슨 소리야?"

"엘레나 이모와 올가 이모가 서로 손을 꼭 잡고 리투아니아를 떠날 때는 겨우 아홉 살과 열다섯 살의 자매였는데, 외할머니와 어머니를 찾아왔을 때는 30대 후반과 40대의 중년 부인들이었어요. 그런데 그때까지도 어디를 가든 이모들은 서로 손을 꼭 잡고 계시더라고요."

그러면서 그녀는 그 이모들 얘기를 자신이 알고 있는 대로 들려주었다.

대를 이어 그 집 영지를 돌봐 왔다는 늙은 농부 집에 맡겨진 혜련의 큰이모 엘레나와 막내 이모 올가는 리투아니아가 소비에트 연방이 되고 모든 사유(私有)가 철폐되면서 애매한 신분으로 떨어지고 말았다. 그들 노부부에게 엘레나와 올가는 이제 더는 대를 이은 상전의 자손도 아니고, 적잖은 지대(地代)를 절약하게 해 줄 지주의 딸들도 아닌 더부살이 군식구일 뿐이었다. 세계대전 뒤의 일반적인 궁핍 때문에 아직 제대로 자리 잡지 못한 사회주의 배급 제도 아래서 육순의 부부가 어린 외손녀 하나와 엘레나 자매를 함께 거두기가 쉽지 않았다. 부부 모두 심성이 착해 기꺼이 그 짐을 떠맡으려고는 했지만 능력이 따라 주지 않은 것도 그들 자매에게는 상처와도 같이 어두운 기억을 남겼다.

그러다가 3년 뒤에 할아범 쪽이 먼저 죽고 다시 이태 뒤에 할멈마저 숨지자, 그나마도 돌봐 줄 이가 없었다. 그 허물어지다 만 고성 한 모퉁이의 오두막에 남게 된 것은 열다섯 살 엘레나와 동갑인 그들 노부부의 외손녀 소냐, 그리고 아홉 살 난 올가뿐이었다. 착한 소냐는 그 뒤로도 엘레나 자매와 사는 것을 당연하게 여겼으나, 엘레나는 여러 해 마음속으로 별러 오던 결단을 내렸다.

"올가, 우리도 가자. 엄마를 찾아. 아니, 이제는 우리가 떠나야 돼. 아니면 영영 엄마를 만나 볼 수 없을 거야."

"엄마?"

이미 기억 속에 까맣게 지워진 어머니를 떠올려 보려고 애쓰며 올가가 물었다.

"그래. 엄마. 우리 어머니. 엄마가 떠날 때 내게 여기서 너와 함께 아버지가 돌아오기를 기다리라고 했지만, 나는 알아. 아버지는 돌아오지 못할 거야. 또 어머니는 말했지. 우리가 아버지와 함께 기다리고 있으면 어머니도 우리를 데리러 돌아올 거라고. 하지만 그게 벌써 언제야? 아마 어머니도 돌아오지 않을 거야. 그리고 어머니까지 돌아오지 않는다면 우리라도 찾아가 봐야지. 반드시 살아서 어머니를 만나 봐야 해. 꼭 묻고 싶은 게 있어."

그런 엘레나의 표정에는 그리움이나 슬픔보다는 결연한 의지 같은 것이 앞서 보였으나 어린 올가는 그게 이상한지조차 모르고 언니를 따라나섰다.

그들 자매가 리투아니아를 떠난 것도 그들의 어머니와 또 다른 자매가 6년 전에 그랬던 것처럼 먼 길 나서기 좋은 5월의 어느 날이었다. 그러나 그들의 여행은 출발부터가 어머니와는 달랐다. 다소나마 마련이 있었던 어머니는 빌뉴스에서 폴란드 동북부의 작은 도시까지 기차로 단숨에 달려갈 수 있었으나, 그들 자매는 리투아니아 서남부의 옛 영지 부근에서 걸어서 국경을 넘어 폴란드를 가로질러야 했다.

떠날 때의 몇 푼 노자를 밑천 삼아 폴란드의 삼림지대와 초원을 지난 자매는 다시 구걸과 노숙으로 비옥한 평원 지역을 헤쳐 나갔다. 때로 양배추밭에서 버려진 양배추를 씹기도 하고, 수확이 끝난 감자밭에서 새끼 감자를 얻어 삶거나 설익은 밀을 손바닥으로 비벼 씹기도 했다. 그러다가 이듬해 열여섯이 된 엘레나는 이따금 품을 팔아 어비를 벌기도 했지만, 그 행로는 험난히디 못해 가혹하기까지 했다.

엘레나는 그사이 한 번 임신을 경험하게 되었고, 그 집 헛간에서 유산하게 되면서 만난 서쪽 국경 지대의 괴팍스러운 홀아비 소농(小農) 집에서는 올가와 함께 몇 달이나 하녀처럼 혹사당해야 했다. 그래도 그 집에서 오랜 유랑과 걸식에다 유산으로 피폐한 몸을 추스르고 약간의 여비까지 마련하게 된 엘레나는 다시 올가와 함께 독일 국경을 넘었다. 그 뒤 가만히 체코슬로바키아와의 국경을 따라 동독 지역을 벗어난 그들 자매가 바이에른 부근에 이르렀을 때는 리투아니아를 떠난 지 3년이 다 돼 갈 때였다. 하지만 그 괴롭고 먼 길을 가는 동안에도 엘레나는 한 번도 어린 올가의 손을 놓은 적이 없었다. 그사이 열두 살이 된 올가가 어쩌다 어색해져 손을 빼내려 하면 엘레나는 한 서린 표정으로 되뇌었다.

"엄마는 어떤 경우에도 네 손을 놓지 말라 하셨어. 한순간도 네게서 눈을 떼지 말고 돌보라 하셨어. 내가 엄마를 다시 만나려면."

하지만 그 3년의 피로 때문이었을까, 남독일에서 멈춰 선 엘레나의 발걸음은 좀체 떨어질 줄 몰랐다. 대전이 끝난 지도 벌써 10년이 가까워 거의 완전하게 회복된 모젤 지방의 포도밭에서 일하면서 그녀는 다시 3년을 보냈다. 아직 어린 대로 언니와 함께 포도밭에서 일하게 된 올가는 언니가 엄마 찾기를 단념한 줄 알았다. 특히 엘레나가 거기서 만난 프랑스 청년을 따라 보르도로 가서 결혼까지 했을 때는 누가 봐도 그대로 프랑스 땅에 주저앉으려는 것 같았다.

"아니야. 너는 여기서 결혼해서는 안 돼. 만약 내가 못 가게 되면 너라도 미국으로 가야 돼. 가서 꼭 어머니를 만나야 돼."

보르도에서 다시 몇 년 보내는 동안 어느새 아가씨로 자란 올가가 마을 청년과 사랑에 빠졌을 때 엘레나가 나무라며 말렸다. 그러다가 몇 년 뒤 포도주 품평회에 나갔던 프랑스인 남편이 교통사고로 죽자 엘레나는 마치 그리 되기를 기다리고 있었다는 듯, 장례 치르기 바쁘게 올가를 불러 말했다.

"떠날 준비를 해. 이제 떠날 때가 되었어. 비행기 표를 구하는 대로 미국으로 떠날 거야. 우리는 반드시 그리로 가 엄마를 만나야 돼."

그때 또 다른 프랑스 청년과 사랑에 빠져 결혼을 약속한 올가가 나서 처음으로 언니에게 항의했다.

"언니, 벌써 20년이야. 엄마가 떠난 지 20년이라고. 언니는 미국, 미국 하지만 엄마가 그 넓은 미국 천지 어디에 있는지 알아? 또 어렵게 찾아간다 한들 이제 와서 뭘 어쩌겠다는 거야? 벌써 우리 삶도 절반 가까이 지나갔고, 엄마는 이미 50도 넘은 할머니야. 그런 엄마를 만난다는 게 과연 모든 것을 내던지고 매달릴 만한 일일까?"

"충분히. 나는 엄마를 만나 꼭 물어봐야 할 일이 있어. 너도 그것은 꼭 알아야 할 거야. 우리 둘 모두 엄마에게 물어야 할 일이 있어. 시카고로 가자. 아직 기억이 나. 그때 엄마는 시카고로 갈 거라 했어. 거기에 리투아니아 사람들이 많이 모여 살고, 성공한 아버지 친구도 있다고 했어. 틀림없이 그리로 갔을 거야. 거기 가면 엄마를 찾을 수 있어."

하지만 올가가 말한 것처럼 미국으로 건너가서도 그들 자매가 어머니를 찾는 일은 쉽지 않았다. 1970년대에 접어든 그때는 이미 어느 지역에 어느 나라 출신 사람들이 많이 모여 산다는 식의 거주 개념은 사라져 가고 있었고, 그것은 시카고도 마찬가지였다. 자매는 도시 구석구석을 뒤지듯 리투아니아 사람들을 찾으며 어머니의 자취를 물었으나, 쉽게 찾을 길이 없었다. 아버지의 친구였다는 사람도 그때는 전설이 되어 있었을 뿐, 그가 어디로 옮겨 앉아 어떻게 사는지는 아무도 몰랐다.

거기까지 들은 내가 불쑥 물었다.

"그럼, 미국까지 온 이모들이 너희 가족을 찾는 데 다시 10년 가까이나 걸렸단 말이야?"

"그것도 《뉴욕 타임스》를 비롯한 다섯 개의 큰 신문에 매년 한 차례씩 3년이나 연거푸 사람 찾는 광고를 낸 뒤에야 만나게 되었다는 거예요."

"그래, 이모들이 그렇게 어머니를 찾아 묻고 싶은 건 뭐였대? 무엇이 반평생을 걸고 물어봐야 했을 만큼 중요한 거였대?"

"바로 선생님이 조금 전 외할머니와 엄마가 리투아니아를 떠나는 얘기를 듣자마자 물어보신 것……."

혜련이 그래 놓고 어이없을 때 잘 그러는 것처럼 쿡쿡 웃더니 다시 말을 이었다.

"그날, 지금도 기억에 생생한데, 참 이상했어요. 외할머니는 헤어진 지 30년 만에 다시 만나게 되는 두 딸을 기다리는 사람 같지 않게 차분했는데, 제가 보기에는 무슨 결판을 기다리는 사람 같은 표정까지 있었어요. 어머니도 겉으로는 집 안을 꾸민다, 음식을 장만한다, 오래 헤어져 있던 자매를 만나게 된 사람의 반가움과 기쁨을 꾸미고는 있어도 왠지 불안하게 서성거리는 빛이 엿보였어요. 그런데 더 이상한 것은 그렇게 오랫동안 먼 길을 돌아 찾아온 두 분 이모님이었어요……."

혜련의 회상에 따르면, 그날 이미 은발이 희끗희끗해진 큰이모 엘레나는 무슨 엄중한 심문관 또는 이번에는 반드시 묵은빚을 받아 내고야 말겠다는 결의로 찾아온 채권자와도 같은 태도와 표정으로 현관을 들어섰다. 그사이 30대 후반이 된 막내 이모 올가도 혜련이 보기에는 큰이모와 크게 다르지 않았다. 언니처럼 강경하지는 않았지만, 올가 이모 또한 어떤 상황이 되어도 엘레나 이모 편에 서서 그 충실한 조력자 내지 응원군의 역할을 하겠다는 결의만은 분명히 보여 주었다.

그래서인지 혜련은 이모들이 누르는 초인종 소리가 집 안을 온

통 휘저어 놓을 때까지 자신의 방 안에서 고요히 기다리고만 있던 외할머니에게서도 엄한 심문관을 기다리는 피심문인 또는 변제할 가망 없는 채권 추심을 기다리는 채무자 같은 느낌을 받았다. 그리고 자신 없는 기억이긴 하지만, 혜련의 어머니도 요란스러운 심문 대비로 자신의 불안이나 죄책감을 진정하려는 종범(從犯) 또는 강제집행을 앞둔 연대 보증인 같은 데가 있었다고 한다.

오래 헤어져 있던 혈육들의 재회가 감동을 주는 첫 번째 대목은 서로를 확인하는 과정이다. 맞다, 맞아, 너야. 그간 얼마나 고생했니. 여기 볼에 이 흉터, 해방 이듬해 감꽃 목걸이 만든다고 뛰어다니다가 묵은 감나무 가지에 찢긴 거지. 이 손등의 낫에 베인 흉터는 뒷산에 쇠꼴 베러 갔다가 다친 거고……. 1980년대 초 KBS가 이산가족 상봉 실황을 방영할 때 가장 먼저 시청자의 콧등을 시큰하게 만든 것은 그런 이산가족들의 확인 과정이었다. 그러나 혜련의 외할머니와 이모들 모녀간의 상봉에서는 그마저도 없었다.

초인종에 억지로 불려 내려온 듯 거실로 들어선 혜련의 할머니는 잠시 멈칫 놀라는 것 같기는 했지만, 이내 차갑다고 할 만큼 차분한 눈길로 두 딸을 바라보면서 가만히 걸음을 멈추었다. 엘레나 이모 또한 한눈에 외할머니를 알아보는 것 같은데도, 달려가 어머니를 쓸어안거나 눈물을 뿌리는 일은 없었다. 외할머니와 마찬가지로 굳은 듯 발길을 멈추었는데, 혜련의 기억에는 잠시 얼굴이 해쓱해진 게 차이가 날 뿐이었다.

부엌에서 하던 일을 멈추고 달려 나온 혜련의 어머니는 잘 기억이 나지 않는지 긴가민가한 얼굴로 그런 둘을 바라보았고, 올가 이모는 그보다 더 몽롱한 눈길로 기억에는 전혀 남지 않은 어머니와 언니를 바라보았다. 외할머니와 엘레나 이모와 마찬가지로 그들 자매에게도 30년이 넘는 세월, 두 대륙을 헤매고 한 대양을 건너 만나게 된 혈육끼리 느끼는 감격은 거의 찾아볼 수 없었다.

만찬 시간으로는 아직 일러 찻잔을 놓고 둘러앉은 거실의 테이블가에서도 마찬가지였다. 무엇 때문인가 안절부절못하며 거실과 부엌 사이를 들락거리는 혜련의 어머니를 빼고 둘러앉은 그들 세 모녀의 대화도 천만리 바다를 건너고 산을 넘어 몇 십 년 만에 만난 혈육들의 그것과는 거리가 멀었다. 큰이모 엘레나는 막내 이모 올가를 증인 겸 보조 해설가로 쓰며 그로부터 한 시간 가까이 그리로 찾아오기까지의 괴롭고 쓰라린 행로를 얘기했는데, 곳곳에서 과장의 혐의가 드는 어조와 표정이었다.

그러나 알 수 없기는 혜련의 외할머니도 마찬가지였다. 두 딸이 서로의 증인이 되고 기억을 보조해 가며 리투아니아를 떠나는 순간부터 미국에 이르기까지의 긴 얘기를 맺는 동안 그녀는 단한 번도 반문이나 대꾸로 얘기의 흐름을 끊지 않았다. 하지만 그렇다고 감동에 젖거나 탄식과 회한에 넋을 놓고 있는 것도 아니었다. 야릇한 호기심으로 테이블 끄트머리에 앉아 듣고 있던 혜련은 그런 외할머니에게서 왠지 낙쳐올 환란을 기꺼이 받아들일 각오를 다지고 있는 듯 느껴지는 어떤 결연함까지 찾아볼 수 있었다. 저녁 준비를 핑계로 거실을 들락거리는 어머니에게서 느껴지는 불안이나 까닭 모를 죄의식 같은 것과는 전혀 다른 감정의 반전이었다. 그러다가 끝내 엘레나 이모의 심문 또는 채권 추심이 시작되었다.

"그런데 어머니, 그때 어째서 저 아이 일리야만 데려가고 저희들은 남겨 두셨지요?"

"글쎄다. 하도 다급한 상황이라 이것저것 깊이 생각할 겨를이 없었다."

이번에는 외할머니가 갑자기 하얘진 낯빛으로 그렇게 대답했다. 침착해지려고 애썼지만 목소리는 알아들을 만큼 떨리고 있었다. 그 떨림만큼 엘레나 이모의 목소리가 높아졌다.

"그때 우리 셋을 다 데리고 갈 수 없었다는 것쯤은 나도 알아요. 하지만 데려가기 쉽다는 이유라면 가장 나이 든 내가 되어야 했고, 어려서 가엽기 때문에 데려갔다면 저기 막내 올가여야 했어요. 그런데 어머니는 가운데 일리야만 데리고 떠나셨어요. 왜 그러셨죠?"

"그때는 단순히 누구를 버려두고 누구를 데려간다는 식의 선택이 아니었다. 갑작스러운 죽음의 공포에 쫓기던 이 어미에게는 너희 가운데 누구 하나를 그 죽음 속에서 건져 내느냐의 문제였다. 그리고 그때는 아무 거침없이 너희 셋 가운데 하나만 살릴 수 있다면 그건 바로 일리야, 저 아이라고 여겨 함께 데리고 떠났는데, 그 까닭이 무엇이었는지는 그 뒤 곰곰이 생각해 봐도 영 알수가 없었다."

그러자 엘레나 이모의 목소리가 갑자기 높아졌다.

"그러지 마세요. 어머니. 그때 어머니는 제게 저 올가를 잘 돌봐주라고 말씀하셨잖아요? 어떤 일이 있어도 올가의 손목을 놓아서는 안 된다고 하셨잖아요? 그리고 곧 데리러 오겠다고도 하셨죠. 그건 한 살이라도 많은 저를 남겨 두어 어린 올가를 돌보게 하려는 뜻 아니셨어요?"

"그렇다면 내가 어린 올가를 안고 떠나는 게 나에게도 너에게도 더 나은 선택이 되었겠지. 내게는 어중간한 여섯 살배기를 데리고 수천수만 마일 이국으로 떠나기보다는 품에 안기는 세 살배기 올가가 차라리 나았을 것처럼, 네게도 아직 기저귀를 차야 하는 올가보다는 여섯 살배기 일리야가 돌보기 쉬웠겠지."

"그래도 뭔가 저희들을 두고 일리야를 데려갈 합당한 이유가 있었겠지요. 더군다나 그렇게 저희들 중 누구를 데려가는 게 단순히 자식으로 기를 것인가, 버리고 떠날 것인가 사이의 선택이 아니라, 삶과 죽음을 가르는 선택이었다면요. 그 까닭을 들려주세요. 이건 어머니를 찾아 나서면서부터 저희 자매가 줄곧 묻고 싶던 것이었어요. 우리가 걸어온 길이 아무리 어려운 가시밭길이라 해도, 그것만 들으면 그 모든 고난을 잊을 수 있을 거예요. 아니, *그실로*

우리 둘의 삶 전체가 버림받은 상처에서 놓여날 수 있을 거예요."

그런 엘레나 이모의 목소리는 전과 달리 어떤 절실함과 간절함이 실려 있었다. 그러나 외할머니는 비정하리만치 차분한 목소리로 받았다.

"미안하다. 나도 언제가 우리가 다시 만나게 되면 너희들이 반드시 이걸 물을 줄 알았다. 하지만 그 때문에 더욱 거짓말을 할 수가 없구나. 더구나 30여 년이나 걸려 두 대륙을 헤매고 대서양을 건너 여기까지 나를 찾아온 너희에게는……."

그러고는 굳게 입을 다물었다. 그 뒤로도 엘레나 이모는 여러 가지 말로 자신이 바라는 대답을 듣고자 했지만 혜련의 외할머니는 끝내 그녀의 바람을 들어주지 않았다.

이윽고 날이 저물어 그 오후 내내 안절부절못하던 어머니가 식탁에 저녁상을 차리는 것으로 안정을 되찾으려 할 무렵, 엘레나 이모가 찬바람 도는 얼굴로 일어났다. 그녀는 그때까지도 찻잔 앞에 앉아 간절한 눈길로 외할머니를 쳐다보고 있는 올가 이모의 손을 가만히 잡으며 토막토막 끊어지는 목소리로 말했다.

"올가, 가자. 이 할망구한테 우리는…… 이미 30여 년 전에, 죽은 자식들이야. 자식을 죽을 구덩이에 팽개치고…… 떠난 할망구에게, 구구하게 물어본들 뭐하겠어? 우리에게도 이 할망구는, 그때부터 이미 어머니가 아니었어. 더는 찾아가야 할, 어머니가 없어졌는데도…… 우리는 그렇게 멀고 험한 길을 돌아, 여기까지 온 거야. 30년도 넘게 걸려……."

한동안 망연한 눈길로 그런 엘레나 이모를 바라보던 올가 이모가 얕은 한숨과 함께 자리에서 일어났다. 그러자 엘레나 이모는 그런 올가 이모의 손을 꼭 잡아끌 듯하며 거실을 나갔다. 둘은 저편 식탁에 한참 차려지고 있는 저녁상을 거들떠보지도 않고 밖으로 나가, 그토록이나 오래 그리워하고 찾아 헤맸던 어머니와 자매를 그 뒤 두 번 다시 찾지 않았다…….

무슨 의무를 다하듯 그렇게 자신의 리투아니아 얘기를 마친 혜련은 얼마 되지 않아 자리에서 일어났다.

"이제 서울로 활동 무대를 옮기셨다니 자주 뵐 수 있겠네요. 저도 내친김에 대학원으로 진학했어요. 아직은 잘 모르지만 대강 무대 음악 쪽으로 공부를 더 해 볼까 해요. 극단에 자리 잡게 되면 연락 주세요."

혜련이 늘 만나던 사람 헤어지듯 그렇게 말하고 제 전화번호를 일러 주었다. 나도 당연한 듯 내 연락처를 알려 주고 헤어졌지만, 저만치 인파 사이로 사라지는 혜련의 황갈색 머리칼을 보자 묘한 기분이 들기도 했다.

'이 아이는 어떤 인연으로 나와 이렇게 만나게 되는 것일까. 서른네 해 길지도 않은 삶에서 벌써 세 번째 뜻 아니한 곳에서 만나세 되는구나. 그것도 당연한 듯이.'

하지만 리투아니아에서 온 그녀의 두 이모와 외할머니가 극적으로 연출해 낸 그 광경이 아직도 강렬한 인상으로 내 의식을 사로잡고 있어서인지 오래 멈춰 서서 혜련을 생각하고 있을 수는 없었다. 그러다가 하숙집으로 돌아와 다시 어둡고 구질구질한 일상 속으로 끌려 들어가게 되면서 한동안은 혜련을 찾아볼 생각조차 못했다.

혜련에게는 태연하게 이제 막 지방에서 서울로 자리를 옮겨 앉은 중진 연출가 행세를 했어도 그 무렵 내 처지는 실로 막막하면서도 고단하였다. 1988년 올림픽을 앞두고 한동안 흥청거렸던 문예 부흥적인 분위기와 특히 대학로를 중심으로 번져 가던 폭발적인 소극단 운동에 자극 받아 무턱대고 부산을 떠나기는 했지만, 여전히 서울은 내게 만만치 않았다. 그것도 막차를 탄 셈인지, 대학로는 그사이 먼저 자리 잡은 사람들의 질서로 짜여 가고 있어, 나처럼 여러 해 지방에서 빈둥거리던 아마추어 연출가에겐 그리 호의적이지 못했다. 대학 선후배를 연줄로 여기저기 줄을 서 보았으나 나를 반갑게 맞아 주는 곳은 없었다.

그래도 다행은 내 몫으로 지워진 광복동 변두리의 작은 건물이 든든한 재정적 후원자가 되어 준 일이었다. 건물의 절반은 무거운 전세금에 묶여 있었지만, 적은 보증금에 월세로 되어 있는 부분에서 송금되는 것만으로도 나이 든 독신자의 생계는 그럭저럭 꾸려 갈 수 있었다. 그 바람에 최소한의 궁상은 면해도, 자리 잡지 못하고 떠도는 삶의 비참은 여느 실업자들과 크게 다르지 않았다. 그래서 구걸하다시피 얻어 낸 자리가 대학 시절에 함께 연극을 한 적이 있는 선배가 새로 꾸민 작은 극단의 무보수에 가까운 객원 연출 자리였다. 하지만 말이 연출이지 실제로는 기획, 홍보에서 소품에 이르기까지 극단에서 필요로 하는 곳이면 전천후로 뛰는 보조 잡무수(雜務手)에 가까웠다.

그해 남은 날들뿐만 아니라 올림픽으로 요란스러웠던 이듬해도 나는 애써 서른다섯의 나이를 잊고(그때만 해도 어느 분야든 서른다섯의 나이는 만만찮은 무게를 가지고 있었다.) 새로 끼어들게 된 연극 환경에 나를 맞춰 나갔다. 나름의 연출 수업 이외의 잡무들은 때로 성가시고 짜증나는 것이었으나, 돌이켜보면 내 연출 이력에 매우 유익한 배경이 되었다. 어쩌면 나는 그 1년 남짓 동안 내 아마추어적인 연출 경력을 프로의 감각으로 재편할 수 있게 되었는지도 모른다.

그러다가 1980년대가 닫히던 해에 들어서야 나는 비로소 아서 밀러의 「크루서블」로 중앙 무대에서 첫 연출을 하게 되었다. 그전에 부산에서 레빈이 쓴 「쿠크 박사의 정원」과 최인훈의 「옛날 옛적에 훠어이 훠이」를 연출해 본 적이 있지만, 서울하고도 대학로 무대에서의 연출은 서른여섯 당시로서는 어지간한 늦깎이로서도 떨리는 데가 있었다. 그러다 보니 「크루서블」 연출은 구석구석이 못 미덥고 불안한 것이 되었다. 더구나 그 작품은 내가 연극을 시작하면서 앞날에 꼭 한 번은 연출하고 싶었던 몇 개의 연극 가운데 하나라 더욱 그랬는지도 모를 일이었다.

나는 부산에 있는 내 건물의 월세 한 층을 전세로 전환해 마련한 목돈을 밑천 삼아 내가 할 수 있는 최선으로 배역과 기획까지 도맡았다. 거기서 다시 혜련을 만나게 되는 계기가 생겼다. 「리투아니아 남자들」의 음악 연출을 맡았을 때 그녀가 보여 준 특이한 음악 감각을 문득 떠올린 탓이었다. 그 연극의 클라이맥스에서 그녀가 삽입한 리투아니아 민속음악의 독특한 가락은 어쭙잖은 물욕으로 자식과 형제를 몰라보고 죽이게 된 사람들의 슬픔과 허탈을 극적으로 강화시켰다. 그녀라면 마녀재판의 음습한 청교도적 열정에 빠진 세일럼 마을과 욕정에 미쳐 마녀가 된 애비게일, 그리고 신념을 위해 기꺼이 죽어 가는 프록터를 위해서 알맞은 음악을 찾아 줄 것 같았다.

나는 용케 찾아낸 혜련의 전화번호로 연락을 해 보았다. 받은 지 이미 1년이 훨씬 더 지난 번호라 불안했지만, 전화를 받은 하숙집 주인 여자에게는 다행히도 혜련이 남긴 연락처가 있었다. 새로 옮겨 간 곳의 전화번호였다.

"요즘 뭐하냐? 그새 무대 음악 공부는 좀 했고?"

혜련과 연결이 되자마자 나는 불쑥 그렇게 물었다. 그래 놓고 나니 엊그제 헤어진 여동생에게처럼 스스럼없는 내 말투가 스스로도 이상했다. 하지만 그런 점에서는 혜련도 마찬가지였다. 헤어지고 2년 만에 갑작스레 전화를 받게 된 사람 같지 않게 무덤덤한 말투로 대답했다.

"이제 겨우 학기만 다 끝냈어요. 무대 음악 공부는, 글쎄요……대학에는 따로 그런 전공이 없어서 혼자 한다고는 해 봤는데 아직……."

"그럼 실전 경험 한번 해 볼 테냐?"

"갑자기 무슨 소리예요? 「리투아니아 남자들」, 여기서 리바이벌이라도 해요?"

"아니, 그건 아니고. 어쨌든 한번 만나자. 바로 나올 수 있지?"

그렇게 해서 다시 혜련을 만난 나는 그 무렵 들어 「세일럼의 마녀들」이란 제목으로 새로 나온 「크루서블」 번역판을 내놓으며 물었다.

"너 이 작품 봤어? 희곡으로라도 읽어 본 적 있느냐고?"

그러자 책을 집어 들고 제목을 읽어 본 그녀가 고개를 갸웃거리며 중얼거렸다.

"아서 밀러나 세일럼, 마녀 모두 귀에 익은 말인데 그러나 이 제목으로는 연극도 희곡도 본 것 같지가 않네요……."

그러다가 갑자기 무엇을 떠올린 듯 재빨리 말투를 바꾸었다.

"아, 알겠어요. 이거, 원작 제목은 '크루서블'일 거예요. 도가니, 시련, 뭐 이런 뜻의……. 영화로 본 적 있어요. 그런데 이걸 왜요?"

"이번에 우리 극단에서 내가 연출하게 돼서 그래. 이거 음악 한 번 맡아 보지 않을래?"

"그러고 보니 그동안 피차 너무 소원하게 지냈네요. 난데없이 우리 극단이라니, 그게 어느 극단이예요?"

그 말에 내가 새로 찍은 명함을 꺼내 주며 말했다.

"여기야. 앞으로 자주 연락해야 할지 모르니, 이거 잘 챙겨 둬."

"아, 여기요? 이 극단이라면 좀 알아요. 그런데 선생님이 언제부터 여기서 연출을 맡게 되었죠? 여기 요즘 꽤 날리던데."

가만히 명함을 들여다보던 혜련이 갑자기 진지해진 얼굴로 받았다. 그 극단에서 그해 올린 연극 세 편 중 두 편이나 흥행에 크게 성공한 것이 지명도를 높여 준 때문인 듯했다.

"작년 초부터. 하지만 놀랄 건 없어. 기껏 무보수 객원 연출자야. 이 작품은 서울에서의 내 첫 번째 연출이고⋯⋯."

"그래도 거의 아마추어나 다름없는 지방 극단과는 영판 다르죠. 이 정도의 극단에서 저 같은 풋내기의 경력을 믿어 줄까요?"

"그건 걱정 안 해도 돼. 이번 기획은 내 책임하의 독립채산이야. 망해도 내가 망하는 것이니까, 내게 그만한 재량은 있어. 어때, 해 볼 거야?"

그러자 혜련은 제법 한국식의 겸양까지 떨어 보이다가 다시 물었다.

"그런데 선생님은 무얼 믿고 제게 음악을 맡기려고 하세요? 이건 「리투아니아 남자들」 때같이 특별한 뿌리의 체험이 있는 것도 아닌데……."

"아니야. 이번에도 무언가 네 독특한 감각이 도움이 될 것 같아. 19세기 초 미국 동부 청교도 지역의 음습한 정서, 특히 마녀재판을 둘러싼 집단 광기나 신념을 지키기 위한 죽음 같은 것에 대한 이해…… 어때? 그때처럼 한번 같이해 보지 않을래?"

그 말에 혜련의 표정이 실무적인 것으로 돌아갔다. 짧게 생각에 잠기는 눈치더니 조심스레 대답했다.

"선생님 연출이라면 함께하고 싶어요. 그러나 실제로 잘할 수 있을지는 영 모르겠네요. 한번 차분하게 생각해 보고 내일까지는 전화 드릴게요."

"너라면 할 수 있을 거야. 내일까지 생각해 보고 자시고 할 것 없이 바로 마음 정하라고."

공연히 다급해진 내가 그렇게 결정을 재촉해 보았지만 그녀는 별로 흔들리지 않았다.

"선생님이 절 믿어 주시니까 더 겁이 나네요. 하루만 주세요. 이것저것 조금만 더 살펴보고 말씀드릴게요."

말은 그래도 혜련의 얼굴빛에는 어딘가 낙관적인 기대를 품게 하는 데가 있었다.

혜련의 전화는 다음 날 생각보다 일찍 왔다. 막 극단으로 출근

해 마음속으로 점찍은 배우들과 대본을 점검하고 있는데, 극단 창구 담당에게서 전화가 왔다는 전갈이 왔다. 받아 보니 혜련이었다.

"좋아요. 선생님 한번 해 볼게요. 다행히도 집에 가서 찾아보니 참고할 만한 자료도 몇 있네요. 또 저에게도 정식 무대에서의 음악 감독으로는 데뷔 작품이라 최선을 다할 각오도 돼 있고요. 하지만 결과가 신통찮더라도 너무 원망하지는 마세요. 이 일로 선생님하고 삐꺽하게 되는 것, 지금은 그게 제일 겁나요."

나는 그녀가 승낙해 준 게 반갑고 고마워 그밖에 다른 소리는 모두 흘려들었다. 그때가 아직 아침나절이라는 것도 잊고 대뜸 소리쳤다.

"야, 고맙다. 이따가 우리 만나 대포 한잔하자. 작품 얘기도 하고."

그래 놓고 다시 까닭 모르게 다급해져 만날 시간을 재촉한 끝에 그날 5시로 약속을 잡았다.

그날 혜련과 만나기로 한 곳은 대학로에서 멀지 않은 카페테리아였다. 그러나 이름이 그럴듯해서 카페테리아지, 저녁때 몇 개의 경양식 메뉴가 나오고는 곧 호프집으로 변하는 규모 큰 술집이라는 편이 옳았다. 주로 연극하는 사람들이 많이 모이는 곳인데, 그곳에서의 초가을 오후 5시는 아직 커피와 경양식이 주된 메뉴가 되는 시각이었다.

내가 도착하니 혜련은 거기서 만난 다른 사람과 막 작별을 하고 있는 중이었다. 상대가 젊은 남자여서인지 나는 자신도 모르게 그를 찬찬히 살펴보게 되었다. 또래에서는 큰 키인 나보다도 반뼘은 커 보이는 남자였는데, 그러면서도 몽골리안을 강조하는 듯한 윤곽의 얼굴이 아주 인상적이었다. 그는 혜련에게서 들어 나를 알고 있는지 내 곁을 지나면서 가볍게 목례를 했다. 왠지 몹시 정중한 대접을 받았다는 느낌이 들어 나도 황급히 머리까지 수그리며 그에게 답례했다.

"누구야?"

그 남자가 가고 둘만 남게 되자 나는 혜련에게 그것부터 물어보았다. 혜련이 스스럼없이 대답했다.

"대학원에서 만난 선배예요. 작곡 쪽의."

"작곡? 저 큰 키에 그 덩치하고는 어째 안 어울리네. 클래식이야?"

"아녜요. 팝 쪽, 그러나 대중가요는 아니고."

"그럼, 그쪽도 무슨 무대 음악 같은 거야?"

"그것도 무대 음악이라고 해야 하나? 요즘 창작 뮤지컬 하나 맡아 작곡 중이래요."

"뮤지컬? 더구나 기존 음악 편집 정도가 아니고, 처음부터 끝까지 통으로 다 작곡해야 하는 창작 뮤지컬이라고?"

내가 좀 낯설다는 기분을 느끼며 그렇게 반문했다. 한참 연극을 배울 때는 뮤지컬이라면 할리우드 영화의 한 장르처럼 어거 왔고, 1980년대가 거의 다 지나간 그때까지도 무대 공연으로 직접 본 것은 달랑 「아가씨와 건달들」 한 편뿐인 지방 출신의 아마추어 연출가로서는 당연한 반응인지도 몰랐다. 혜련이 무엇 때문인지 항변하듯 말했다.

"창작 뮤지컬이 왜요? 우리라고 언제까지나 번역으로 혀가 꼬이고, 노랑머리 분장으로 어른들 학예회같이 되기 일쑤인 수입 뮤지컬만 해야 하나요? 이제 우리도 한번 뮤지컬에 도전해 볼 만하다고 봐요. 아니, 어쩌면 우리나라에도 곧 뮤지컬 전성기가 오고, 우리 성대와 몸에 맞는 창작 뮤지컬이 공연 무대를 휩쓰는 날이 올 수도 있어요. 런던의 스칼라나 뉴욕의 브로드웨이처럼 말이에요. 그리고 그런 면에서 보면 오히려 그 사람이 앞서 가고 있는지도 모르죠."

그러자 그 무렵 들어 신문이나 방송에서 본 「레 미제라블」이나 「오페라의 유령」, 「미스 사이공」, 「캣츠」 같은 대작들의 화려한 무대 컷과 포스터 사진이 뒤죽박죽 한꺼번에 떠올랐으나, 뮤지컬을 바라보는 내 선입견을 쉽게 바꿔 놓지는 못했다. 다만 어떤 대목에서는 항변하는 듯한 어조 못지않게 이글거리는 혜련의 눈빛에서 받게 되는 심상찮은 예감이 의아할 뿐이었다.

나는 그게 무엇 때문인지를 알아보기 위해 머릿속에서 다시 한번 그녀의 말과 함께 그 말을 할 때의 표정들을 떠올려 보았다. 짧은 순간이지만 그녀의 눈빛이 번쩍 빛났다가 보다 깊고 가라앉은

빛으로 이글거리던 순간이 포착되었다. 바로 그녀가 조금 전 남자를 "그 사람"이라고 부를 때였다. 나는 까닭 모르게 후끈 달아오르는 기분을 억누르며 앞뒤 없이 불쑥 물었다.

"좀 전 그 친구 정말로 누구야? 이제 보니 여느 선후배 사이 같지 않은데?"

"제가 너무 쉽게 들켰나? 서로 좋아하는 사이예요. 어쩌면 그와 결혼하게 될지 몰라요."

이번에도 혜련은 별로 머뭇거리는 기색 없이 그렇게 대답했다. 그 말에 무슨 들어서는 안 될 소리를 들은 사람처럼 가슴이 철렁하고 눈앞이 아뜩했지만 이번에도 그 까닭은 알 수가 없었다. 오히려 그 까닭을 알게 되는 게 두려워져 나는 얼른 말머리를 돌렸다.

"결혼이라…… 우리 금발의 제니가 벌써 그렇게 되었나?"

"벌써, 라니요? 저도 어느새 한국 나이로 스물일곱이에요. 예전 같으면 노처녀 소리 들을 나이라고요."

혜련이 코카서스 인종의 용모적인 특성을 고스란히 간직한 얼굴에 영 어울리지 않는 우리식 말투로 그렇게 대답하고는 자연스럽게 화제를 바꾸었다.

"저녁 어떻게 하시겠어요?"

"왠지 생각이 없네. 멕시칸 샐러드로 생맥주나 몇 잔 하고 보지."

나는 저녁 생각이 없다기보다는 갑자기 술 생각이 간절해져 그렇게 대꾸했다.

"그렇게 하죠. 저도 점심을 늦게 먹었어요."

혜련이 그렇게 따라 주어 생각보다 빨리 술자리가 시작되었다.

생맥주가 나올 무렵부터 화제는 한동안 우리가 함께할 연극을 중심으로 이어졌다. 아니, 어쩌면 내가 그렇게 이끌어 갔다는 편이 옳았다.

"그래, 무슨 일로 이번 음악 연출 그리 빨리 마음을 굳히게 됐어? 어제 준 희곡은 다 읽은 거야?"

내가 그렇게 묻자 혜련이 제법 감상적인 표정이 되어 대답했다.

"그보다는 제가 가지고 있던 비디오부터 다시 살펴보았어요. 하지만 무엇보다 뿌리치기 어려운 끌림을 느낀 까닭은 옛적에 세일럼을 찾아갔던 추억 때문이었을 거예요."

"세일럼에 가 보았다고? 그게 어디 있는데? 그리고 거기는 어떤 데야?"

"매사추세츠에 있는데, 온통 마녀재판을 관광 자원으로 해서 먹고사는 동네죠. 마녀 박물관도 있고, 매일 그때 일을 재연하는 거리 연극이 벌어지고……."

"매일 거리 연극이 벌어진다고?"

"10년 전 제가 놀러 갔을 때는 그랬어요. 점심을 먹은 지 얼마 안 됐으니 오후 2시쯤 됐을 거예요. 어떤 골목 모퉁이에 있는 기념품 가게에서 카드 몇 장을 고르는데, 갑자기 찢어지는 듯한 젊은 여자의 목소리가 들렸어요. 나가 보니 17세기 복장을 한 남자들에게 둘러싸여 어디론가 끌려가고 있던 한 예쁘장한 여자가 신들린 듯한 표정으로 질러 대는 소리였어요. 아마도 하녀 애비게일이 재판소로 호송되고 있는 장면이었을 거예요. 그들이 걸친 고색창연한 의상이나 그 여배우의 창백하면서도 음영 깊은 분장으로도 짐작은 했지만, 무엇보다도 관광객인 듯한 사람들이 떼를 지어 따라가면서 구경하는 것을 보고 저도 그게 거리에서 벌이는 연극인 줄 알았죠. 나중에 들으니, 재판소까지 따라간 관광객들은 극중의 배심 판결에까지 참여한다고 하더군요. 그때는 아주 인상적이었지만 그 뒤 오래 잊고 지냈는데, 어제 희곡을 받고 읽어 가다 보니 문득 그 일이 떠올랐어요. 그리고 「크루서블」이라면 뭔가 내가 거들어 할 수 있는 일이 있을 거라는 생각이 들더군요."

"들어 보니 나도 별난 느낌이 드네. 그 밖에 그 세일럼이라는 곳에서 더 본 것은 없어?"

"너새니얼 호손요. 『주홍 글씨』를 쓴 너새니얼 호손의 집이 그 도시에 있었는데, 그때는 세일럼의 마녀재판과는 별개의 관광거리로만 보았어요. 특히 『일곱 박공(牔栱)의 집』이란 소설의 모델이 된 집으로만. 그런데 어제 문득 세일럼의 추억을 떠올리면서, 이번 작품에 활용할 만한 호손의 작품들을 몇 편 더 찾아냈어요."

그러자 나도 기억나는 게 있었다.

"맞아. 호손의 조상 중에 세일럼의 마녀재판에 참여해 그 참혹한 판결을 내리는 데 서든 이가 있었다지, 아마. 그래서 호손은 자신의 성을 쓸 때 없던 철자를 하나 보태 그 조상의 성과 차별을 주었다고 했고…… 유전자에 착색된 그때의 상처가 그의 작품에 반영되어 있다는 소리도 들은 것 같아."

그렇게 맞장구를 쳐 주자 혜련이 한참이나 그 사례를 들었다. 『주홍 글씨』나 「젊은 굿맨 브라운」 같은 작품에 드러나 있는 것들인데, 하룻밤의 천착으로 보기 어려운 이해의 깊이를 느끼게 했다.

"게다가 호손이 쓴 소설의 시대적 배경은 대개가 세일럼의 마녀 재판이 있던 시절이라고 들었어요. 아마도 배경의 음색을 정하는 데도 그의 작품을 영화화한 것들이 도움이 될 거예요."

혜련이 논의에 한 단락을 짓듯 그렇게 말하고 잠시 자리를 뜬 것은 다섯 번째 생맥주 잔을 받았을 때였다. 날은 이미 저물었고, 식당 안은 어느새 술꾼들로 왁자지껄했다. 아무래도 저녁을 먹지 않고 마신 술이라 그런지 나도 슬며시 취해 왔다. 다섯 번째 생맥주 잔을 비우며 풀려 오는 눈길로 술집 안을 돌아보는데, 저만치 입구 쪽에 있는 전화 부스 안에서 전화를 걸고 있는 혜련이 보였다. 누군가에게 전화를 걸고 있구나, 싶다가 그게 바로 얼마 전에 본 그 키 큰 남자일지도 모른다는 생각이 들자 다시 가슴에 후끈한 기운이 솟구치는 느낌이 들었다.

사실 혜련을 알게 된 뒤로 나는 한 번도 그녀를 여성으로 의식해 본 적은 없었다. 나이 차이는 열 살도 나지 않지만 '금발의 제니'로서의 인상이 너무 강하게 남은 데다, 나중에 성숙해 만나서도 그 계기가 연극이 되어서 그런지 그녀가 이성이란 느낌은 별로 없었다. 거기다가 이성에 대해서는 특별히 이국정취를 선망하지 않는 내 취향도 우리 사이에 남녀 간의 어색함이 끼어드는 것을 막아 주었다. 서울에 와서 30대 중반의 노총각과 스물다섯의 성숙한 여성으로 다시 만난 뒤에도 이성 간의 특별한 감정 개입이 없기는 마찬가지였다.

1970년대 초기 해외 진출 붐이 일고난 뒤 '백마 타고 온 또또'란 별명으로 놀림받던 사람들이 있었다. 원래는 어떤 산문집 제목이었는데, 어원은 하도 아는 척 나서는 바람에 똑똑이란 별명을 가졌던 사람이 한동안 외국 바람을 쐬고 난 뒤 귀국해 백인 여자와 잔 것을 자랑하다가 얻은 별명이었다. 백인 여자는 백마가 되고 똑똑이는 기역 자 받침이 날아가 '백마 타고 온 또또'가 되고 말았다. 그것도 속 깊은 이국정취의 경험으로 여겨 한때는 부러워한 사람도 있었겠지만, 1980년대 말 그때만 해도 그 별명은 그저 우스갯소리거나 놀림거리로만 남아 있었다.

그런데 그날 저녁 얼큰히 취해 가던 나에게는 달랐다. 전화 부스 안에서 웃으며 통화하는 혜련을 보며 느닷없이 그 별명을 떠올린 나는 그 전화를 받고 있을 혜련의 남자에게 갑작스러운 적의를 느꼈다. '백마 타고 온 또또'에게 느끼던 경멸이나 조롱의 감정과는 전혀 다른 세차고도 속 깊은 데서 우러나는 적의였다. 그러고 보니 혜련에게서 그와 결혼할지도 모른다는 말을 들었을 때 가슴이 철렁하고 눈앞이 아뜩했던 까닭도 알 듯했다. 나 역시 너를 여자로도 의식하고 있었구나. 거기서 내 감정은 잠시 두서없이 헝클어졌다. 그러나 오래갈 혼란은 아니었다.

"무슨 생각을 그렇게 골똘히 하세요?"

잠시 후 돌아온 혜련이 밝게 웃으며 그렇게 물어 왔을 때는 어느 정도 격한 감정을 추스른 뒤였다.

"무슨 전화를 저리 길게 할까, 그런 생각……"

농담처럼 그렇게 받아 놓고 취기를 과장하며 덧붙였다.

"그리고, 그 키 큰 몽골리안이 무슨 재주로 우리 금발의 제니를 사로잡았을까……"

"키 큰 몽골리안……"

그녀가 나처럼 그렇게 꼬리를 끄는 말투로 받아 놓고 다시 진지해진 표정으로 중얼거리듯 자문했다.

"그런데 내가 왜 그 사람을 한 번도 그런 인종적인 특성으로는 의식하지 못했지?"

그 말에 내가 빈정거림 섞인 물음으로 받았다.

"사랑의 묘약이라고 해야 하나? 아니, 무식하게 말하면 눈에 명태 껍질이 확 덧쓰인 것이겠지."

하지만 그녀의 어조는 더욱 진지해졌다.

"아녜요. 그건 뭔가 중요한 물음 같은데요. 정말로 그 사람과 사귀는 동안 한 번도 그 사람의 인종적인 특성을 의식해 본 적이 없다니까요. 너무도 자연스럽게 친구가 되고 애인이 되었거든요."

"그렇다고 그게 그렇게 심각하게 따져 볼 일이야 되나?"

그녀가 너무 진지해지는 바람에 내가 슬그머니 물러나는 기분으로 그렇게 말했다.

"그렇지 않아요. 뭔가 한 번쯤 진중하게 따져 봐야 할 일이 있을 것 같네요. 외모의 인종적인 특성이 나와 전혀 다른 그 사람을 사랑하게 된 게 이상하기는커녕 뭔가를 찾아야 할 곳에서 찾았다는 기분까지 들었다니까요. 이번에 내가 한국으로 돌아온 것은 음악 공부를 마치기 위해서가 아니라 이 사람을 찾아온 것인지도 모른다 싶을 만큼……."

"그게 무슨 소리야? 설마 제 고향 찾아간 금발의 제니가 우리 돌쇠를 찾으러 한국으로 되돌아왔다는 뜻은 아니겠지. 그러고 보니, 거 뭐야? 엘렉트라 콤플렉스 같은 거 아냐? 여자아이가 자신과 어머니를 동일시하고 아버지를 사랑하게 된다나 어쩐다나, 하는 거. 혜련의 어머니가 그랬던 것처럼 혜련도 은연중에 아버지를 닮은 한국 남자에게서 자신의 배우자를 찾은 것인지도 모르잖아?"

"시시해요. 낡은 신화에 기댄 그 억지스러운 가설. 그 사람에게서는 그보다 더 본질적이고 결정적인 어떤 느낌이 있었어요."

그런 그녀의 진지한 대꾸에 다시 동화된 내가 떠올려 볼 수 있는 여러 가지 심리 기제 가운데 하나를 신중하게 내 보았다.

"그럼 혈통으로 물려받은 어떤 친화감이나 아버지 밑에서 자라는 동안 자연스럽게 몸에 밴 익숙한 느낌 같은 거?"

"그보다도 더 뿌리 깊고 본능적인 건데요……."

그녀가 다시 그렇게 끝을 길게 끄는 대답으로 말을 끌고 있다가 문득 생각난 듯 이었다.

"내가 우리 감독님께 이런 소리 해도 될지 몰라. 하지만 그래도 이 얘기를 해야만 그 사람에 대한 내 감정이 설명이 될 것 같네요. 첫 섹스 얘긴데요. 나도 미국 여자아이들의 평균치에 크게 벗어나지 않게 하이스쿨 때 처음 동급생 남자아이와 잤어요. 상대는 스코틀랜드 계통의 맥 라이언이란 이름을 가진 아이였는데, 성실하면서도 수줍음을 많이 타는 성격이었죠. 부활절 휴가 무렵 부모가 휴가를 떠나고 그 아이 홀로 남게 된 빈집에 학교 친구 몇 쌍이 모여 작은 파티를 열었다가 그중 경험 많은 몇 쌍의 유도로 그렇게 되었어요. 하지만 나도 평소 그 남자아이를 좋아하였고, 그날 밤 분위기가 그렇게 몰리자 섹스도 기꺼이 동의한 것이었죠. 그런데도 그 집 거실에 다시 불이 밝혀지고 방방이 흩어졌던 쌍들이 다 되돌아와 다시 술을 마시게 되면서부터 이내 기분이 고약해지기 시작했어요. 무언가 해서는 안 될 짓을 한 느낌, 아버지가 특히 엄격함을 드러내 보일 때의 표정과 경멸을 드러내는 어머니의 눈길 같은 것이 번갈아 머릿속을 스쳐 가며 나를 견딜 수 없게 만들었어요. 죄의식이란 게 어쩌면 그런 것일지도 모르죠. 결국 나는 내파트너였던 남자아이를 몰아쳐 새벽 2시에 집으로 돌아오고 말았어요. 그리고 어머니의 눈길을 피해 가며 두 번, 세 번 샤워를 했던 기억이 나는데 그때는 왜 그랬는지 알지 못했어요. 물론 그 남자아이하고는 그걸로 끝이었죠. 그 성실하면서도 수줍음 많이 타던 아이는 졸업 때까지 몇 번이나 얼굴까지 붉히며 사과를 했고, 나도 결코 그 아이를 싫어하거나 미워하지는 않았는데도, 섹스로는 두 번 다시 그 아이와 만나지 않았어요.

똑같지는 않지만, 미국에서 사귄 두 번째 보이프렌드에게서도 비슷한 경험을 했어요. 칼리지에 다닐 땐데 그때도 상대는 당연한 듯 백인 청년이었죠. 하인츠란 성이 남은 독일계의 공과 대학생이었는데, 첫 번째와는 달리 몇 달은 몸과 마음 모두 그럭저럭 잘 어울렸어요. 그런데 졸업을 앞둔 어느 날 그가 불쑥 결혼 신청을 하자 모든 게 달라졌어요. 갑자기 번쩍 정신이 들며, 첫 번째 섹스 뒤에 느꼈던 그 죄의식과 불결감이 한꺼번에 되살아나더군요. 내가 서둘러 한국으로 돌아온 것도 어쩌면 거기에 쫓겨서였는지 몰라요. 그리고 여기 와서 이태 뒤에 그 사람을 만났고, 만난 지 석 달 만에 진지하게 결혼을 의논하는 사이가 되었어요. 어쩌면 그런 내 의식의 근저에서 내가 그 사람의 인종적 특성에 전혀 구애되지 않았던 까닭을 찾아보는 게 맞지 않을까요?"

하지만 솔직히 그때 자연스럽게 대답할 수 있는 형편이 아니었다. 산전수전 다 겪은 서른여섯의 노총각이라고는 해도, 자신의 성적 경험을 스스럼없이 털어놓은 미혼의 젊은 여자 앞에서 끝내 태연할 수는 없었다. 애써 되살려 낸 진지한 어조로 마음속의 충격과 혼란을 감추며 받았다.

"그보다는 자기 정체성의 문제와 관련된 것은 아닐까? 혈통이나 국적은 자기 정체성을 규정하는 데 중요한 요소가 될 수 있으니까. 부계 혈통 우선주의와 족외혼(族外婚)의 금기 같은 게 어우러져 빚어낸 강박관념 같은…… 쉽게 말하자면, 아버지가 한국 사람이니까 너도 한국 사람이고, 그래서 네 배우자는 한국 사람으로 골라야 한다는 그런 강박 말이야."

그러자 비로소 그녀가 그간의 진지함과 긴장을 한꺼번에 툭툭 털어 버리는 듯한 웃음과 함께 서울에서는 잘 쓰지 않던 부산 사투리로 능쳤다.

"아무리 울 아부지가 지를 부산 가스나 김혜련으로 키았지만 그란다꼬 지가 그렇코름 촌스럽기야 하겠어예? 다 그 사람이 우리 영감 될 인연이 있으이 그리 됐겠지예. 인자 마, 그 얘기는 고마 하입시더."

그러고는 이따금 그러듯 선머슴 같은 큰 동작으로 술잔을 쳐들더니 남은 술을 단번에 죽 들이켰다.

"하긴, 남의 영감 만난 얘기 너무 오래 했나? 그래, 나도 음악 감독 만나러 온 연출이지. 우리 연극 얘기나 하자고."

나도 그렇게 맞장구를 치며 화제를 바꾸었으나 그 뒤의 얘기는 거의 기억나는 게 없다. 사실 그때쯤은 나도 빈속에 마신 술로 어지간히 취해 있었다.

그 이튿날부터 다섯 달, 불같은 강행군이 시작되었다. 나는 연극을 새로 시작하는 기분으로 「크루서블」 연출에 들어갔다. 비록 광복동 이면 도로에 있지만, 이런저런 용도로 수요가 많은 건물의 3층 60평을 모두 내주고 받은 전세금을 제작비에 털어 넣은 것처럼, 내 열정과 능력도 짜낼 수 있는 데까지 짜내 그 연극에 털어 넣었다. 그렇게 나를 몰아가는 데는 시작이지만 또한 그것으로 마지막이 될 수도 있다는 위기의식으로 다져진 비장한 결의도 한몫을 했다.

최선을 다한다는 점에서는 혜련도 마찬가지로 보였다. 그녀는 처음 음악 연출을 맡을 때보다 몇 배의 열정으로 「크루서블」에 매달렸고, 결과는 그 어떤 공연에서보다 강화된 음악성으로 나타났다. 프록터의 어떤 독백은 고뇌에 찬 아리아로 바뀌고, 집단 광기는 희랍 연극의 코러스 같은 것으로 대치되었다. 그 자리를 여기저기서 억척스럽게 찾아낸 것들을 편곡해 메워 가는 그녀에게 감탄하면서도 한편으로는 걱정스러워 한번은 농담처럼 그녀에게 물어보았다.

"이거 이러다가 뮤지컬 되는 거 아냐?"

"이걸로는 어림없는 얘기예요. 하지만 그럴 수 있다면 정말 그

러고 싶네요. 나중에 좋은 곡 받아 뮤지컬로 바꾸면 그대로 대작
이 될 거예요."

그녀의 놀랄 만한 열심과 집중에 대해서도 물어본 적이 있었다.

"무리하지 마. 어째 연출보다 음악이 더 억척을 떠는 것 같아."

그러자 그녀는 무엇에 몰두하면 작은 불꽃이 이는 듯한 눈빛
으로 대꾸했다.

"저도 이게 시작이잖아요. 전문 음악 감독으로 이 나라 중앙 무
대에 데뷔하는 거라고요."

3

"자고 나니 유명해져 있었다."라는 말은 바이런이 이 땅에 소개되면서부터 우리에게 익숙한 경구가 되었다. 그러나 그런 상태를 실감하기는 흔치 않은 일이 될 것인데, 나는 운 좋게도 그 비슷한 느낌을 실감해 본 적이 있다. 「크루서블」 공연이 정확히 일주일로 접어드는 날이었다. 전날 밤 공연 때 일간지 문화부 기자 몇과 방송사 연예 쪽 카메라 하나가 객석에 언뜻언뜻 보이는가 싶었는데, 그다음 날 아침 나는 처음으로 유명해진다는 것이 어떤 건지 알 듯해졌다. 오전 내 여기저기서 전화가 걸려오더니 그날은 드물게 낮 공연부터 만석이었다.

하지만 그날을 더 인상 깊게 한 것은 15년 전에는 먼빛으로만 보았던 혜련의 일가족을 한꺼번에 만나 보게 된 일이었다. 마침

여름 휴가철이라 모두 한국의 본가에 모이게 된 혜련의 가족들이 그녀의 올케까지 합쳐 다섯 모두 우리 연극 관람을 왔다. 혜련이 음악 감독을 맡았다는 것 때문에 가족들 서로가 독려해 가며 한꺼번에 보게 된 듯했다.

재수생 시절의 내게는 좀 별난 국제결혼을 한 젊은 부부로만 기억되던 혜련의 아버지, 어머니는 그사이 지긋한 중년을 넘어 초로의 티가 났다. 그래도 둘 모두 얼굴은 알아볼 만했지만, 외모의 인종적인 특성들은 양쪽 모두 많이 무디어져 있었다. 30년을 넘게 산 일반적인 한국인 부부처럼 서로 닮아 가고 있다는 느낌마저 주었다.

나이를 먹을수록 아버지를 많이 닮은 혜련의 오빠는 어느새 결혼을 한 모양인데, 배우자는 약간 뜻밖에도 북구계로 보이는 백인 여자였다. 그 때문에 나도 모르게 혜련의 어머니와 비교해 보게 되었으나, 두 사람이 닮은 곳은 별로 찾아볼 수 없었다. 홍콩에 있는 외국인 상사에서 일한다는, 혜련과 몹시 닮은 여동생은 혜련과 달리 한국어를 모국어처럼 쓰지 못해서 그런지 말수가 적었다.

"그러고 보니 두 분이 어떻게 만나게 되었는지 물어보지 않았네. 너희 부모님……."

내가 문득 그걸 물어보게 된 것은 그날 밤 막이 내린 뒤 커튼콜에 고양된 출연자들과 늦은 저녁 삼아 둘러앉게 된 피자집에서였다. 아마도 혜련의 가족들을 보면서 그 여러 경우의 수를 조합해

낸 인종을 달리하는 유전자의 만남이 어떻게 이뤄졌는지 궁금해
진 듯했다. 피자를 기다리면서 한 잔 돌린 맥주에 짜릿해 오는 속
을 그 물음으로 가라앉히려고 했는지도 모를 일이었다.

"학교 축제 때였대요. 까마득한 옛날에."

가족들을 먼저 돌려보내고 극단 식구들과 함께 어울리고 있던
혜련이 남의 일처럼 덤덤하게 말해 주었다.

"학교 축제?"

"대학 축제. 일리노이 구석하고도 태튼이라고 하는 작은 도시
에 있는 주립 대학……."

"너희 어머니가 거기 있었던 것은 이해하겠는데, 너희 아버지
는 어떻게 그 구석진 곳까지 갔지? 적어도 네가 태어나기 전일 테
니 1960년대하고도 초반일 텐데……."

"너무 많이 알면 다쳐요. 어쨌든 그때 어머니는 그 대학에서 세
계 각국의 민속음악을 전공하고 있었고, 아버지는 그 대학에서 전
기공학을 공부하고 있었어요."

혜련이 그 무렵 유행하던 농담으로 내 물음을 막고 그렇게 말
을 이었다. 나는 혜련의 대답이 그것까지는 말하기 싫다는 것으로
받아들이고 그녀가 말을 끌고 가는 대로 따라갔다.

"각기 다른 나라에서 흘러든 음악도와 공학도가 대학 축제에
서 만났다는 뜻인데, 그래도 상대를 배우자로 특화하게 된 계기
는 있었을 거 아냐?"

"아리랑요. 아리랑 때문이었대요."

"아리랑?"

내가 얼른 알아듣지 못해 그렇게 되물었다.

"네. 한국식으로 말해 무슨 인연에 끌렸던지, 어머니는 세계 각국의 민속음악들 가운데서도 유난히 아리랑을 좋아했대요, 그래서 그날도 있는 대로 가창력을 뽐내며 야외무대에서 아리랑을 뽑아 젖혔는데, 노래를 끝내고 보니 멀지 않은 나무 그늘 아래서 어떤 키 큰 동양인이 눈물을 줄줄이 흘리고 있더라는 거예요. 참고로 말씀드리면 아버지는 당시 그 대학에서 공부하던 유일한 한국인 학생이었대요. 선생님 말대로 1960년대도 초반인 그때는 그런 시골구석 주립 대학까지 한국 유학생들이 찾아가지 않았으니까……."

"그렇지만 너희 아버지, 아리랑에 무슨 포원(抱冤)진 일 있어? 한국인이라고 모두 아리랑 듣고 눈물 줄줄 흘리는 건 아니잖아? 더군다나 너희 아버지는 그때 잘해야 20대 초반이었을 텐데……."

그러자 혜련이 이번에는 가벼운 웃음으로 능쳤다.

"아무래도 우리 연출 선생님 다치겠어, 정말 너무 많이 알려고 하시네."

"생각해 보니 그렇잖아? 타국에서 제 나라 민요 들었다고 철철 우는 것도 그렇지만 또 자기 노래를 듣고 울어 주었다고 바로 '우리 님' 삼는 것도 이상하잖아? 아무리 그게 우리의 어쩔 수 없는 케미스트리(chemistry)라고 하지만……."

"그저 철철 우는 정도가 아니라, 어머니가 달려가 보았을 때는 나뭇등걸에 기대 소리 내어 흐느끼더라는 거 아녜요? 겁이 나서 무슨 잘못을 했는지 물어볼 때까지."

마음속으로는 애잔하면서도 끊임없이 물음을 던지게 만드는 혜련의 설명 방식이었다. 그 바람에 한편으로는 콧마루가 시큰 할 정도의 공감으로 혜련의 아버지를 흐느끼게 한 감정이 추측 되면서도, 다른 한편으로는 어깃장을 놓듯 계속해 묻지 않을 수 없었다.

"그래, 물어보니 너희 어머니가 뭘 잘못한 거래? 아리랑에 무슨 포원진 일이 있어 그리 꺼이꺼이 통곡을 했대?"

하지만 거기까지 진행되자 그때까지 대화에 귀 기울여 주던 우리 테이블의 사람들도 더는 참을성을 보여 주지 않았다.

"연출 선생님 '그래서?'가 또 시작됐네. 우리 같은 단순 체질은 처음에 들으니 바로 통빡 나오는구먼. 이역만리 외진 촌구석에서 홀로 외롭게 지내다가 구성진 아리랑 가락 들으니 눈물 날 만도 하지. 그것도 꿈같은 서양 미인이 애절하게 불러 젖히는데…… 자, 그 얘기 이만하고 건배나 한번 합시다. 오늘 유료 80프로로 만석 이고, 내일 치 예매율도 50프로 넘는답디다. 사실상 입뽕(立本)에 대박이니 그래서, 그래서, 하며 딴 데로 말 돌리지 말고 술이나 한 번 거하게 쏘십시오."

분장과 소품을 아울러 맡고 있는 단원이 그렇게 분위기를 바꾸었고, 함께 있던 배우들도 모두 거기 동조해 그날 밤의 나머지는 어지러운 술판으로 끝이 났다.

"어머니와 외가 사람들이 미국으로 오게 된 경위는 들으셨죠? 선생님 말마따나 그 기구한 리투아니아 여인들 말이에요. 그런데 아버지의 출현은 너무 밋밋했다는 거 아녜요? 접때 그 밤, 아버지 어머니가 관람 오신 날 밤 말이에요. 우리 외가의 아주 서구적인 비극에 갑자기 노란 남자가 앞뒤 없이 뛰어든 것 같은 게 불만스럽다는 거죠? 실은 선생님 느낌이 맞아요. 아무리 이해할 수 없는 화학이고 추측 불능인 필연이라지만, 남자와 여자의 만남이 그렇게 아무런 코드 없이 이루어지는 건 아니죠."

내가 묻지도 않은 그 얘기를 혜련이 먼저 꺼낸 것은 그네들 가족이 다녀가고 한 열흘쯤 지난 어느 밤이었다. 그날도 밤 공연 뒤 야참 끝에 커피 한 잔을 곁들이고 있는데 혜련이 불쑥 그렇게 말했다.

"그때 뭔가 네가 말하기 안 된 게 있었던가 보지. 하지만 너무 솔직해지려고 하지 마. 오히려 정색을 하고 나오니 부담되네."

"말하기 안 된 뭐, 그런 건 없고요…… 그저 아버지 어머니가 너무 극적으로 짜인 한 쌍 같아서. 하지만 선생님 아버님도 흥남 철수 때 북한에서 홀로 넘어온 '삼팔따라지'라 하셨죠? 그걸 띠올리니 선생님께는 얘기해도 될 것 같아서요."

혜련이 그렇게 말하고 더는 내게 동의를 구하는 눈치 없이 얘기를 이어 갔다.

"아버지에게는 출신이나 부모 형제에 관련된 기억이 전혀 없대요. 아마 전쟁고아인가 봐요. 아버지 당신에 대한 가장 오래된 기억이 벌써 줄인 군복을 입고 미군 야전 텐트 구석에서 먹고 자는 어린 '하우스보이'래요. 당시 부대에서 아버지를 귀엽게 여긴 미군 병사가 여럿 있었는데, 그중에서도 특히 '싸전(sergeant) 조'라고 하는 하사관이 아버지를 자식처럼 끼고돌았대요. 그 굶주린 시대에 자랐는데도 아버지의 키가 그토록 훌쩍해진 것은 바로 그 싸전 조가 구석구석 아버지를 챙겨 먹인 덕분 같다나요. 나중에 그에게 까닭을 물어보니 처음 아버지를 거두어들일 때 얼마나 굶고 지쳐 있었던지, 그때부터 일주일 동안이나 끊임없이 먹고 자던 게 잊히지 않아서였다나요. 싸전 조는 아버지가 아홉 살 때 전역하여 미국으로 돌아갔는데, 그때 아버지를 고아원에 맡겨 처음으로 아버지에게 호적이 생겼대요. 그 뒤 일리노이의 옥수수 농장으로 돌아간 싸전 조는 다음 해 아버지를 입양하여 미국으로 불러들였대요. 그게 아버지가 1960년대 초 미국의 작고 외진 도시의 주립 대학에서 유일한 한국인 학생이 된 경위죠."

"열 살 때 입양되어 갔다면, 아리랑을 제대로 알지 못할 때 아냐? 더구나 아홉 살 때까지 미군 부대에서 하우스보이로 자랐다면……."

내가 참지 못하고 또 혜련의 얘기에 끼어들었다. 혜련이 성가셔 하는 기색 없이 그 까닭을 밝혀 주었다.

"입양 10년 뒤 트랙터가 뒤집혀 죽은 싸전 조가 한국의 노래라 며 술에 취하면 흥얼거리던 노래가 그 아리랑이었대요. 그만하면 이국 아가씨에게서 그 노래를 듣고 울 만도 하죠. 더구나 외톨이 라 울적하기까지 한 축제에서."

고독은 공간을 인식 수단으로 삼는 추상이 아니라, 우리 삶의 밀도와 관련이 깊은 어떤 물질이다. 그것은 우주 속 물질 백에 아 흔아홉을 차지할지도 모른다는 암흑물질처럼 볼 수 없거나 느끼 지 못할 때도 끊임없이 우리 삶에 중력을 행사한다. 사람들은 흔 히 우리가 고독을 느낄 때를 우리가 공간과 관련된 갈망이나 결 핍의 감정에 빠져 있을 때라고 단정한다. 곧 혼자라는 느낌 또는 다른 존재들로부터의 단절이나 소외감에 빠졌을 때 비로소 우리 는 고독을 느끼게 된다고 한다. 그러나 다른 모든 물질의 그것처럼 고독의 중력도 항시적이고 불변이다. 우리가 감지하거나 인식하지 못할 때도 고독의 중력은 여전히 우리 삶을 짓누른다.

「크루서블」에 이어 턱없이 심각한 몇 개의 현대 번역극 흥행에 성공하는 동안 1980년대가 가고 1990년대가 열렸다. 그사이 나 는 '역량 있는 신진'에서 '중견'의 호칭까시 넘보는 연출가가 되었고, 그런 변화에 따라 그때까지 나를 몰아댔던 갈망이나 결핍의 감정에서도 어느 정도는 놓여났다. 비록 연극계의 테두리를 크게 벗어나지는 못했지만 나는 언제나 다른 존재와 관계 속에 있었으며, 깨어 있는 많은 시간 여러 사람과 공간을 함께하였다. 그런데도 그사이 눈앞으로 바짝 다가든 마흔이란 나이가 무의식의 바닥 가까이 밀려나 있던 고독의 중력을 느닷없이 절감케 하고 가중하기까지 했다.

하지만 돌이켜보면 한심한 것은 속되기 짝이 없는 그 대응이었다. 나는 그 시대의 상식에 충실하게도, 결혼을 그 엄청난 중력을 해소하는 가장 효율적인 방안으로 삼았다. 아마도 칠순을 넘긴 홀어머니의 당부나 30대 후반으로 넘어가면서 한층 빠르게 누적된 사회적 압력도 한몫했을 것이다.

"까짓것, 정히 그렇다면 아이 두엇 딸린 여자하고 결혼하면 될 거 아냐?"

어머니나 일찍 결혼한 친구들이 자식 늦어지는 것을 구실로 나를 몰아대면 그런 우스갯소리로 받아쳐 왔지만, 어느덧 마흔 고개를 바라보게 되니 그런 여유도 사라졌다. 거기다가 그새 두 해째로 접어든 혜련의 결혼도 은근한 자극이 되었다.

혜련은 1990년대로 접어들기 바쁘게 내가 대학로의 카페테리아에서 본 적이 있는 그 키 큰 음악가와 결혼했다. 그가 작곡한 창작 뮤지컬 「지하철 연가」는 그 이듬해 여름 어떤 실험극 극단이 무대에 올렸지만 그리 성공적이지는 못했다. 그러나 그는 변두리 전문대에 강의를 나가면서 씩씩하게 다음 뮤지컬을 작곡하고 있었고, 「크루서블」 이후 나와 한두 작품 더 하는 동안에 음악 감독으로 어느 정도 인정받은 혜련도 별로 궁색한 기색 없이 무대 음악에 관여하고 있었다.

그때 나는 사심 없이 혜련의 결혼을 축복하고 두 사람이 행복하기를 빌었다. 하지만 어찌 된 셈인지 마음 한구석으로 나는 그들의 앞날에 불행한 상상을 품고 있었다. 외모의 인종적 특성으로 더욱 강조되게 되어 있는 문화의 차이, 다른 성장 환경이 그들의 개성에 남긴 여러 상처 같은 흔적, 시대의 주류에서는 벗어나 있는 그들의 직종과 그들에게 그리 우호적일 것 같지 않은 사회적 분위기 같은 것이 그런 상상의 근거가 되었을 것이다. 거기다가 마음 깊숙한 곳에서는 저주와도 같은 기대가 나도 모르게 작동하고 있었는지도 모를 일이었다.

그러나 1년이 넘어도 들리는 것은 그들이 아주 행복하게 지내고 있다는 말뿐이었다. 그들이 내 가까이 있을 때는 나 자신도 그들을 보고 정말 사랑하는 사람들이구나, 하는 느낌을 받을 때가 많았다. 한번은 혜련과 함께 극단의 지방 공연을 며칠 따라간 적이 있다. 두 도시에서 그곳 예술회관을 빌려 사흘씩 공연했는데, 두 곳 모두 그리 크지는 않아도 꽤나 유서 깊은 도시라 공연이 없는 낮 시간의 관광 재미는 제법 쏠쏠했다. 게다가 관객 동원도 기대 이상이라 작은 잔치와도 같은 한 주일을 보내고 아쉬운 마음으로 돌아오게 되었는데 혜련만은 그렇지가 않았다. 소지품 가방을 승합차 뒤에 실은 뒤 내 옆 좌석에 털썩 앉으며 제 나이 보다 20년은 더 늙은 아주머니처럼 말했다.

"에휴, 이제 우리 영감한테 가나 보다. 뭐니 뭐니 해도 영감 그늘이 제일이지."

우리 식의 우스갯소리나 속담을 인용할 때 잘 그러는 과장된 어법이었으나, 내게는 왠지 진정 섞인 말처럼 들렸다.

"이번 한 주일이 그런 거였어? 나는 꽤나 즐기는 줄 알았는데."

약간 뜻밖이라 내가 그렇게 받자 그녀가 전혀 과장이나 농담기가 없는 말로 받았다.

"일주일이나 됐잖아요. 아무리 한평생 같이 살 사람이고 일 핑계라지만, 돌아가려고 보니 너무 오래 그 사람을 떠나 있었던 것 같네요."

아마도 내가 그때까지의 상상에 자신을 잃고 알 수 없는 부끄러움까지 느끼게 된 것은 그때부터였을 것이다. 그리고 나중에는 나만 늦도록 홀아비로 남아 갈수록 비뚤어지고 있는 듯한 자괴감에 빠져들기 시작했다.

그럴 즈음 때맞추어 아내가 왔다. 일생에 단 한 번 내 호적에 아내로 올랐던 여자. 그리워할 것도 애써 잊어버릴 것도 없지만, 아직도 그녀를 만난 날짜와 장소가 선명하게 기억난다. 1991년도 다해 가는 12월 둘째 주 금요일 남산 중턱에 있는 한 호텔의 전망 좋은 라운지에서였다.

그 무렵 현대 실험극의 매너리즘에 빠져 있던 내 정서는 난데없는 고전 취향으로 돌아가 체호프의 「벚꽃 동산」을 제대로 한번 연출해 보고 싶어졌다. 그래서 그해 가을부터 가만히 그 공연을 준비하고 있는데, 눈치 빠른 후배 하나가 찾아와 권했다.

"형, 접때 말하는 거 보니 다음에 「벚꽃 동산」 해 볼 모양이던데, 캐스팅은 대강 끝났우?"

"아니, 이제 시작이다. 정말 제대로 해 보고 싶은데. 특히 라넵스카야는 아직 그림도 못 그리고 있다."

"내 그럴 줄 알았지. 그런데 바로 그 라넵스카야 역 말이에요. 주제넘지만 내가 한 사람 추천하고 싶은데. 아니, 캐스팅 정보 제공이라고 해야 하나?"

"누구? 나도 아는 사람이야?"

"아실지도 몰라요. 안윤하라고 우리 대학 때 몇 해 신인 스타로 잘 나갔는데. 보자, 그때 형이 서울로 옮긴 뒤였나, 아닌가?"

"글쎄, 나도 이름을 들은 것도 같고…… 그러니까, 걔 그거, 언젠가 대박 난 「신의 아그네스」에서 아그네스 했던 아이 아냐? 극단 '전위(前衛)'에서 처음 공연한."

"맞아요. 형님도 기억하고 계시네."

"하지만 일찍 누군가와 결혼해 외국에 나가 사는 걸로 들었는

112

데……."

"그래요. 재벌 방계(傍系)가 반해 보쌈하듯 해 함께 미국으로 갔는데, 3년 만에 파탄 나는 바람에 유학길이 되고 말았죠. 뉴욕 대에서 몇 년 연극 공부 제대로 하고 얼마 전에 귀국했어요. 남은 삶은 무대에서 떠나지 않겠다나요."

"너는 어떻게 그 여자를 그리 잘 알아?"

"외가 쪽 친척 누님이세요. 정말 좋아했는데. 실은 내가 연극영화과에 가게 된 것도 그 누님 영향이 컸어요."

"네가 좋아했다고 라넵스카야 역까지 잘한다는 보장 있어? 더구나 가늠해 보니 아직 서른을 크게 넘지 않은 것 같은데……."

"이제는 돌아와 거울 앞에 선 내 누님 같은 꽃이여, 있잖아요? 나이는 이제 겨우 서른을 넘겼지만 나이보다는 무르익었을 거예요. 그때 신인 때도 연기 폭이 아주 넓은 분이었고…… 왠지 잘 해낼 것 같아요."

후배가 얼굴까지 벌겋게 상기되어 그렇게 받는 바람에 나는 긴가민가하면서도 만날 약속을 하고 말았다.

"하긴 연기 폭이 넓다니. 게다가 연극 공부도 많이 했고…… 나이 든 라넵스카야 쪽이 안 되면 젊은 아냐로라도 쓸 수 있겠지. 어쨌든 내일 남산에서 보자. 우리 세미나 있는 호텔. 거기서 세미나 앞이나 뒤에 한번 만나 차 한잔하며 인사나 해 두지 뭐."

나는 당연히 그날 후배가 그녀와 함께 나올 줄 알았다. 그런데 나온 것은 그녀 혼자였다. 대인 기피증이라도 생긴 건지 얼굴 반은 가릴 듯한 선글라스를 끼고 호텔 라운지 구석에 앉아 있다가 들어서는 나를 알아보고 다가와 인사를 했다.

돌이켜보면, 처음 만난 그녀의 어떤 면이 나를 이끌어 마침내는 우리를 부부로 묶어 놓게 되었는지 정연한 기억이 없다. 약간 쉰 듯한 목소리에 밴 나른한 허무감 같은 것이거나 마침내 선글라스를 벗었을 때 드러난 나이보다 훨씬 지쳐 보이는 얼굴 같은 것이 강한 인상으로 남은 것 같기도 하고, 짧은 시간에 드러나는 조울(躁鬱)의 기미나 태도에 밴 무장 해제된 병사의 그것 같은 망연함이 묘한 호기심을 자극했는지도 모른다.

어쨌든 나는 그날 이후 마치 기다리던 시내버스를 보고 아무 생각 없이 올라타는 것처럼 당연한 듯 사랑에 빠지고, 만난 지 열 달이 차기도 전에 그녀를 아내로 맞았다. 부산 시절의 선배가 엄하게 가르쳤던 금기(기르는 닭은 잡아먹지 않는다.)를 어기고 내가 연출하는 무대의 여주인공과 연애에 빠져 결혼까지 한 것이었다. 그리고 꼭 열 달 꿈같은 밀월이 있었다.

나중에는 잘 이해가 가지 않는 밀월이었지만, 그 기간 아내에 대한 내 열중은 제법 대단했다. 무엇보다도 혜련에 대한 기억이 그간에는 별로 남아 있지 않은 게 그 한 증거일 것이다. 그러나 가만히 돌이켜보면 그녀에 관한 정보가 전혀 입력되지 않은 것은 아니나, 나중 그 시설을 향해 품게 된 반감 때문에 인출에서 문제가 생

114

긴 건지도 모르겠다. 그중에서 단 하나 출력되는 것도 그 밀월이 끝나 갈 무렵의 일이었다.

그날도 나는 약간 들뜬 듯한 기분으로 이제는 나도 공동대표로 있는 우리 극단 사무실로 나갔다가 오랜만에 혜련을 만나게 되었다. 늘 그랬듯 우리는 어제 만났다 헤어진 사람들이 전날 하던 이야기를 다시 이어 가는 것처럼 이런저런 얘기들을 나누었으나 기억나는 것은 한 가지밖에 없다. 그녀의 리투아니아 얘기였다.

"리투아니아 소식이 하나 있어요. 전에 우리 이모들 이야기 기억나세요? 그때 엘레나 이모와 올가 이모 말고 또 한 사람 리투아니아 처녀 얘기를 한 적 있죠? 거, 왜 외할머니네 고성(古城)지기 손녀 소냐 말이에요."

무슨 얘기 끝에 그녀가 불쑥 물었다. 그때 극단 사무실에는 나 말고도 여러 사람이 있었으나 나도 그들을 의식치 않고 반문했다.

"소냐? 글쎄, 소냐라⋯⋯."

"이모들이 떠나올 때까지도 리투아니아에 남아 있었다는, 엘레나 이모와 동갑내기 아가씨⋯⋯."

그제야 나도 소냐가 누구인지 짐작할 것 같았다. 혜련의 모계가 겪은 이산과 유랑의 역사 한 모퉁이를 조연으로 언뜻 스쳐 간 아가씨라 얼른 기억해 내지 못했을 뿐이었다.

"이제 누군지 알 것 같은데, 그 아가씨가 왜?"

"이모들과 함께 외할머니 집으로 찾아왔더래요."

"이모들은 두 번 다시 어머니와 외할머니를 찾아오지 않았다며?"

"그런데 이번 겨울에 집에 가니 이모들이 소냐를 앞세우고 다시 왔다 갔다고 하네요."

"그럼 외할머니가 한국에 와 계셔?"

"아뇨, 미국에 있는 외할머니 집요. 요즘은 어머니 아버지 모두 거기 계세요. 나이가 드시니까 젊은 시절을 보낸 그곳이 오히려 편하게 느껴지시는가 봐요. 지난번 「크루서블」 공연 때 우리 가족 모두 관람 왔죠? 그러곤 얼마 안 돼 미국에 있는 외할머니 댁으로 옮겨 가셨어요. 두 분 다 좀 이른 은퇴를 하고…… 어쩌면 그때의 연극 단체 관람이 한국에서 우리 가족이 모두 참석한 마지막 단합 대회였는지도 모르죠."

"너희 아버지 젊을 때는 한국 사람으로 살려고 아주 애쓰시는 거 같았는데. 너희들도 여느 한국 아이들처럼 키우려고 공깨나 들이셨지. 그런데 늘그막에 다시 그리로 돌아가셨다니 도통 모르겠네. 얼른 접수가 안 된다고. 근래 너희 집에 무슨 일 있었어?"

"그런 건 없고요. 그저 두 분 생각이 그렇게 바뀌었는가 봐요. 하기야 전혀 이해 못할 일도 아니죠."

"그건 또 무슨 소리야?"

"저도 가끔씩은 그리로 돌아가고 싶어지는걸요. 언젠가는 돌아가야 할 곳이라는 느낌 같은 것······ 대학 마치고 한국으로 돌아오기 전에 한국에 대해 그랬던 것처럼 말이에요. 그런데 선생님, 리투아니아에서 온 소냐 얘기는 별로 흥미 없으세요?"

"아, 참. 우리 그 얘기했지. 맞아, 소냐란 아가씨 말인데, 그 아가씨가 어떻게 그 오랜 세월 뒤에 멀리 미국까지 찾아올 수가 있었지?"

"소냐 그분, 이젠 아가씨가 아니라 할머니래요. 그리고 미국에 갈 수 있었던 것은, 모르세요? 작년에 리투아니아가 소련으로부터 독립했잖아요? 이젠 비행기 티켓만 살 수 있으면 아무나 나올 수 있는 모양이던데요."

"그렇다 해도, 어째서 마치 기다리고나 있었다는 듯, 떠날 수 있게 되자마자 미국으로 달려갈 생각을 하게 됐지? 너희 이모들이야 어머니와 형제를 찾는 일이니 30년이 걸려도 미국으로 가야 했지만, 소냐는 아니잖아? 너희들과는 피 한 방울 섞이지 않았는데, 40년이 지나, 다 늙어서 미국까지 달려간단 말이야?"

"그게 그럴 일이 있었어요. 제가 선생님께 소냐 얘기를 꺼낸 것도 실은 그 얘기를 들려주고 싶어서였고······."

"그게 뭔데?"

"우리 외할아버지 얘기요. 거, 왜 1945년도에 시베리아로 끌려갔던 비타우타스 구 백작가 후손······ 글쎄, 그분이 리투아니아에 돌아왔다는 거예요. 그것도 이미 1960년대에 돌아와, 그곳에서 20년이나 더 살다가 돌아가셨다는 거예요."

혜련은 그렇게 내 주의를 끌어 놓고 무슨 긴한 보고를 하듯 외가 쪽의 스산한 이산 역사를 이어 나갔다.

스탈린 철권통치 시절 폴란드의 일부로 간주된 리투아니아의 지식인으로서, '카틴 학살'의 몽마(夢魔)에 가위눌려 지내다가 끝내는 소련으로 끌려가 소식이 끊겼던 혜련의 외할아버지 비타우타스가 다시 리투아니아로 돌아온 것은 1960년대 초반이었다. 이르쿠츠크 동북쪽의 벌목장에서 스탈린의 죽음을 맞은 비타우타스는 흐루쇼프의 개혁 후기에 이르러서야 스탈린 격하 운동의 부산물로 기약 없는 강제 노역에서 풀려날 수 있었다. 그러나 당시의 복잡한 소련 행정 체제와 공산당 특유의 관료주의 행태에 치여 귀향을 허락받고도 그가 유라시아 대륙을 횡단하는 데는 다시 한 해가 더 걸려야 했다.

비타우타스가 빌뉴스를 거쳐 서북 산악 지대에 있는 자신의 옛 영지로 돌아간 것은 한밤중에 개 끌려가듯 끌려가 소련으로 가는 화물열차에 실린 지 18년, 둘째 딸과 먼저 떠난 아내에 이어 남은 두 딸마저 리투아니아를 떠난 지 12년 뒤였다. 빌뉴스에서 머문 며칠 사이에 그는 이미 아내와 딸들의 소식을 들어 알고 있었던 것 같다. 옛 영지 쪽으로 돌아간 그는 아는 사람들이 사는 마을로 찾아가는 대신, 탑문(塔門) 부근과 마구간 같은 부속 시설 몇 군데만 겨우 성한 고성에 틀어박혔다. 그가 리투아니아를 떠날 때만 해도 소유권 일부는 인정되던 영지는 그사이 모두 국가 소유로 귀속되었다. 따라서 그 고성도 지역 인민위원회의 관리 아래 있었으나, 워낙 건물들이 헐어 아무도 쓰지 않아서인지, 그가 마구간 일부와 헛간 하나를 치워 사는 것을 방해하는 사람은 없었다.

그로부터 한 해 가까이 비타우타스는 마을의 어느 누구와도 오가는 법 없이 홀로 살았다. 그때 그의 나이는 쉰을 갓 넘겼지만, 그를 모르는 사람들에게는 예순도 훨씬 넘은 늙은이로 비쳤다. 그가 소련으로 끌려갔던 30대 초반의 훤칠하고 씩씩한 모습은 18년의 유형과 중노동 속에 스러지고, 허옇게 센 머리에 등마저 구부정했다.

하지만 그래도 이따금씩 식료품인 듯한 물자가 가득한 커다란 륙색을 메고 탑문으로 이어지는 마을 뒷길을 걷고 있는 그를 본 마을 사람들은 그가 점차 누군가 자신들이 잘 아는 얼굴을 닮아가고 있다는 느낌에 의아해했다. 그들 중에서 가장 먼저 그를 알아본 소녀는 옛 고성지기의 손녀 소냐였다. 그녀의 눈썰미나 기억력이 남달랐다기보다는 마을의 누구보다 늦게 비타우타스의 모습을 공들여 떠올리고 또 그걸 마음 깊이 새길 일이 있었기 때문이다.

12년 전 어린 올가를 데리고 리투아니아를 떠나던 날, 엘레나는 열다섯 소녀 같지 않게 깊숙한 눈길로 소냐를 보고 말했다.

"소냐. 엄마는 나더러 여기 남아 올가와 함께 아버지를 기다리라고 하셨어. 하지만 벌써 6년이야. 더는 안 되겠어. 나도 올가와 함께 엄마를 찾아 미국으로 갈 거야. 지금 가지 않으면 영영 못 갈 것 같아. 우리가 떠난 뒤에 아버지가 돌아오시거든 네가 좀 전해 줘. 우리가 어떻게 모두 미국으로 가게 되었는지를. 그리고 네가 그럴 수 있거든, 우리를 대신해 아버지를 돌봐 줘. 아버지가 돌아오실 수 있게 된다면 우리도 돌아와 함께 살 수 있을 거야. 그때 돌아와 옛이야기 하며 살자."

소냐 또한 열다섯의 감성 풍부한 소녀였고, 엘레나와는 6년이나 한집에서 친자매처럼 지낸 사이였다. 그녀는 그런 엘레나의 당부를 애틋한 감동으로 받아들이는 한편, 그때는 이미 희미해져 가던 비타우타스의 모습을 기억 속에서 끌어내 의식 표면에 각인하였다.

비타우타스가 돌아온 지 1년이 다 되어 갈 무렵, 한 번은 우연히 길에서 마주치고, 두 번은 일부러 길목을 지키다가 만나 그 모습을 확인한 뒤에 소냐가 불쑥 길을 막으며 물었다.

"저, 아저씨는 비타우타스 선생님 맞죠?"

"글쎄…… 그런데 아가씨는 누구요?"

"소냐예요. 고성지기 카레이닌 영감의 딸 루드밀라가 제 어머니고요."

전혀 움직일 것 같지 않던 비타우타스의 얼굴 주름 몇 개가 움직이고 이어 사람의 표정 같은 게 살아났다. 그가 우물거리듯 자신의 이름을 밝히자 소냐는 먼저 엘레나가 전해 달라고 한 말부터 전했다. 빌뉴스에서의 며칠간 아는 사람에게서 들어서인지, 짐작으로 아는 것인지는 모르지만 아내와 딸들이 모두 떠난 것은 그도 알고 있는 듯했다. 말없이 고개만 끄덕였지만 표정은 한층 더 인간적으로 돌아갔다.

비타우타스를 아는 동네 사람들에게 그가 돌아온 걸 알린 소냐는 다음 날부터 엘레나에게 한 또 다른 약속을 지켜 나갔다. 상처투성이로 18년 만에 돌아와 홀로 남게 된 비타우타스를 돌보는 일이었다. 마침 소냐는 몇 년 함께 살던 떠돌이 전기공이 외지로 나갔다가 돌아오지 않아 기혼도 미혼도 아닌 어정쩡한 처지로 서른을 바라보고 있었다. 생계를 위한 농사일 말고 남는 시간은 모두 별다른 방해 없이 고성 깊숙이 틀어박혀 사는 비타우타스를 돌보는 데 쏟을 수 있었다.

소냐가 고성을 드나들며 돌보게 되면서 비타우타스는 급속하게 나이와 젊음을 되찾아 갔다. 그로부터 3년, 그가 마침내 고성의 헛간 생활을 청산하고 마을 농가의 아래 채로 내려왔을 때 그는 여전히 초췌한 구석이 남아 있는 대로 50대 중반의 나이와 체력을 되찾았다. 그리고 끝내 사람들 사이로 돌아가지는 못했지만 그 뒤 20년을 더 살다가 1982년 소냐의 보살핌 아래 죽었다.

"그래도 소냐가 그 일을 너희 가족들에게 알려 주려고 리투아니아에서 미국까지 그 먼 길을 갔다는 건 어째 좀 그러네."

혜련의 애기를 다 듣고 난 내가 까닭 모르게 가슴 저려 오는 감동을 감추면서 말했다.

"외할아버지가 죽기 전에 몇 번이나 말했대요. 미국 가는 길이 열리면 언제든 꼭 한 번 우리들을 찾아보라고. 소련으로 끌려간 그날 밤이 자신의 최후가 아니었다는 것을 알려 주라고요. 거기다가 소냐, 뭐라고 해야 되나. 그래, 소냐 할머니의 허영도 있고."

"소냐 할머니의 허영이라니?"

"말했잖아요. 외할아버지와 소냐 할머니는 20년 가까이 부부처럼 살았고, 외할아버지는 그녀 품속에서 마지막 숨을 거두었다고. 거기서 비롯된 어떤 특이한 심리가 소냐 할머니에게 그 먼 길을 가 어머니와 이모들을 찾아보게 한 건지도 모르죠. 그들에게 자기 존재를 꼭 알리고 싶은 마음……"

"별난 심리도 있네. 그런데 네 이모들은 다시 오지 않겠다며 가 놓고 왜 소냐를 외할머니께 데리고 갔을까?"

"변형된 복수심 같은 게 아닐까요? 외할머니에게는 배신같이 느껴질 수도 있는 귀환 이후 외할아버지의 삶을 소냐를 내세워 외할머니에게 생생하게 되살려 보일 수 있다는 것……"

"알 수 없구나. 그게 정말이라면, 어떤 극본보다 더 극적인 결말 같네. 그런데 너는 왜 그리 축 처져 있어?"

"축 처질 것까지는 없지만 그 얘기를 들으니 왠지 섬뜩하더라고요. 한편으로는 외할머니와 어머니의 추억 속에만 아련하게 남아 있던 리투아니아가 갑자기 내 살 속으로 파고드는 것 같기도 하고."

나야말로 혜련의 그 말에 가슴 서늘해지는 데가 있었으나, 이미 말했듯 그 의미는 그 무렵의 알 수 없는 내 둔감과 무의식의 벽에 가로막혀 의식 깊이 파고들지는 못했다. 그날 어떻게 우리 대화가 끝을 맺었는지 더는 기억나지 않는 것도 그날의 내 산만한 심리 상태를 짐작하게 한다.

시간은 모든 것을 파괴한다. 이 세상 어느 것도 시간의 파괴력에서 벗어날 길이 없고, 사람의 삶도 마찬가지다. 아무도 시간의 파괴력에 저항할 수 없을뿐더러, 어쩌다 벌어지는 부질없는 저항은 오히려 웃음거리나 빈정거림의 대상이 된다. 그리하여 체념한 사람들은 그런 우리의 운명을 허무라 이름 하여 슬퍼하고 한탄해 왔다. 세상에 흘러넘치는 염세와 비관의 노래는 대개가 그런 시간의 파괴력에 대한 속절없는 인식의 표현이다.

그렇지만 또한 우리 삶은 너무 고달프고 분주하여 우리 존재가 타고난 허무에 골몰할 틈이 없다. 우리 대부분은 범속한 일상에 허덕이면서, 또는 놀기 위한 놀이에 빠져 시간의 파괴력을 잊고 지낸다. 그러다가 날이 저물어야 놀라 돌아가야 할 집을 떠올리는 아이처럼, 시간이 우리의 마지막 숨결을 끊어 놓으려 할 때에야 비로소 슬픔과 두려움 속에 그 파괴력을 절감한다.

어찌 보면 티끌 자옥한 속세의 소란과 일상의 번잡은 시간의 파괴력을 잊게 하는 몽혼약(矇昏藥)일 수도 있다. 하지만 우리는 그 몽혼과 망각의 순간에도 그것을 온전히 잊지는 못한다. 우리에게는 뒤돌아보는 습성이 있고, 그 습성은 변화란 이름으로 진행되는 수많은 파괴의 과정을 어쩔 수 없이 알아보게 한다.

모든 변화는 그때껏 진행된 파괴 과정의 한 단락이다. 시간을 거슬러 되돌아보는 일이 언제나 우리에게 쓸쓸함을 자아내는 것은 그때까지의 변화 속에 스며 있는 사멸과 종말의 예감이다. 오랜 세월 뒤에, 한때 머물렀던 땅 또는 한때 사랑했던 사람을 찾는 일은 시간의 파괴력을 확인하는 일이며, 그것은 또한 우리 '살이'의 부질없음이나 허망함을 다시 한 번 곱씹는 일이기도 하다.

체호프의 연극들이 자주 의지하는 정조(情調)는 그와 같은 시간의 파괴력에 대한 속절없는 인식 또는 돌아보는 쓸쓸함이다. 집착은 그리움의 다른 말이며, 사라진 과거, 사라진 영광에 대한 집착은 시간의 파괴력에 대한 부질없는 저항일 뿐이다. 하지만 그게 부질없기에 우리에게 더욱 진한 연민과 감동을 느끼게 한다. 이와 달리 시간의 파괴력에 무력하게 자신을 맡겨 처연한 변화의 잔해로 살아가는 것도 우리의 가슴을 저리게 하기는 마찬가지다. 「벚꽃 동산」의 라넵스카야나 「갈매기」의 니나의 삶이 우리에 애듯한 감동을 주는 것은 어쩌면 그녀들이 보여 주는 그 두 가지 상반된 대응 때문일지도 모르겠다.

옛날 내가 연극 연출을 지망하면서 마음속에 품었던 작품 목록의 맨 앞에는 체호프가 있었다. 읽는 희곡으로서도 빼어난 극본의 특질 말고도 돌아보는 쓸쓸함을 주조로 감수성에 호소해 오는 서사 구조가 20대 초반의 나를 사로잡은 탓일 것이다. 하지만 나이와 함께 시건방져지고 뒤틀리면서 그 목록들은 아서 밀러나 테네시 윌리엄스를 거쳐 자극적인 현대극이나 부조리극으로 대치되어 갔고, 결국은 그것들이 내 초기 연출 목록이 되었다.

그러다가 어느 날 불쑥 고향으로 돌아가듯 마흔이 다 되어, 문득 체호프로 돌아가 연출하게 된 것이 「벚꽃 동산」이었다. 그러나 연극 연출로서 내 「벚꽃 동산」은 그리 성공적이지 못했다. 할리우드 액션에 중독된 젊은이들은 말할 것도 없고, 기대했던 중년층까지도 호응이 없어 흥행은 진작부터 기대하기 어려웠다. 게다가 진지한 고전극 마니아층의 반응도 신통치 않아 그 공연은 결국 적자를 겨우 면한 태작이 되고 말았다.

그런데도 「벚꽃 동산」을 앞당겨 막 내린 지 한 해를 넘기기도 전에 나는 다음 작품으로 다시 「갈매기」를 하고 싶어졌다. 이제 와서 돌이켜보면, 전혀 설명할 수 없는 것은 아니지만, 그때로서는 스스로도 이해가 안 되는 체호프로의 귀환이었다. 하지만 그것이 다시 한 번 혜련을 내 주변으로 불러들이는 계기가 되었다.

다음 작품으로 「갈매기」를 선택하면서 나는 거의 동시에 헌팅턴 하이스쿨 연극반에서 「갈매기」를 해 보았다고 하던 혜련의 말을 떠올렸다. 그때도 음악을 거들었는지 연기를 하였는지 알 수는 없지만, 내가 「갈매기」를 연출한다면 음악은 혜련이 맡아야 한다는 게 너무나도 당연한 결정이 되었다.

"무슨 일이세요?"

내가 전화를 하자 혜련이 왠지 원기 없는 목소리로 대답했다. 이미 한낮인데, 전화선 저쪽 끝에 있는 부스스한 머리칼과 약간 부기 있는 얼굴이 떠오를 지경이었다. 뭔가 좋지 않구나, 나는 그런 예감을 감추기 위해서 짐짓 쾌활한 목소리로 말했다.

"너, 지난번 「벚꽃 동산」 보러 왔지? 어땠어? 왜 말 안 해 줘?"

"그거 벌써 몇 달 지난 얘기잖아요? 갑자기 무슨 리뷰예요?"

"그럴 일 있어. 솔직히 말해 봐. 내 체호프 해석, 제대로 된 거 같아 보였어?"

그러자 혜련도 애써 낸 듯한 활기 있는 목소리로 말했다.

"다른 건 모르겠고, 언니의 라넵스카야 연기는 완벽했죠. 나 울었어요."

"뭐, 감동해 운 사람 같진 않은데. 그건 그렇고. 어이, 너 나하고 다시 체호프 한 편 해 보지 않을래? 「갈매기」……"

"갈, 매, 기, 요?"

한참 대답이 없다가 그렇게 띄엄띄엄 대답했다. 놀랍다는 기분과 뜻밖이라는 기분이 적당히 묻어나는 목소리였다. 나는 적극적으로 나 자신을 변호하듯 말했다.

"그래. 지난번 「벚꽃 동산」 이래저래 버벅거린 곳이 좀 있지만, 이번에는 제대로 될 것 같아. 특히 「갈매기」는 내가 연출 시작할 때 반드시 해 보고 싶다고 손꼽아 둔 네 개의 작품 가운데 하나야. 어떤 사람은 연출 순서가 바뀌었다고 할지도 모르지만, 지난번 「벚꽃 동산」이 어쩌면 이번 「갈매기」를 위한 연습이었는지도 몰라."

"전에 「크루서블」도 반드시 연출해 보겠다고 일찍부터 손꼽아 둔 작품 넷 가운데 하나라고 하시더니, 이제 「갈매기」까지 밝히셨으니 그중 절반을 제가 들은 셈이네요. 그럼 나머지 두 작품은 뭔데요?"

"그건 그때 가서 또 말해 주지. 어쨌든 나하고 다시 한 번 같이 해 볼 거야, 말 거야?"

그녀의 목소리에 여유가 살아나는 것을 보고 나도 농기 어린 말투로 물었다. 갑자기 그녀의 목소리가 축 처지며 감정 없이 변했다.

"그런데 이번에는 왜 저예요? 저는 체호프, 특히 눈여겨 살핀 적도 없는데……."

"전에 고등학교 때 「갈매기」 해 본 적 있다고 하지 않았어? 그때 왜 부산서 「리투아니아 남자들」 음악 연출할 때 말이야."

"아 그거, 그야말로 고등학교 때잖아요? 하도 써먹을 경력이 없어 둘러댄 건데…… 거기다가 실은 그때 음악을 한 게 아니고……."

"하지만 만해(萬海)의 시에서처럼 "날카로운 첫 키스의 추억"이라는 것도 있잖아? 아마 네가 참여한 첫 번째 연극일 텐데, 남다른 감회가 있지 않겠어? 게다가 우리 헬렌 킴 감독님 연륜도 그만하면 고전극 한번 때릴 때도 됐잖아?"

나는 계속 농담조를 잃지 않으려고 했지만 반짝 활기를 가장하던 혜련의 목소리는 점점 더 사그라지는 듯했다. 가벼운 한숨 소리까지 들키며 힘들여 말을 받았다.

"뭐 그럴 정도까지는 아니지만, 너무 갑작스럽네요. 지금 내게여기서 새로 한 작품 시작해 그걸 마치고 갈 여유가 있는지도 모르겠고……."

"가다니 어딜 가? 어디 멀리 갈 계획이라도 있는 거야?"

내가 그렇게 받고 보니 갑자기 마음이 다급해졌다.

"그래, 어딜 가는 거야? 언제 떠날 건데? 어디로, 뭘 하러 가는거야?"

내가 연달아 그렇게 묻자 혜련이 손사래라도 치듯이 말꼬리를뺐다.

"아뇨, 아뇨. 내가 당장 어딜 간다는 것은 아니고, 말하자면 그럴 시간이 있겠느냐는, 뭐 그런 말이죠. 사실 저 요즘 좀 복잡한일이 있어요. 바쁘기도 하고…… 어쨌든 생각해 볼게요. 하지만 이번에는 그리 기대하지 마세요."

그러나 한번 발동된 내 상상력은 멈출 줄을 몰랐다.

"야, 인마. 내 모를 줄 알아? 너 지금 빈집에서 머리 싸매고 누웠지? 그래서 자다가 벨 소리 듣고 비몽사몽간에 전화 받은 거지. 어젯밤에는 술 한잔 걸치고."

"이젠 별 상상 다 하시네. 어디 돗자리 깔고 도사로 나앉으시기라도 할 작정이세요? 그런 게 어딨어요? 감기 기운이 있어 좀 쉬고 있는 사람보고……."

하지만 이번에도 혜련이 자리까지 털고 일어나 정색하는 모습까지 떠오를 정도로 당황한 기색이 역력한 목소리였다. 내가 직접 그걸 본 듯한 자신감으로 혜련을 다그쳤다.

"몽 서방 바꿔. 너희 몽 영감. 우선 그 사람과 통화해 보고 다시 얘기하자."

몽 서방은 내가 혜련의 남편을 부르는 호칭이었다. 그에게는 김 아무개란 이름이 있었지만 나는 몽골리안에서 몽을 따와 그를 그렇게 불렀다. 혜련도 가끔씩 그를 '우리 몽 영감'이란 애칭으로 불렀다. 특히 그를 그렇게 부를 때는 표정까지 환해지는 기색이었는데, 그날은 영 아니었다.

"김 교수는 왜요? 화요일 11신데 전임강사가 방구석에 처박혀 있으면 어떡해요? 그 사람, 지금 학교 나갔어요."

몽 서방을 김 교수라고 부르는 그녀의 목소리가 전에 없이 차갑게 들렸다. 그 차가움이 묘한 자극이 되어 나는 느닷없는 열정으로 목소리를 높였다.

"어쨌든 잠깐 나와. 내 그리로 갈 테니. 근처에 어디 괜찮은 식당 없어? 정말 감기로 누워 있었다면 내 맛있는 것 사 주지. 그리고 거기서 잠시 얘기해, 무엇이든. 나오지 않으면 내가 너희 아파트로 쳐들어갈 거야."

그리고 그녀의 대답을 기다리지 않고 전화를 끊어 버렸다.

나는 무언가에 후끈 단 기분으로 극단 사무실을 나와 혜련의 아파트가 있는 동네로 가는 택시를 잡았다. 얼마 뒤 차가 그 동네로 접어들었을 때에야 나는 비로소 우리가 만날 곳을 정하지 않았음을 깨달았다. 나는 무턱대고 처음 눈에 띄는 일식집 앞에 차를 세우게 하고, 그리로 뛰어들어 가 무슨 통보라도 하듯 혜련에게 그 식당 상호를 일러 주었다.

아파트가 가까운 데 있었던지 혜련은 생각보다 빨리 왔다. 10분도 안 돼 나왔는데, 차림과 모습은 전화를 하면서 내가 상상하던 그대로였다. 무슨 임신복 같은 추레한 원피스에 방금까지 누웠다 일어난 사람처럼 부스스한 머리가 공연히 사람의 가슴을 철렁하게 만들었다. 이미 추운 계절은 아닌데도 깊게 팔짱을 끼고 있는 것이나, 이상하게 구부정해 보이는 등허리도 내게는 아주 낯선 모습이었다.

"어이. 여기야, 여기."

나는 짐짓 쾌활한 목소리에 팔까지 휘저으며 내가 앉아 있는 자리를 알려 주었지만, 혜련이 가까워 올수록 그녀를 살피는 내 눈길은 더 차분하고 세밀해졌다. 아마도 그 때문에 10년도 훨씬 넘은 그때의 그녀 모습을 아직도 이처럼 세밀하게 그려 낼 수 있는지 모르겠다.

말없이 다가와 식탁에 마주 앉은 혜련의 모습은 상상 속에서보다 훨씬 더 원기 없고 지쳐 보였다. 평소 코카서스 인종 특유의 풍부하고 거침없는 감정 표현과는 달리 표정 없는 그녀의 얼굴은 왠지 긴장해 있는 듯한 느낌을 주었고, 그 때문에 강조된 어둡고 굳은 음영은 그녀에게 일어난 심상찮은 변화를 한층 더 강조하는 효과를 냈다.

"어서 와. 그런데 정말로 얼굴이 좋지 않네. 무슨 일이야? 다른 일 있는 건 아니지?"

그런 내 물음에 그녀가 문득 힘없는 웃음을 짓다가 가볍게 고개를 저었다. 그러나 반드시 무슨 단서를 찾아내고야 말겠다는 듯한 관찰의 눈길로 그녀를 살피던 나는 그런 그녀의 두 눈에서 갑자기 무슨 결정적인 단서를 찾았다는 느낌이 들었다. 그리 밝지 않은 조명 아래서도 뚜렷이 드러날 만큼 색이 바랜 듯한 눈동자에 유난히 홍채가 크게 드러나 보이는 그녀의 눈에서 읽히는 것은 피로나 병색이 아니라 이상한 나른함과 방심이었다. 앉은 자세도 편안함 이외에는 아무것도 고려하지 않은 듯 허리를 의자 등받이에 바짝 갖다 붙이면서도 두 팔은 배를 싸안듯이 하며 식탁에 걸쳐 구부정해진 등을 받치는 게 제법 달이 찬 임산부와 같은 느낌을 주었다. 그러고 보니 헐렁하게 걸치고 있는 것도 임신복 같은 원피스가 아니라 바로 임신복 같았고, 화장 않은 얼굴에서는 희미하나마 기미나 주근깨 같은 것도 보였다.

'아하, 임신을 한 것이로구나.'

그런 깨달음에 까닭 모르게 소스라치며 조금 전 통화를 떠올려 보니, 그녀가 한 말 가운데 얼른 이해할 수 없었던 부분까지 모두가 한꺼번에 요연하게 정리되는 느낌이었다. 나는 지레짐작으로 후끈 달아 달려온 자신을 부끄러워하면서도 한편으로는 그녀에게 일어난 사고가 그 정도에 그친다는 게 새삼 다행스럽게 여겨졌다. 그 바람에 그날 혜련과의 점심 식사는 느닷없이 가족적인 배려로 훈훈하기 그지없는 시트콤 속의 한 장면처럼 변해 갔다.

나는 혜련에게 「갈매기」의 음악을 맡기려던 계획을 깨끗이 접고, 피붙이 같은 정으로 임산부의 영양과 건강을 배려하는 식단을 고르는 데만 정성을 쏟았다. 혜련이 먼저 그 일로 내게 감사할 정도였다.

"선생님, 고마워요. 저를 이해해 주셔서. 실은 오늘 꽤나 선생님께 시달릴 줄 알았거든요."

그리고 이어 자신의 처지를 은근히 암시하는 해명과 약속까지 넛붙였는데도 지레짐작에 빠져 나는 진히 알아듣지 못했다.

"실은 한 번 더 선생님과 작업해 볼까도 싶었는데, 이번에는 아무래도 안 되겠어요. 나중에 몸과 마음을 온전히 추스르고 나면 다시 선생님과 같이 일해 보도록 하죠. 선생님도 그때까지 잘 지내세요."

그날 나는 혜련의 아파트 입구까지 환자 돌보듯 그녀를 부축해 바래다주고 헤어졌다.

「갈매기」의 음악은 혜련이 맡는다는 걸 워낙 결정적인 일로 믿고 있었던 터라, 혜련을 단념하게 되자 나는 잠시 막연했다. 하지만 큰 쪽박이 깨어지면 작은 쪽박이 나오기 마련, 나는 곧 적당한 음악 감독을 찾아냈다. 지나치게 브로드웨이 뮤지컬에 빠져 있다는 흠은 있어도, 그 또래의 무대 음악 전공자 가운데서는 제법 고전적인 감각이 있다고 정평이 난 친구였다.

이 나라의 모든 연극 제작은 언제나 강행군이다. 음악에 이어 배역이 모두 결정되면서 다시 「갈매기」를 위한 강행군이 시작되었다. 그리고 언제나 치르기 마련인 비슷비슷한 홍역 끝에 「갈매기」는 마침내 무대에 올랐다. 결과는 한마디로 「벚꽃 동산」보다는 성공적이었다. 그리고 그 때문에 체호프에 대한 까닭 모를 부채 의식을 덜게 된 덕분인지, 나는 「갈매기」를 마지막으로 체호프를 향한 느닷없는 집착에서 놓여날 수 있었다.

나는 그해 남은 시즌을 이전 작품을 재공연하는 것으로 때우면서 그 두 해 체호프 때문에 무디어진 현대극의 드라마투르기를 가다듬었다. 그리고 다음 작품으로 이오네스코의 「무소」를 노려보며 이리저리 재고 있는데, 이상한 소문을 듣게 되었다. 대학로에 자리 잡은 이래로 줄곧 연극을 함께해 온 여자 단원 하나가 어느 날 나를 찾아와서 불쑥 말했다.

"선생님, 헬렌 킴 한국 떠난 것 아세요?"

함께 작품을 할 때는 혜련과 유달리 가깝게 지내던 사이라 내가 놀라며 물었다.

"응? 혜련이? 걔가 왜 한국을 떠나?"

"아니, 모르셨어요? 헬렌 킴은 선생님이 고향 후배나 가까운 친척 챙기듯 살갑게 챙겨 준 사람 아니었어요? 작품도 몇 편 같이하고……."

"음, 그랬지. 옛날부터 아는 아이라…… 그런데 어찌 된 거야? 혜련이가 한국을 떠나다니?"

"지난달에 이혼하고 며칠 전 미국으로 돌아갔다네요. 그런데 정말로 선생님께 인사도 안 하고 떠났어요?"

"이혼했다고? 그럼 아이는 어떻게 된 거야?"

"아이요? 아이라니요?"

이번에는 그 여자 단원이 난데없다는 표정으로 물었다.

"혜련이 낳은 아기 말이야. 지난봄에 벌써 여러 달 되어 보였으니, 지금쯤 태어났거나 아직 100일이 안 되는 솟벅이가 있을 텐데.

그 아이는 어쩌고 이혼이야? 뭐 잘못 안 거 아냐?"

"에이, 헬렌 킴이 무슨 임신이에요? 지난가을에도 저하고 조깅까지 했는데, 전혀 임신한 티 안 났어요. 선생님이야말로 무얼 잘못 아신 거 아녜요?"

그래도 나는 내 지레짐작을 포기하지 못했다.

"그럴 리가. 접때 혜련에게 「갈매기」 음악 맡겨 보려 했는데, 그 때문에 못 하겠다기에 따로 사람 구한 거 아냐? 요즘 걔가 통 안 보이기에 나는 그사이 몸 풀고 어디 깊이 들어앉아 있나 보다 했지. 그런데 무슨 뚱딴지같이 이혼이고, 출국이야?"

"그녀가 그때 선생님께 자신이 임신했다고 직접 말했어요?"

그제야 나도 찔끔한 구석이 있었으나, 여전히 그 단원의 말을 받아들이기는 힘들었다.

"글쎄, 그러고 보니 제 입으로 그런 소리를 한 것 같지는 않다만, 틀림없었어. 식당까지 임신복 차림으로 나왔고, 배도 상당히 불러 보였는데……."

"그렇다면 잘못 보신 거예요. 내가 그 무렵 가깝게 지내서 아는데, 헬렌 킴 임신한 적 없어요. 더구나 그네들 커플 그때부터 이미 이상하게 삐걱거리고 있었거든요."

"그때 이미 이상하게 삐걱거리고 있었다고? 그들 부부가? 나는 아주 이상적으로 맞춰 잘 살고 있는 줄 알았는데."

"신혼 때만요. 아니면 겉보기만이었거나."

그제야 내게도 조금씩 진상이 잡혀 오는 듯했다. 그러자 내 지레짐작이 부끄럽거나 후회스럽기보다는 그들에게 속거나 놀림당한 것 같은 느낌에 화부터 났다. 하지만 왜 그런지 나도 잘 알 수가 없어 함부로 화를 내지도 못하고 볼멘소리만 했다.

"사람들이 어찌 그럴 수가 있어? 나를 두고 장난하는 것도 아니고…… 그동안 눈 뻔히 뜨고 속았잖아? 게다가 그 지경 되어 떠나면서 인사 한마디 않는단 말이야?"

"설마 선생님에게 장난을 치거나 속이기야 했겠어요? 저희들은 저희들대로 많이 괴롭고 힘들었겠지요."

그녀가 물색없이 그렇게 나를 위로하는 말을 듣고서야 나는 퍼뜩 정신을 차리고 아무런 근거 없는 불평을 그쳤다.

그 여자 단원이 나간 뒤 나는 무슨 큰 낭패라도 당한 사람처럼 다급하게 여기저기 전화를 걸어 혜련의 일을 알아보았다. 대개는 이런저런 이유로 혜련과 자주 만나는 사람들만 골라 물었는데도, 이상하리만치 혜련의 일을 잘 아는 사람은 없었다. 그래서 틈나는 대로 몽 서방이나 한번 만나 물어봐야겠다고 생각하고 있는데, 내가 만나고 싶어 한다는 말을 어디서 듣기라도 한 듯 다음 날 그쪽에서 먼저 전화가 왔다.

"응, 몽 서방. 아니, 김 교수가 웬일이야? 실은 나도 한번 만나고 싶었는데."

김 교수가 언제나 그러듯 예절 바른 어조로 안부를 물어 오자

나는 궁금증을 억누르며 그렇게 받았다. 무언가 다급한 게 있는지 그쪽도 더는 말을 돌리지 않고 바로 받았다.

"감독님이 제게요? 무슨 일인데요?"

"어떻게 된 거야? 헬렌 킴. 어제 이상한 얘기를 들어서."

"이상한 얘기라니요? 그 사람한테서 무슨 소식 있었어요?"

김 교수가 약간 높아진 목소리로 다급한 심경을 드러내며 되물었다.

"자네들 이혼했다며? 그리고 혜련이는 미국으로 가 버렸다며?"

"그걸 어제 들으셨다고요? 그럼, 저희들 일, 어제까지 전혀 모르고 계셨다는 겁니까?"

그렇게 되묻는 김 교수의 목소리에서는 조금 전과 달리 실망과 의혹을 숨기지 않는 착잡함 같은 게 느껴졌다. 김 교수는 당연히 내가 자신보다 훨씬 더 많이 혜련의 근황을 알고 있으리라 추측하고 있는 듯했다.

"그래. 어제 어떤 단원에게서 처음 들었어. 어쩌다 그렇게 됐나?"

그런 내 물음에 김 교수가 잠시 말이 없다가, 갑자기 결심한 듯 말했다.

"지금 바쁘세요? 아니, 제가 찾아가면 뵐 수 있을까요?"

"바쁜 건 없어. 그렇게 해. 나도 김 교수를 만나고 싶었다고 하지 않았어?"

부근에서 전화를 걸었던지 김 교수는 20분도 안 돼 극단 사무실로 찾아왔다. 나는 차 한 잔을 내놓기 바쁘게 조금 전 전화에서 마지막으로 던졌던 물음을 되풀이했다.

"그래, 어쩌다 그리된 거야?"

그리고 쳐다보니 비로소 김 교수의 얼굴에서 이혼한 지 오래지 않은 남자의 고뇌 같은 것이 느껴졌다. 이혼 사유가 절실하고 불가피하기는 했지만, 그만큼 미련과 후회도 많이 남은 것을 숨기지 않는 그런 남자들이 술 한잔 마시고 그간의 고심을 털어놓기 전에 지을 법한 그런 표정이었다.

"갑자기 그걸 말하자니 어디서부터 시작해야 될지 모르겠습니다. 헤어지기 전날까지도 우리는 특별히 말할 게 없는 한국의 부부들 가운데 하나라고 생각했는데, 이렇게 되고 보니 내게도 우리가 혼란스러울 만큼 특별하고 얘깃거리가 많은 부부였다는 느낌이 드는군요."

내가 혜련과 함께 김 교수를 만나 본 게 몇 번 되지는 않지만, 슬쩍슬쩍 스쳐본 느낌으로도 김 교수의 말이 거짓 같지는 않았다.

발정기의 암컷에게 모든 수컷은 짝짓기의 잠재적인 대상이다. 그중에서 실제 짝짓기에 들어가는 상대를 결정하는 것을 특화(特化)라고 하는데, 사람의 결혼은 그 특화를 항구적인 제도로 정착시킨 것이 된다. 사람이 결혼으로 배우(配偶)를 특화하는 과정을 친화와 일체감 형성의 과정으로 본다면, 혜련과 김 교수도 일반적인 한국인 신혼부부보다는 더 많은 부담을 지고 그 과정을 시작할 수밖에 없었다. 처음 이성 간의 특화에서는 이국정취에서 비롯된 특별한 이끌림이 있었다 해도, 제도적으로 구체화한 결혼으로 진행하는 데는 여러 가지 현실적인 고려들이 요구되기 마련이다. 이를테면 한눈에 알아볼 만큼 서로 다른 외모의 인종적 특성이나 두 사람이 성장한 문화적 배경의 차이에서 느끼게 될 이질감, 그리고 또래의 다른 한국인 신붓감들보다는 친연성(親緣性)이 훨씬 떨어지는 유전인자에 이르기까지, 그들의 친화와 일체감 형성 과정이 예측해야 할 어려움들이 그럴 것이다. 그런데 김 교수는 조심스레 내비친 그런 내 추측을 한마디로 부인했다.

"그런 것들은 솔직히 말씀드려 제게는 특별한 어려움이 아니었습니다. 우리가 결혼을 생각하게 된 때는 사귄 지 1년쯤 지났을 무렵인데, 그런 차이들이 내 결정을 주저하게 한 적은 한 번도 없었습니다. 오히려 그것들은 한번 멋지게 극복해 내고 싶은, 무슨 신 나는 놀이에서의 예정된 장애물 같은 것이었지요. 그런 것이 있다고 해서 우리 부부가 남다른 장애를 겪게 될 것 같지는 않았습니다."

그런 김 교수의 말에 이번에도 짐작되는 것이 있었으나, 나는 그것을 말하는 대신 그냥 물어보는 쪽을 택했다.

"하긴, 결혼 전 혜련이 김 교수 얘기를 할 때는 낯빛까지 환해졌지. 그렇다면 특별해진 것은 결혼 뒤가 되겠군. 무엇이 문제였지?

아니, 결혼 뒤에 무엇이 가장 김 교수를 어렵게 하던가?"

"아니요. 결혼 뒤에도 혜련과 나였기 때문에 생긴 특별한 어려움은 없었습니다. 함께 살게 된 첫날부터 나는 여분의 앞치마를 두르고 부엌으로 들어가 설거지를 거들었고, 아침은 대개 아메리칸 스타일로 내가 차렸습니다. 혜련이 또래의 한국 신부들이 그러는 것처럼 재래시장에 가서 콩나물 한 줌까지 에누리해 사고, 젓갈 넣은 김치를 담가 된장찌개와 함께 저녁상에 올리던 것처럼. 또 일요일은 되도록 집 안에서 함께 지내며 밀린 집안일을 거들어 주고, 모든 외출과 외식은 원칙적으로 부부 동반하는 식으로 말입니다."

그렇다면 생활에서는 동서양을 잘 조화시킨 셈이었고, 그들로서 이끌어 낼 수 있는 최선의 일체화에도 근접했을 것이다.

"그럼 뭐가 문제였어? 어쩌다가 그렇게 되었지?"

"저도 그게 답답해 감독님을 찾아온 겁니다. 우리가 어디서부터 무엇이 잘못되어 여기까지 오게 되었는지 알고 싶어서요."

"내게? 내가 무슨 수로 자네들 결혼 생활을 알아? 어째서 그런 생각을 하게 됐지?"

내가 쓴웃음을 지으며 그렇게 반문했지만 마음속으로는 묘한 긴장이 일었다. 그가 그렇게 생각하게 된 것은 혜련을 통해서 그가 품게 된 내 인상과 관련이 있고, 그 인상은 또한 혜련의 의식에 새겨진 내 인상의 반영일 것이기 때문이었다.

"만나 뵙기 전에 혜련에게서 들은 대로라면 감독님은 그녀의 아주 가까운 인척이거나 오래 훈도를 받은 은사 같은 인상을 주었습니다."

"설령 그렇다 쳐도, 남편인 김 교수가 모르는 일까지 알 수야 있겠나?"

내가 묘한 실망감을 감추며 그렇게 반문했다. 김 교수가 그 말에 반발하듯 덧붙였다.

"그런데 나중에 그녀와 함께 감독님을 만나 보니 달랐습니다. 함께 있는 두 사람을 보면 문득문득 근친상간의 추억을 가진 혈육 사이 같다는 느낌을 받을 때가 있었습니다. 그리고 그 서늘한 느낌의 기억 때문에 감독님이라면 그녀가 왜 떠났고, 어디로 갔는지를 알고 계실지도 모른다는 생각이 들게 된 것 같습니다."

그렇게 단숨에 쏟아 놓듯 하는 말에 이어 나를 쳐다보는 김 교수의 살피는 듯한 눈길을 바로 받기가 거북스러웠지만, 마음 깊은 곳에서는 음험한 기쁨 같은 것도 느껴졌다.

"글쎄, 그 참 별난 느낌이네. 하지만 내가 느낀 대로라면, 전에도 이미 말하지 않았나? 혜련이 김 교수를 말할 때는 벌써 목소리부터 달라졌다고. 젊은 애들 말마따나, 두 사람이 5시에 만나기로 되어 있다면 3시부터 벌써 행복해하는 표정이었는데. 그래서 나는 두 사람이 발끝부터 머리끝까지 맞춰 가며 잘 사는 줄 알았지. 나 같은 것은 죽었다 깨나도 두 사람만의 은밀한 세계는 그 언저리도 기웃거릴 수 없을 거라고 여겼는데, 이거 뜻밖이군."

나는 필요 이상으로 과장된 어조로 그렇게 받고는 짐짓 지긋한 목소리를 지어 덧붙였다.

"혜련은 그저 좀 별난 인연이 있는 고향 쪽 후배이고, 자네들의 파경에 대해서 나는 아무것도 아는 게 없어. 더구나 김 교수가 나를 지목하고 찾아와 혜련이 간 곳까지를 물으니 나야말로 오히려 궁금하기 짝이 없네. 다시 한 번 묻네만, 정말 어쩌다 이리 된 거야? 자네들 사이에 일어난 일부터 내가 알아들을 수 있게 말해 줄 수는 없겠나? 그러면 나도 그 아이와의 20년 가까운 인연을 거슬러 김 교수의 물음에 답이 될 만한 추측을 끌어낼 수 있을지도 모르지."

그러자 한 번 더 깊숙한 눈길로 나를 살피던 김 교수가 가벼운 한숨과 함께 대답했다.

"그게 언제부터인지도 모르겠어요. 어느 날 갑자기 그 앞의 날들과 그날 사이에 무슨 금이라도 그어진 듯 생소한 분위기가 우리 두 사람을 갈라놓기 시작했습니다. 우리는 그전처럼 각자 떨어져서 하지 않으면 안 되는 일만 끝나면 집으로 돌아와 함께 지냈지만, 그리고 많은 일을 그전의 관례에 따라 함께 치러 가고 있었지만, 피부로 으스스하게 느껴질 만큼 둘 사이는 멀게 느껴지기 시작한 것입니다."

"그게 어떤 날이었고, 구체적으로 무엇이 자네들을 갈라놓는 느낌이던가?"

"아마도 외국인들이 많이 초대된 학교 주최의 모임에 함께 갔을 때였던 것 같습니다. 그녀가 내 곁에 있을 때보다 그 사람들 사이에 끼여 있는 게 훨씬 자연스럽고 자유스러워 보인다는 느낌이 퍼뜩 들던 순간부터 그녀와 나 사이에 거리감이 자라나기 시작했습니다. 그리고 다음 날부터 그늘에서 자라는 버섯처럼 무의식 속에서 자라나기 시작한 둘 사이의 공간은 갈수록 의식의 표면으로 뚫고 나와 마침내는 둘의 마음까지도 갈라놓았습니다. 서로 이유를 밝히지 않는 분주함 또는 몰두로 함께하는 시간은 줄어들고, 집으로 돌아와 함께 있을 때도 외형만 마지못해 흉내 낼 뿐, 이전과 같이 활기찬 공동 생활은 복원되지 않았습니다. 그리고 거의 자발적이던 서로를 위한 봉사도 상대를 배려한다는 기분으로 자신을 독려하지 않으면 안 되었고, 또 그전까지 당연했던 배려는 억지스러운 용인의 감정으로 변해 특별한 참을성을 요구해 왔습니다."

"말을 어렵게 하네. 어쨌든 뭐야? 자네들에게도 그런 날들이 있었다고? 내가 알고 있는 혜련은 며칠의 지방 공연 때도 김 교수 생각으로 안절부절못하는 눈치던데……."

"좋았던 그 옛날이었겠지요. 어쨌든 나중에는 거기에 그치지 않고, 간신히 이어 가던 결혼 생활의 외형까지도 일그러지기 시작했습니다. 우리는 서로 전화 한 통이면 아무렇지 않게 외박할 수 있었고, 장기 출장이나 지극히 사사로운 혼자만의 해외여행도 전혀 꺼리지 않는 부부가 되어 갔습니다. 특히 그녀는 미국 나들이가 잦아졌지요. 우리 식으로는 친정을 간다는 것이지만, 친정 식구들이 그리워 가는 것인지, 그저 여기서 떠나 있고 싶어 미국에 가는 것인지 구분이 안 될 정도로요. 그런데 알 수 없는 것은 저도 그게 조금씩 편해지기 시작하는 것이었습니다. 그러다가, 지난달 미국에 한 열흘 갔다 오더니 여행 가방도 풀지 않은 채 나를 기다리다가 불쑥 말하더군요. 그만 헤어지자고요. 표정 한번 바꾸지 않고, 억양 하나 변함이 없이…… 그런데 한술 더 뜬 것은 저였습니다. 마음 한구석에서는 무언가 불같은 것이 치솟는데, 입은 한숨 한번 내뱉지 않고 대답하더군요. 그래, 그러자, 라고. 마치 오래 그 말을 기다려 온 사람처럼. 그 말을 해 주어 오히려 고맙다는 사람처럼……"

거기까지 듣자 나도 가슴이 먹먹해 왔다. 그러다가 문득 상기되는 것이 있어 물었다.

"그렇다면 작년 5월쯤은 어땠어? 그때는 어떤 상태였지?"

"작년 5월요? 작년 5월……"

김 교수가 멍한 눈길로 그렇게 되뇌다가 갑자기 격앙된 어조로 말했다.

"그 무렵이라면 생각납니다. 그때까지 외형을 유지해 왔던 상대에 대한 배려가 빈심과 무관심으로 바뀌고 가사 협업도 무너져

갈 때였지요. 집 안에서의 취사가 사라지고, 세 끼 모두 외식으로 대체되던 시기…… 아, 그래요. 생각난다. 그때 그 사람의 모습. 모든 것을 다 놓아 버린 사람처럼 생기 없는 눈길에 굼뜬 몸가짐. 집 안에 있을 때는 앉아 있을 때보다 누워 있을 때가 많았고, 그 때문에 나도 집에 들어가기 싫어 바깥으로 겉돌기 시작하고……."

"혹시 그때 임신이라도 한 것은 아니었을까?"

그러자 잠깐 그의 눈이 번쩍했으나, 이내 한숨 어린 어조로 돌아가 이었다.

"그 무렵 저희 집에서 그녀를 보신 거군요. 하지만 잘못 보셨어요."

"이번에 막 내린 체호프의 「갈매기」 음악 부탁하러 갔다가 봤지……. 사실 나는 그제 내게 혜련의 소식을 알려 준 그 단원에게도 혜련이 언제 해산했느냐고 물었을 정도로 그렇게 믿어 왔어."

그런데 그게 자연스러운 해명이 되었던지 김 교수는 나에게서 더는 혜련의 일을 알아내려고 하지 않았다. 한참이나 탐색하는 눈치가 보이지 않는 얘기로 자신의 감정을 추스르더니, 평소의 예절 바른 음대 교수로 돌아가 자리를 털고 일어났다.

4

혜련으로부터 내게 소식이 온 것은 몽 서방이 다녀가고도 두 달이나 지난 뒤였다. 처음에는 낯선 풍경이 담긴 그림엽서가 왔는데, 앞뒤 인사도 없이 리투아니아에 와 있다는 내용만 짤막하게 적혀 있었다. 여행 중에 잠깐 짬을 내어 관광지에서 산 것 같은 엽서 한 장에다 영어로 갈겨쓴 짤막한 두 문장과 멋 부린 발신인 서명이 내게는 왠지 난데없게 느껴졌다. 평소 그녀가 한국 사람들과 소통할 때는 영어를 쓰는 법이 별로 없었다는 것도 그랬지만, 그보다는 문장 내용이 엽서 끝에 있는 그녀의 이름 표기가 준 기대와는 너무 달랐기 때문일 것이다.

저예요. 저 지금 리투아니아에 와 있어요.

그렇게 휘갈겨져 있는 본문 뒤에 무슨 암호처럼 붙은 '헬렌, 킴' 이라는 미국식 이름을 확인했을 때, 내 머릿속에 그 존재를 해독하는 키워드처럼 떠오른 말은 이혼과 미국이었다. 너는 이혼하고 미국으로 돌아간 아무개. 그런데 편지의 본문은 그 두 개의 키워드와 너무도 무관하였다.

나는 적어도 그녀의 첫 편지라면 최근 그녀에게 일어난 일 중에 가장 중요하고 심각한 어떤 것에 관해 먼저 말할 것이고, 그것은 틀림없이 아직 몇 달 안 된 그녀의 이혼일 것이라 믿었다. 그래서 직접 나를 만나보고 얘기해 주지 못한 그 전말을, 어쩌면 하소연이나 넋두리 섞어 말해 줄 것이라고 믿었다. 그런데 그녀는 거기에 대해서는 단 한마디도 없이 자신의 위치만 전하고 있었다. 그것도 내가 당연히 짐작하고 있을 것이라고 믿는 사람처럼.

그녀가 있다는 리투아니아도 그때의 내게는 그녀가 그렇게 당연하게 있어야 할 곳이 아니었다. 그녀의 외가 쪽 혈통이 걸어온 이산의 역사를 들으면서 그 나라는 내게 인상 깊은 곳이 되었고, 그 때문에 몇 번인가 지도책과 백과사전을 들쳐 보아 그 나라에 대해 평균보다는 좀 더 많은 지식을 가지게 됐을는지는 모르지만, 1993년 가을 그때까지도 여전히 리투아니아는 내게 추상에 가까운 나라였다. 연전에 구 소련으로부터 독립하였으며, 소련의 위성국 상태를 벗어난 동구의 그 어떤 나라보다 서구 지향적이라는 소문이 있기는 해도, 내 의식 속의 리투아니아는 여전히 어딘가 아득한 세계 한 끄트머리에 있는 불행한 발트 3국의 하나일 뿐이었다. 내가 아는 혜련은 어디까지나 미국인이었으며, 그녀가 한국에서 상처 입고 돌아갔다면 그것은 당연히 미국이어야 했다.

그녀의 두 번째 편지도 난데없다는 느낌에서는 첫 편지와 큰 차이가 없었다. 한 보름 뒤 이번에는 봉함엽서에 사진 한 장까지 덧붙이고, 본문도 한글로 적혀 있었으나 내용은 오히려 전보다 더 엉뚱하게 느껴졌다. 모래사장이 잘 드러나는 해변가에서 햇살을 담뿍 받으며 풀어 내린 머릿결을 바람에 날리며 서 있는 사진과 동봉된 엽서는 여전히 앞뒤를 다 잘라 버린 사진 설명 같은 내용이었다.

며칠 전 바닷가에 나갔다가 찍은 사진인데, 옛날 일이 생각나서 한 장 보내 드려요. 제 머릿결하고 리투아니아 해변의 모래 빛깔, 어때요? 서로 닮은 것 같아요? 어쨌든 '금발의 제니'는 아닌 것 같죠?

멀리 어머니의 조국에서 그녀가 굳이 나를 지목하여 보낸 엽서에다 적은 것이 20년이 다 되어 가는 예전의 내 착각을 교정하는 내용이었다. 변형된 감상이거나 허세로 이해할 수 없는 것은 아니었으나, 그때에도 그녀가 그것들을 그런 형태로 내게 드러내는 까닭은 여전히 짐작할 수 없었다.

그리고 마지막은 바로 그 '십자가들의 언덕, 샤울레이'였다. 국제우편 봉투에 크고 작은 십자가들로 뒤덮인 언덕을 이리저리 찍은 사진 석 장만 덜렁 들어 있고, 그중 하나의 뒷면에 다시 휘갈겨 쓴 영어로 그런 사진 설명이 적혀 있었다. 그 기괴하면서도 인상적인 언덕의 역사를 그녀에게서 직접 듣게 된 것은 그 사진들을 받은 날로부터 3년 뒤가 된다…….

하지만 어쩌면 그 사진 봉투를 그때 혜련으로부터 온 마지막 소식이라고 생각한 데는 어떤 착오가 있을지도 모르겠다. 그 사진 봉투 말고도 그 뒤 혜련에게서 받은 우편물이나 그녀에 관한 후문이 더 있을 수도 있다. 그런데도 그와 같은 기억의 단절이나 착종이 일어난 것은 그 무렵 들어 갑자기 수렁에 빠져 버린 듯한 내 인생 때문일 것이다. 결국은 파탄으로 끝나 버린 단 한 번의 결혼 생활과 이미 만신창이가 되어 쓰러지고 나서도 영원히 끝날 것 같지 않게 진행되던 그 기나긴 임종.

돌이켜보면 내 결혼은 이 나라 사람들에게는 아직 선례가 적거나 충분히 설명되지 못해서 처음부터 온당치 못하게 받아들여지는 데가 있었던 듯하다. 먼저 결혼 전에 양쪽 배우자를 두고 견주어 보기 마련인 조건부터가 당시의 통념과 맞지 않는 데가 있었다. 나이만 해도 그해 나는 서른아홉이었고 아내는 서른하나였는데, 겨우 20년 전이지만 그때로는 둘 모두 꽤나 늦고 또 나이 차가 큰 결혼이었다. 거기다가 연극계에서의 경력을 포함한 이런서런 삶의 이력에서는 아내가 나보다 훨씬 앞서고 다채로운 데가 있어 그게 또 우리 결혼을 별나게 만들었다. 사람들은 묘하게도 아내의 그런 이력을 어두운 상처로만 이해하여, 그녀의 존재까지도 그만큼 낡고 헐겁고 허물어져 가는 인상으로 받아들인 탓이었다.

하지만 불행히도 내가 그녀에게 빠진 것은 첫눈에 드러나는 그녀의 그와 같은 내면 풍경이었다. 얼굴 절반을 덮은 것 같은 선글라스가 암시하던 대인 기피증으로부터 그것을 벗었을 때의 지친 듯한 인상, 그러나 한편으로는 모든 것을 초탈한 듯 보여 자칫 방자하게 느껴질 수도 있는 방심과 망연함, 그리고 짧은 시간에도 끊임없이 그 변환을 보여 주는 조울의 기미. 나는 오히려 그런 것들에 미혹되어 아무런 주저 없이 그녀와 사랑에 빠지고 마침내는 결혼으로까지 치달았다. 그런데 세상 사람들의 견해는 나와 아주 달랐다. 그런 그녀의 인상과 특성들은 일시적인 흥미를 끌 수 있는 병적인 증상일 수는 있어도, 사랑에 빠지거나 그 사랑을 제도화하는 결혼으로 이끌 만한 매력은 결코 아니었다.

신붓감을 고르는 데 그 대상이 이미 연기로 명성과 갈채, 그리고 그것들의 깊고 어두운 그늘까지 속속들이 맛본 적이 있는 일종의 전문인이라는 것에도 당시의 통념은 그리 우호적이지 못했다. 그때만 해도 결혼은 가사와 양육을 분담할 배우자를 얻는 것이지, 함께 일할 동업자나 조력자를 구하는 게 아니었다. 거기다가 그녀의 이혼 경력도 내가 그랬던 만큼 쉽게 무시되지 않았다. 그때만 해도 그녀 같은 며느리를 들이는 것은 이전 시대처럼 괴변이나 재앙까지는 아니라도, 시가의 대단한 양보가 될 수는 있는 일이었다. 그런데도 나는 무슨 비장한 전투라도 벌이는 심경으로 내 사랑과 결혼을 밀어붙였고, 처음 한두 해는 얻기 힘들어 더 달콤한 승리라도 즐기듯 거기에 몰두하고 집착했다.

하지만 냉정하게 돌아보면, 그사이에도 내가 그런 세상의 통념이나 편견으로부터 온전히 자유로웠던 것 같지는 않다. 나도 어쩔 수 없이 지난 시대와 그때의 이 땅이 길러 낸 상식의 아들이었고, 어떤 면에서는 지금 이 땅과 이 시대가 품게 된 통념과 편견을 함께 형성해 왔다. 그중에서도 가장 먼저 내 의도적인 부정과 무시의 두터운 벽을 뚫고 의식을 건드려 온 것은 바로 그런 통념과 편견이 품고 있는 결혼에 대한 기대였다.

앞서 나는 우리가 결혼 생활을 해 왔다고 말했지만, 당시의 통념 또는 편견으로 보아 그걸 그렇게 말할 수 있을지 모르겠다. 우리도 다른 부부들처럼 많은 밤을 한집에서 보냈다. 그러나 그것이 생활공간인 주거에서였는지는 단정하기 어렵다. 틀림없이 결혼 뒤의 주거로 두 사람만의 아파트를 가지기는 했어도, 그것이 정상적인 주거로 기능했다고 말하기에는 그 활용이 너무도 제한적이었기 때문이다.

우리는 한 번도 살림집인 아파트와 극단 사무실과 무대를 구분해 쓴 적이 없다. 그 말은 달리하면 우리가 한 번도 그 아파트를 생활을 하기 위한 주거 공간으로 써 본 적이 없다는 뜻이 된다. 물론 거기도 주방과 취사 시설은 갖춰져 있고, 우리도 가끔씩은 이런저런 요리를 해 먹었지만, 그것은 바쁘면 극단 사무실에서 라면을 끓여 먹거나, 무대 뒤에서 자장면을 배달해 먹는 수준과 크게 다르지 않았다. 오직 우리만이 먹기 위해서 장을 보아 오고, 둘 사이에 정해진 조리법에 따라 요리를 해 먹거나 그 뒷설거지를 하는 일은 한 번도 없었을 뿐만 아니라, 그 아파트에는 그렇게 할 수 있는 도구도 설비도 제대로 갖춰져 있지 않았다.

우리는 또 그 아파트에다 여러 가지 입성을 갈무리해 두고, 갈아입고, 세탁하거나 수선하였지만, 그 역시 가정생활의 일부는 아니었다. 극단 사무실이나 휴대 가방에 그날 쓰일 의상을 비치해 두고 갈아입거나 필요하면 세탁하고 수선하는 것과 크게 다를 게 없었고, 인간 생활의 세 가지 기본 요소로서의 입성을 간수하거나 비축하는 공간으로서의 기능은 둘 모두 별로 긴밀하게 의식하지 못했다.

기거에서도 그랬다. 우리는 그곳에 주소를 가지고 있는 동안 가장 많이 그 아파트에서 자고, 그래서 가장 많이 그 아파트에 머물렀지만, 그 유숙 또는 기거의 내용은 너무 바빠 집까지 가지 못하고 극단 옆 모텔에서 한숨 눈 붙이거나, 지방 공연 중 단원들과 함께 묵는 이류 호텔에서의 하룻밤과 크게 다르지 않았다. 우리가 그 아파트에서 잔다는 것은 그날 밤은 따로 비용을 물지 않아도 되는 그곳에서 쉰다는 것뿐이었다.

요컨대 우리에게는 그 분업과 협업의 비율이 어떻게 되든 부부로서 우리가 함께 주도하여 이끌어 가는 생활이 없었다. 가장 또는 남편으로서의 내가 없는 것처럼 주부 혹은 아내로서의 그녀도 없었다. 하지만 처음 한동안은 무언가가 허전하면서도 나는 우리에게 무엇이 없어서 그런지 알지 못했다. 함께 살게 된 그녀밖에 아무것도 보이지 않던 시절에는 남들의 삶도 당연히 나와 같을 것이라고 단정하였다. 그러다가 살아오는 동안에 보아 온 여러 부부들의 삶이 기억나고, 나 자신에게도 알 수 없는 공허감이 쌓여 가면서 나는 차츰 우리 삶의 진상에 대해 눈뜨게 되었다.

인간이여, 그대는 이 세상이란 거대한 도시의 시민으로 살아왔다. 거기서 살아온 기간이 10년이든 100년이든 그게 무슨 대단한 차이가 있겠는가. 이 세상의 법은 그대에게뿐만이 아니라 누구에게나 평등하다. 그런데도 그대는 어찌하여 지금 떠나라 한다고 해서 불만을 품는가.

지금 그대를 이 세상에서 몰아내려고 하는 이는 폭군도 아니고 부당한 재판관도 아니다. 그대를 이 세상으로 데려왔던 자연이다. 자연은 배우를 무대 위로 불러 썼다가 다시 무대 밖으로 나가게 하는 연출가와 다르지 않다.

'저는 5막의 연극에서 아직 3막까지밖에 출연하지 못했습니다.' 그

대는 이렇게 하소연하고 싶은가. 하지만 인생은 3막만으로 완결되는 연극일 수도 있다. 연극이 언제 끝날지를 결정하는 이는 당신을 지금 내보내려고 하는 자연이다. 이만 만족하고 물러나라. 그러면 그대를 떠나보내는 자연도 미소로 그대를 배웅할 것이다……

지난날 나는 그 음울한 철인왕(哲人王)이 말한 자연을 물화(物化)된 신으로 해석해, 연출이란 신의 영역 일부를 모방하는 작업이라 여기며 우쭐거려 왔다. 그런 내게 인생은 어김없이 한 막의 연극이었고, 실제로 나는 젊은 날의 대부분을 연극과 삶을 혼동하며 보냈다. 특히 아내와 결혼할 무렵에는 그런 혼동이 더욱 심해, 그때 어쩌면 나는 이 세상을 함께 살아갈 아내를 구한 것이 아니라, 그때까지의 내가 출연하고 있던 연극을 빛내 줄 대역을 고른 것이었는지도 모른다.

그런데 삶을 연극과 혼동하는 정도는 나보다 아내가 더 심했다. 그녀가 나보다 훨씬 일찍 무대에서의 성공을 맛보았다든가, 그 성취의 세속적이고 뒤틀린 보상으로 다가온 화려한 초혼과 오래가지 못한 무대 밖의 행복이라든가, 그리고 몇 년의 죽음과 같은 침체와 힘들었던 배우로서의 재기 과정은 그녀에게 삶을 연극과 혼동할 권리를 주었을지 모른다. 그러나 이제 와서 돌이켜보면, 삶을 곧 연극으로 환치하는 그녀의 드라마투르기는 나보다 훨씬 철저한 동일시로 나타났다. 곧 그녀의 삶과 연극에서는 원관념과 상징 또는 비유의 구분이 없었다. 삶의 어떤 측면을 상징하거나 비유적으로 드러내는 수단 또는 통로로서의 연극이란 개념은 전혀 없고, 삶이 바로 연극이란 동일시만 있었다. 그리고 그러한 동일시 과정은 나와 결혼해 사는 동안에 더욱 강화되어 나중에는 배우로서의 연기뿐만 아니라, 연출까지도 연기의 일부로 끌어들여 삶의 무대를 온전하게 장악하고 싶어 했다.

따라서 나는 배우자가 아니라 우리 결혼 생활에서 아내 역을 맡을 배우와 결혼한 것이었고, 스스로는 원관념이 되는 삶을 함께할 남편이기보다는 우리 결혼을 성공적인 연극으로 이끄는 연출자이기를 바란 것인지도 모를 일이었다. 어떻게 보면 그런 우리 사이에는 애초부터 삶이 끼어들 여지가 없었다. 배우와 연출가 또는 배우와 배우, 그리고 나중에는 연출가와 연출가의 만남이 되어 가장과 주부 또는 남편과 아내의 삶을 공연했을 뿐이었던 듯싶다.

하기야 내게도 연기가 되어 버린 생활, 실감 안 나는 삶이 전혀 자각되지 않은 것은 아니었다. 공연 그 자체거나 공연 앞뒤에 따른 준비와 뒤처리에 골몰할 때, 삶은 그사이에 끼인 최소한의 생존 활동으로만 잠재하게 된다. 그러다가 마침내 거기서 해방되어 삶의 실재감, 그 풋풋함과 온기에 나를 풀어 놓고 싶어 돌아온 집에서 또 다른 무대를 만나고 거기서 다시 연기를 계속해야 하게 되면, 그게 비록 나 스스로 선택한 삶의 양태였다 해도 당황스럽고 암담하기 그지없었다. 결혼하고 1년쯤 지나 처음으로 그런 기분에 빠져든 나는 몇 번이나 자제하다가 어느 날 마침내 용기를 내어 말을 꺼냈다.

"이거 우리 집 맞아? 그리고 우리 지금 제대로 살고 있는 거야?"

내가 그렇게 혼잣말처럼 중얼거리자 그녀가 무슨 상념인가로 몽롱한, 그래서 때로는 공허해 보이기까지 하는 눈길로 나를 바라보며 물었다.

"맞겠죠. 산그리매 아파트 101동 307호 아녔어요? 그런데 왜요? 어떻게 사는 게 제대로 사는 것 같은데요?"

"글쎄, 어째 내 집으로 돌아온 것 같지 않고, 위치만 극단 연습실에서 부속 기숙사로 옮겨 앉은 단원 같아. 아니, 저쪽에서 한 막 끝내고 숨도 못 돌린 채 다음 공연을 하러 새 무대에 오른 것 같기도 하고."

그러자 그녀가 희미하게 웃으면서 받았다.

"바로 보신 거 아니에요? 삶이 바로 한 막 연극이라면서요?"

"그럼 내 역은 언제 끝나 푸근하고 질펀한 삶 속을 뒹굴면서 쉬어 보는 거지? 부황하고 공허한 무대 위에서의 관념이 아니라 실재감으로 차 있는 삶. 부드러운 살갗과 따스한 체온을 느끼는 사람들과의 접촉과 소통……."

"그런 게 어딨어요? 실재감으로 차 있는 삶 같은 거 따로 없어요. 선생님 말마따나 우리는 인생에서 5막 중 3막째를 연기하고

있을 뿐이에요. 언제든지 연출이 무대에서 내려가라고 하면 군소
리 없이 내려가야 하는."

"그건 비유나 상징이지. 이데아 또는 실재로서의 삶을 원관념
으로 하는."

그러자 그녀가 다시 피식 웃으면서 너무 공허해서 나른하게 들
리기까지 하는 목소리로 받았다.

"세상을 너무 여러 겹으로 둘러치지 마세요. 벗겨 봐야 속에는
아무것도 없는 양파예요. 안에 뭐가 따로 있지, 하면서 벗겨 내 버
린 그 껍질이 바로 양파의 본질이라고요."

여러 해 그녀와 함께 지낸 뒤에야 나는 그런 그녀의 말투가 감
당하기 어려운, 또는 계속하기 귀찮은 논쟁을 서둘러 끝낼 때 그
녀가 흔히 빌려 쓰는 논법이란 것을 알았다. 유학 시절에 감명을
준 어느 외국인 교수가 즐겨 썼다는. 하지만 그때는 그것이 우리
결혼 생활에 일기 시작한 회의를 한순간에 털어 내 버렸을 만큼
신선하게 들렸다.

가만히 헤아려 보니, 내가 우리 결혼 생활에 첫 번째로 의구를
느꼈던 날이 바로 혜련이 몽 서방과 별거에 들어간 무렵이 아닌
가 한다. 그래서 오래잖아 날아든 그녀의 엽서가 까닭 모르게 사
람을 심란하게 만들었을 것이다. 하지만 그날 밤의 내 토로가 있
은 뒤로도 별 흉터 없이 봉합된 우리 결혼 생활은 한동안이니 더

평온하게 이어졌다. 아직 우리의 신혼이 유지되고 있는 것으로 여겨 늦게 배운 도둑이 날 새는 줄 모른다고 놀려 대는 사람들이 있을 정도였다.

그러다가 다시 내가 무대에서 무대로 떠돌고 있다는 느낌으로 고단하고 황폐한 심경이 되어 그걸 아내에게 토로한 것은 그로부터 꼬박 한 해가 더 지난 뒤였다. 그사이 겉으로는 중견이란 수식어까지 덧붙는 연출가가 되었지만, 여전히 내 기분은 이름 없는 연출 지망생으로 세상을 겉돌고 있는 것 같아 우울해진 어느 날, 나는 문득 그때 있었던 아내와의 논의를 떠올리게 되었다. 그리고 내 그런 기분이 실재감 없는 삶 때문이라는 의심이 되살아나 다시 한 번 아내와 그 일을 얘기하고 싶어졌다.

어쩌면 그날 술 생각이 나서 스스로 차린 술상도 우리 논의를 뜨겁게 달구는 데 한몫을 크게 했을지도 모르겠다. 술은 우리 냉장고가 비면 기계적으로 채워 두는 맥주였고, 안주는 들어올 때 아파트 단지 슈퍼에서 사 온 튀김과 통조림이 전부였다. 잔과 접시를 챙기기도 귀찮아 거실 탁자 위에 술병과 안주 봉지를 그대로 풀어 놓고 병째 마시는데, 아내가 샤워하러 들어가며 핀잔처럼 말했다.

"그럴 거면 아예 밖에서 마시고 오지 그랬어요? 분위기도 없고 안주도 신통찮으면서 집 안만 지저분해지고."

"술집에서 마시는 술, 요즘은 왠지 요란스럽기만 하고 귀찮아지네. 괜찮아. 그냥 한 잔 마실 건데 뭐."

나는 변명처럼 그렇게 말하며 들고 있던 맥주병을 비웠으나 가슴속은 그때부터 스산한 바람이 불어 가고 있었다. 거기다가 그날따라 오래 샤워를 한 아내가 다시 공들여 밤 화장을 하고 나오는 동안 함부로 마신 술과 그만큼 거칠게 헝클어진 상념도 우리의 논의를 처음부터 비틀어 놓았다.

"이봐요. 우리 이렇게 사는 게 맞아? 부부가 함께 산다는 게 이런 거였어?"

내 눈에는 또 다른 무대의상 같은 잠옷 차림에 방금 외출이라도 할 듯 화사한 화장을 한 아내가 거실 탁자 맞은편 소파에 앉자마자 내가 빈정거리듯 그렇게 물었다. 그녀의 눈길이 반짝 날카롭게 빛났다가 다시 사그라지며 교양과 절제를 드러내는 눈웃음으로 바뀌었다.

"이렇게 사는 게 어떤 건데요? 또 부부는 어떻게 살아야 하는 거고요?"

"왜 맨날 우리는 유랑 극단 배우 같아? 왜 우리에게는 우리의 생활이 없어? 삶이 없고 연극만 있느냐고? 그저 무대에서 무대로 옮아 다니며 삶의 그림자만 흉내 내고 있느냐고?"

그러자 아내의 눈길에서 웃음기가 사라졌다. 이어 예상하고 있었던 질문을 받기라도 한 듯 단호한 목소리로 받았다.

"아, 또 그 얘신가요? 나는 나시 그 얘기를 꺼내지 않으시기에 잊으신 줄 알았는데. 하지만 아직은 무엇이 불만스러운지 정확하게 알아듣지 못하겠네요. 무엇이지요? 우리가 어떻게 달라져야 바로 사는 것이고, 잘 사는 부부인지 말이에요."

그 말에 나는 갑자기 말문이 막혔다. 준비된 말이 전혀 없던 것은 아니었으나 술 때문인지, 전과 다르게 차분하고 실제적인 그녀의 대응 때문인지 갑자기 한마디도 떠오르지 않았다. 잠시 머뭇거리다가 무슨 묘수라도 찾은 것처럼 반문으로 받아쳤다.

"그럼 우리가 제대로 살고 있다는 거요? 우리가 세상 부부들처럼 진정한 삶을 함께하고 있다는 거요?"

그러자 이제는 완연히 싸늘해진 얼굴로 그녀가 되받아쳤다.

"아, 좋아요. 말해 주시지 않아도 이젠 알겠네요. 이거지요? 유랑 극단, 삶이 없고 연극만 있다는 거 모두."

그러고는 잠시 숨을 고르더니 말을 이었다.

"따뜻하게 데워져 있는 집 안 공기, 하루의 노고를 일시에 씻어 버릴 위로와 미소, 당신만을 위한 식단과 거기에 이어진 정성 어린 보살핌, 그리고 당신이 만족하게 잠들 수 있을 때까지의 끊임없는 봉사와 배려. 요컨대 그런 것들이 당신의 아내인 내게는 전혀 없다는 것이지요? 그저 인색한 대역처럼 최소한의 협업으로 가정이란 무대를 채울 뿐인 내가 못마땅하다는 것이지요?"

그러는 그녀의 말투에서 묻어나는 어떤 느낌이 갑자기 내 악의의 강도를 높였다. 마침 빈 술병을 소리 나게 탁자에 놓으면서 내가 먼저 언성을 높였다.

"아니, 그보다 더 근본적인 거야. 지금 이 순간도 당신은 나와 부부로서 살아가는 문제를 논의하는 것이 아니라, 한 배우로서 연기하고 있는 거라고. 당신이 말하고 있는 상대는 남편인 내가 아니라 보이지 않는 관객을 향해서라고. 이 아파트는 두 시간 전에 우리가 막을 내린 무대처럼 위치만 달라진 또 다른 무대이고……."

"제가 너무 수식적인 대사를 썼나요? 그러면서도 너무 절제된 어조와 정적인 제스처로 연기했나요? 차라리 울고불고하며 퍼붓는 게 더 살아 있는 대사가 되었을까요? 당신에게 덤벼들어 물어뜯고 할퀴어야 당신이 말한 그 삶에 다가드는 연기였을까요?"

그녀가 무엇 때문인지 평소 같지 않게 달아올라 격앙된 목소리로 내 말을 받았다. 그녀도 언제부터인가 내가 속으로 키워 오던 불만을 느껴 왔던 것 같고, 그래서 한 번쯤은 그런 분출을 예비해 오고 있었는지 모를 일이었다. 나는 그때부터 지나친 확전이 슬그머니 걱정되기는 했으나, 아직은 물러서고 싶지 않아 그대로 버텼다.

"아니, 내가 문제 삼고 있는 것은 당신의 연기가 아니라, 이 상황을 받아들이는 사고의 습성이야. 모든 것을 연극으로 환치해 버리는 사고의 습성…… 나는 지금 연극을 이야기하고 있는 게 아니라, 부부로서의 우리 생활에 대해 얘기하고 있는 거라고. 우리가 함께 가정을 이루어 이 세상을 살아가는 태도와 방식에 대해 따져 보고 있는 중이라고.”

그러자 그녀가 잠시 아득한 눈길로 나를 바라보았다. 이어 놀라움과 두려움이 어리기 시작하더니 마지막에는 나도 알아볼 만큼 서러움을 드러냈다. 눈물을 보이지 않고도 그만큼 서러움을 드러낼 수 있다는 것에 가슴 서늘한 감동이 일었으나, 그것도 연기라고 생각하자 감동은 다시 반감으로 변했다. 못 본 척 그녀의 그런 눈길을 피해 다시 술병을 따고 있는데, 그녀가 발딱 몸을 일으켰다.

잠시 뒤에 아내가 장식장에서 가져온 것은 내가 즐기지 않아 몇 년째 그 선반에 무슨 소품처럼 얹혀 있던 코냑 한 병이었다. 그 코냑 병 곁에 있던 작은 크리스털 글라스 하나를 함께 들고 온 그녀는 스낵 하나 집지 않고 잇달아 몇 잔이나 코냑을 따라 마셨다. 어찌 보면 폭발 직전의 어떤 절박감을 드러내는 행동일 수도 있었지만, 내게는 그것도 연기 같아 아무런 위기감이 느껴지지 않았다. 애써 무시한다는 기분도 없이 그녀가 마시는 대로 내버려 두었다.

한동안 야릇한 고요 속에 둘 모두 열심히 술만 들이켰다. 얼마나 지났을까. 거실의 벽시계가 열한 번이거나 열두 번 길게 시간을 알리는 기계음을 내고 조용해지자, 갑자기 고개를 돌린 아내가 나를 쏘아보며 입을 열었다.

“이제 알겠네요. 정작 당신이 내게 무슨 소리를 하고 있고 하려고 하는지. 하지만 내가 전혀 못 알아들을 말은 아니네요. 결혼

한 지 겨우 3년 만에 당신에게서 이런 말을 다시 듣게 될 줄은 몰랐지만요."

그녀가 그러면서 아무런 자제 없이 코를 훌쩍였다. 그 때문에 그녀의 취기가 과장되어선지 연기를 하고 있다는 느낌이 줄어들며 나를 긴장하게 했다. 그녀의 말을 끊지 않고 잠자코 바라보기만 했다.

"당신이 말하는 아내의 삶이란 사려 깊은 하녀와 양순한 창녀의 역을 합친 그 무엇이겠지요. 현모양처란 고색창연한 개념을 다 채우자면 모성 본능에 충실한 어미 노릇까지 보태야 하나? 그래서 질척하고 헐렁헐렁해진 삶에 퍼질러 앉아 함께 녹아내리고 닮아 가며 늙으라는 거겠지. 하지만 싫어. 나는 두 번 다시 그 억지스러운 역할 속으로 끌려들어 가고 싶지 않아. 한 번으로 충분해. 그리고 그 한 번은 이미 10년 전에 지나왔어. 사람들은 말하지. 내첫 번째 결혼을 재벌 2세의 미색 취향과 속된 신데렐라 콤플렉스가 만난 것쯤으로. 그렇지만 아니야. 나는 일시적인 무대를 떠나 장구한 삶 속에 자리 잡는다는 느낌으로 그 청혼을 받아들였고, 그쪽도 처음에는 틀림없이 그런 아내로 나를 맞아들였어. 현모양처가 되어 줄 배우자로. 그런데 그 현모양처가 문제였어. 그와 함께 미국으로 건너갈 때 나는 문제없이 학업도 그와 함께할 것이라고 믿었어. 처음 한 해 알뜰한 주부로 살아갈 때도, 나는 그것이 그쪽의 유학 생활 적응을 위해 내가 당연히 양보해야 할 유예라고 보았지. 그런데 아니었어요. 내게 요구되는 역할은 배우자의 섹스 욕구와 가사를 함께 감당하는 심성 좋은 하녀였고, 거기에 이의를 제기하면서 우리 파경은 시작되었어요. 나도 나름대로 공들인 준비 끝에 대학에 등록하려고 하자 그쪽에서 펄쩍 뛰듯 놀라며 손을 저었고, 두 번 세 번 거듭 요구하자 마침내는 아물 길 없는 불화로 이어졌지요. 인형의 집을 나서려는 노라로 몰아대며 비아냥과 악담을 퍼붓기도 했어요. 거기다가 불임이 또 다른 구실이 되어 이혼을 하고 돌아서면서 나는 비로소 그렇게 함부로 내 무대를 팽개치고 떠난 것을 후회하게 되었어요. 버림받은 그 도시에 그대로 남아 몇 년이나 연극을 공부한 것도 그 뼈저린 후회가 큰 힘이 되었을 거예요. 그리고 돌아와 다시 무대에 서게 됐는데, 당신을 만났지요.

당신은 전혀 그 고색창연한 현모양처에 대해 관심이 없는 사람처럼 보였어요. 내가 선택한 무대의 좋은 배역 또는 내가 잘할 수 있는 배역만 골라 맡겨 줄 좋은 연출로만 보았죠. 그런데 아니었군요. 나는 또 무엇인가를 단단히 잘못 보았고요……."

거기까지 듣고 나자 어지간히 취해 가던 나도 어디선가 넓은 유리창이 요란하게 부서져 흘러내리는 것 같은 환청과 함께 퍼뜩 정신이 들었다. 그리고 크게 낭패한 심정이 되어 우물우물 그녀를 달래기 시작했다. 그러나 내가 느끼기에도 일은 이미 엎지른 물이 되어 되돌리기 어려워 보였다. 그저 그녀가 빨리 술기운에 져 잠들거나, 아니면 술기운을 이겨 내고 격앙에서 깨나기를 기다리는 게 고작이었다. 다행히도 아내는 그로부터 오래잖아 말을 끊고 고개를 끄덕이더니 날갯죽지에 머리를 파묻은 새처럼 웅크리고 잠이 들었다.

낭패감으로 드러났던 그날 밤의 불길한 예감은 이튿날부터 그 기미를 드러냈다. 아내의 말수가 적어지고, 부부로서 함께하던 삶에서 겉돌기 시작했다. 행선지를 모르는 외출이 잦아지고, 내가 파악할 수 없는 외부 체류가 늘어났다. 빡빡한 출연으로 자신을 혹사하다가, 때로는 몸을 가눌 수 없을 만큼 취해서 돌아오는 일마저 생겼다.

그제야 나는 우리가 부부로서 출연한 무대에서 새로운 막으로 접어들고 있다는 기분으로 긴장했다. 삶은 틀림없이 우리가 고쳐 쓸 수 없는 연극의 한 토막이고, 우리는 어떤 역할이 맡겨져도 마다할 수 없는 광대들이란 잔인한 자각이 일며 주체할 수 없는 환멸 속에 삶은 다시 철저하게 연극으로 환치되었다. 그리고 나도 한시, 한 치도 어김없는 배우로 돌아갔다. 내가 떨어진 상황과 아퀴가 맞는 역할을 상정하며, 때로는 아내가 겉돌며 생긴 빈자리에 대역을 채우려는 듯 새로운 사랑을 시도해 보기도 했다.

하지만 아내가 그 요란한 몸부림에도 불구하고 부부라는 관계를 벗어던지지 않고는 끝내 내 요구에서 자유로워질 수 없었던 것처럼, 나 또한 그 수렁 같은 결혼 생활을 유지하면서 삶을 내가 바란 대로 되돌려 놓을 방법은 없었다. 그런데 언제까지고 빠져나올 수 없을 것 같던 그 수렁은 어느 날 생각보다 일찍, 그리고 간명한 결말로 다가왔다. 괴로운 임종을 지켜보듯 가망 없이 허물어지는 내 결혼 생활을 바라보고 있는 사이에 다시 한 해가 지난 어느 날이었다. 며칠 만에 집으로 돌아온 아내가 내게 파국을 선언하고 짐을 싸 나간 다음 날 아내와 어떤 젊은 극작가의 스캔들이 보도되면서, 내 추인 절차조차 없이 우리 결혼 생활은 법적으로 종결되었다.

한편으로는 후련했지만, 한편으로는 남은 상처와 후회도 적지 않았다. 무엇보다도 아내는 내 생애에서 단 한 번 있었던 결혼의 배우자였고, 그녀와 함께한 4년은 내 삶이 원숙을 지향하는 중년의 고비였다. 우리 결혼 생활은 불행하게 끝났지만, 그래도 가슴속에 남은 아내의 빈자리는 한동안 나를 헤매게 했다. 그게 젊어서도 보이지 않았던 비틀거림이 되어 나를 사랑하던 사람들을 한동안 불안하게 만들기도 했다. 하지만 그때 내 나이는 40대를 훌쩍 넘어서 있었고, 급변하는 세상도 그런 나를 오래 버려두지는 않았다.

이대로 삶이 끝나게 해서는 안 된다. 무엇인가 다시 시작하지 않으면 안 된다. 까닭 모를 허무감과 적막 속으로 까마득하게 자맥질하면서도 의식 한구석에서 끊임없이 그렇게 소리치던 삶의 의

지가 어느 날 다시 나를 일으켜 세웠다. 김일성의 죽음과 이른바 평화적 정권 교체 사이의 무언가 불온하면서도 한편으로는 약동하는 기운으로 한창 나라가 출렁거리던 그해, 나는 나이에 어울리지도 않는 청바지를 한 벌 사 입고 선글라스로 얼굴을 반이나 가린 채 미국으로 떠났다.

형식적으로 나는 연극학과가 있는 미국 동부의 어떤 대학에 방문 학자와 비슷한 신분인 체류 작가로 초청을 받았다. 내가 잠시 특강을 나간 대학에서 연극을 가르치고 있던 선배 하나가 나를 한국의 중견 연출가 자격으로 자신이 박사 학위를 받은 미국 대학에 추천해 준 덕분이었다. 그러나 떠날 때의 속마음으로는 1년의 체류 기간에 유학 준비를 갖춘 뒤 이것저것 다 잊고 그곳에서 몇 년 연극 공부나 더 해 보리라 작정하고 있었다.

미국으로 건너간 뒤 처음 몇 달은 모든 게 마음먹은 대로 되어 나가는 것 같았다. 어학 코스에도 들어가고 오래 손 놓고 있었던 그 방면의 책도 구해 읽었다. 하지만 여섯 달도 안 돼 나는 그 유학 계획이 터무니없이 무모한 것이었음을 깨달아야 했다. 먼저 출발 초기의 내 장한 기세를 꺾어 놓은 것은 영어였다. 나는 영어 실력이라면 당연히 독해력을 가리키는 것으로만 이해하는 세대의 끄트머리였고, 그나마 대학 입시를 끝으로 영어는 내 전공과 상관없는 분야가 되어 등한히 여겨 온 터였다. 특히 그 듣기와 말하기는 20년 만에 갑자기 머리 싸매고 덤벼든다고 해서 가까운 날에 강의를 들을 수 있는 수준에 이르기는 어려울 듯했다.

어느새 마흔 중반을 바라보는 나이도 여러 갈래로 내 유학에 비관적인 전망을 보탰다. 그 나이가 되도록 나라 밖으로 나돈 일이 드물어 그사이 굳어진 여러 습성들은 날이 갈수록 해외 체류를 견디기 어렵게 했다. 많이 좋아졌다고는 하지만, 여섯 달이 지나면서는 먹는 것부터 자고 입고 움직이는 것까지 모든 것이 불편하고 못마땅해지기 시작했다. 아무리 한인 거리를 어정거리며 지내도 지난 40년간 익숙했던 세계와 문화는 뻣뻣한 정체성으로 고개를 쳐들고 새로움에 적응하거나 귀속하기를 거부했다. 그 방면으로는 충분히 단련된 것으로 알았는데, 느닷없이 외로움을 타기 시작한 것도 그놈의 나이 탓이 아닌지 모르겠다. 한국을 떠나기 전에 나름대로 터놓고 간 알음들도 몇 달 안 돼 끊어지고 오래잖아 나는 한국에서의 마지막 한 해나 다름없는 고립과 격리에 빠졌다.

그리하여 미국에 간 지 여덟 달이 지나 대학원에 지원서를 넣어야 할 때가 왔을 때, 나는 그런 1년을 더 보내 준비를 갖춰 보거나 아니면 그쯤에서 유학을 접거나 둘 중 하나를 골라야 하는 형편이 되고 말았다. 그때 내게 세 번째 선택으로 다가온 것이 거리의 학교들, 특히 브로드웨이의 극장가였다.

내가 브로드웨이에 늘어선 극장들을 기웃거리기 시작한 것은 뭔가 내 유학 계획이 삐걱거린다는 조짐이 느껴지기 시작한 무렵의 어느 날부터였다. 브루클린의 싸구려 원룸에 거처를 정하고 석 달 만인가, 나는 별 기대 없이 한국에서 불충분한 번역극 형태로 보았거나 비디오로만 본 연극들 가운데 한 편을 골라 그걸 보러 브로드웨이로 갔다. 「미스 사이공」으로 기억하는데, 비디오로 보았을 때와는 다른 거의 충격에 가까운 감동을 받기는 했지만, 그래도 그것은 어디까지나 같은 '선수끼리'의 제한적인 감동이었다. 다시 말해 나는 한 연출가로서의 전문성에 바탕한 안목으로 살피고 있었지, 연극 공부로서의 관람이 아니었다. 그리고 그 뒤로도 나는 이따금씩 브로드웨이로 나가 그 방면의 이름 있는 작품들을 보았는데, 그런 관람 태도는 크게 달라지지 않았다.

그러다가 어떻게든 새로운 연극 공부를 하고 싶어서 특정 코스에 지원서를 낸 대학에서도 보기 좋게 퇴짜를 맞은 날, 무심히 찾아갔던 어떤 극장에서 새삼 뮤지컬이란 양식에 눈뜨게 되었다. 돌이켜보면 그전에 내가 관람했던 작품들도 「아가씨와 건달들」이나 「크레이지 포 유」 같은 전형적인 아메리카 풍에서 「오페라의 유령」이나 「레 미제라블」 같은 팝 오페라 풍까지 편차는 다양했지만, 대개는 뮤지컬이었다. 하지만 나름의 전문성에 확보한 거리감 때문이었는지, 나는 그동안 한 번도 내가 뮤지컬만 보아 오고 있다는 것을 깨닫지 못했는데, 그날 처음으로 한 순수한 관객이 되어 뮤지컬을 감상하게 되었다. 「거미여인의 키스」라는 작품이었다.

그때 브로드웨이에서의 내 연극 관람은 적잖은 발품에 꽤나 세심한 준비가 필요했고, 그도 아니면 최소한 배우의 대사를 대강이라도 귀띔해 줄 수 있는 동행을 구해야 했다. 발품이나 준비는 관람 전에 주요 대사와 노래 가사들이 들어 있는 프로그램 또는 영어 각본을 미리 얻어 대강의 줄거리를 파악해 두는 것을 말한다. 그런데 그날은 일종의 방심 상태에서 불쑥 극장을 찾은 것이라 제목 외에 그 연극에 대한 정보가 전혀 없었다. 게다가 그날은 또 곁에서 대사나 노래를 듣고 귀띔해 줄 사람도 데려가지 못해 처음부터 귀머거리 관람이나 다름없었다. 그런데 그 구체적인 정황을 알 수 없음이 독특한 음악성과 배우들의 격렬한 연기 속에서 야릇한 강조의 효과를 냈다.

나는 잘 알 수 없어도, 무언가 진지하고 심각한 진실이 저 무대 위에서 실연되고 있다. 진실 그 자체가 나를 설득하거나 이해시키지는 못하지만, 어쩌면 그래서 저 진지함과 심각성은 오히려 더욱 큰 카타르시스 효과를 낼지도 모른다. 지금에 와서 돌이켜보면 대강 그 정도로 정리될 수 있겠지만, 그때는 거의 원인을 알 수 없는 감동으로 굳어 나는 세 시간을 보냈다. 그리고 극장을 나오는 대로 그 대본을 구해 사흘이나 사전과 씨름하듯 하며 읽었는데, 다 읽고 나자 기이하게도 전날의 감동이 완성되는 기분이었다. 그게 내가 뮤지컬과 의식적으로 친화를 이루게 된 계기였다.

그 뒤 내 본격적인 브로드웨이 순례가 이루어졌다. 나는 거리의 학교들이란 개념을 급조해 내고 대학에 가서 이론적으로 공부하는 대신 거리의 극장가에서 새로운 연극을 배우기로 작정했다. 그리고 먼저 브로드웨이뿐만 아니라 오프브로드웨이, 오프오프브로드웨이까지 현재 공연되고 있는 것은 모두 보아 두는 것으로 내 수업 내용을 삼기로 했다. 그런 다음 기회가 있으면 그들 틈에 끼여 함께 작품을 만들어 보는 것으로 내 유학을 마무리 짓겠다는 간 큰 포부도 품어 보았다.

내가 혜련을 다시 만난 것은 그렇게 뉴욕의 극장가 순례가 시작된 지 보름쯤 되어 가던 어느 날이었다. 그날은 작정하고 전부터 이름만 들었던 「블루맨스 클럽」이라는 실험극 하나를 보기 위해 오프브로드웨이 지하에 있는 그들의 극장으로 갔다. 대사를 없애고 음악성을 타악기 중심의 팝으로 단순화하는 대신 애크러뱃이 강화된 것이란 소문을 듣고 갔는데, 낯설고 그래서 새롭기는 해도 고전적인 뮤지컬이 주는 감동에는 미치지 못했다. 번득이는 아이디어와 의외의 돌출이 주는 충격에서 깨어나면서 오히려 씁쓸해지는 기분으로 극장을 나오는데 누가 등허리 쪽을 가볍게 쳤다. 돌아보니 혜련이었다. 나를 보고 달려왔는지 돌아선 내게 금세 안겨 올 듯 앞으로 쏠린 자세였다.

"이게 누구야? 여기서 만나네."

내가 받아 안을 태세로 손을 내밀며 그렇게 물었다. 내게로 쓰러져 오는 것을 면한 혜련이 약간 가쁜 숨을 고르면서 받았다.

"선생님이야말로 여기 웬일이세요? 언제 건너오셨어요?"

언제나 그랬던 것처럼 엊그제 헤어진 사람 같은 억양이었다. 그러나 나는 그렇지가 못했다. 헤아려 보니 헤어진 지 3년이 넘었고, 그동안에도 여러 차례 궁금하게 여기며 그녀를 만나고 싶어 하기도 했다. 아내와 헤어지기 전 마지막 1년을 빼면, 가끔씩은 그녀를 떠올리고, 알 만한 사람에게는 그녀의 근황을 수소문해 본 적도 있었다. 미국으로 올 때도 가장 먼저 떠올린 것은 그녀였으나, 마지막으로 받은 편지가 리투아니아에서 온 것이라 적극적으로 찾아 나서지 못했을 뿐이었다.

"벌써 3년이다. 꿈에 길 간 것 같은 그 그림엽서 말고는 그렇게도 연락할 일이 없었니?"

나는 먼저 그렇게 그녀를 나무라 놓고, 다시 물음에 답했다.

"금년 연초에 왔다. 공부하러. 나는 여기 와서 공부 더 하면 안 되는 거냐?"

"그게 아니라…… 아니, 결국 그 언니하고는 온전히 끝나고 말았군요. 그런데 그게 난데없는 공부로 달랠 만한 상처였어요? 그때 선생님, 정말로 그 언니한테 열중하신 것 같았는데……"

그 대답으로 미루어 혜련은 그동안 내게 일어난 변화를 잘 알고 있는 것 같았다. 그러나 그 얘기를 하는 표정이 전에 없이 무겁고 어두워 내게는 낯설었다.

"너도 들어 알고 있구나. 그런데 일껏 다져 온 유학 결의를 이혼 후유증 치료용으로 폄하하지 마라. 나는 너처럼 도망치려고 이리로 온 게 아니다."

내가 짐짓 굳은 표정을 지어 보이며 그렇게 말하자 그녀가 문득 쓸쓸하게 웃으며 받았다.

"저도 도망치려고 미국으로 돌아온 것은 아니에요."

"그럼 왜 그렇게 사라졌어?"

"내가 한국으로 간 게 무언가 잘못 찾아간 느낌이 들어서요. 그렇게 그리워하며 돌아가 놓고 말이에요. 어느 날 갑자기 나는 오히려 그것을 여기서 찾았어야 하지 않았을까 하는 생각이 들어……."

"그리고 리투아니아는 또 뭐야? 거기는 왜 갔고 언제 이리로 돌아왔어?"

"아, 그때 그거요? 그냥 여행이었어요. 뭐라고 해야 하나, 격세유전(隔世遺傳) 인자의 충동에 따라 어머니의 모국을 한번 돌아본 것이라 해 두죠."

"격세유전 인자에 어머니의 모국이라. 복잡하군. 그래, 여기서 찾아야 할 것은 어떻게 찾기나 한 거야?"

내가 그렇게 묻고 있는데, 전형적인 앵글로 색슨계로 보이는 청년 하나가 기타 가방을 등에 메고 가만히 다가와 우리를 바라보며 끼어들 틈을 기다리고 있었다. 내가 그런 백인 청년을 알아보았을 때는 혜련도 그를 본 듯했다. 왠지 습관적이라고 느껴지는 미소로 그를 바라보며 영어로 짧게 말했다.

"왔어? 아 그래, 여기 소개해 줄 사람이 있어."

그러고는 나를 돌아보며 별 표정 없이 그를 소개했다.

"요즘 저와 함께 일하는 친구예요. 제임스 브라이언인데 그냥 지미라 불러요."

혜련이 그렇게 그 청년을 소개하고 다시 그에게 짧게 나를 설명했다. 빠른 어조라 다 알아듣지는 못했지만, 먼저 연출가로서 나를 소개한 뒤에 다시 친척이나 혈육 같다는 자신의 친근감을 덧붙이는 듯했다.

그 청년이 마지못해 하듯 손을 내밀며 자기 이름과 함께 무언가를 중얼거렸다. 대개 한국인과 사귀는 미국 사람들은 한국에 대해 우호적인 감정을 드러내려 애쓰고, 그런 자리에서는 한두 마디 배운 한국어라도 건네 오기 마련이다. 그런데 그 지미란 청년은 그렇지가 않았다. 갑작스럽게 끌려들어 와서인지 모르지만, 약간 뚱한 얼굴에 전혀 외국인을 고려하지 않은 억양과 빠르기로 처음 만난 소감을 짧게 말했다. 그의 말을 거의 알아듣지 못해 통역을 바라며 혜련을 바라보는데, 혜련이 그런 내 눈길을 무시한 채 지미와 비슷한 억양과 빠르기로 뭔가를 길게 말했다. 띄엄띄엄 알아들은 바로는 먼저 들어가라는 말과 나중에 다시 보자는 약속 같았다.

그 청년이 퉁명스럽게 들리는 어조로 혜련에게 몇 마디 하더니, 내게는 흘기는 듯한 목례로 인사를 대신하고 먼저 떠났다. 왠지 성난 듯한 그의 뒷모습에 공연히 다급해진 내가 혜련에게 권했다.

"같이 가지그래. 뭔가 혼자 가기 서운해하는 것 같은데. 나하고는 따로 약속해 다음에 만나면 되잖아?"

"괜찮아요. 원래 좀 뻣뻣한 애예요. 게다가 걔는 이따가 집에 돌아가면 볼 건데요, 뭐."

그녀가 대수로울 것 없다는 투로 그렇게 받았다. 홀로 미국에 돌아온 지 벌써 3년째니 새로운 남자 친구가 생겨 이상할 것도 없지만, 내게는 그런 그녀의 말이 꽤나 충격적이었다.

"저 사람과…… 함께 지내는 거야? 그럼, 차라리 함께 나를 집으로 데려가지 그랬어? 너희 사는 것도 보고……."

약간의 더듬거림으로 충격을 감추고 내가 그렇게 말하자 그녀가 가볍게 웃으며 받았다.

"그렇다고 뭐 신접살림이라도 차린 것은 아니고, 그냥 우리 단원들 몇이 빌려 쓰는 집의 방 하나예요. 거기다가 여긴 미국이잖아요? 친하다고 시도 때도 없이 불쑥불쑥 남의 집을 찾아가는 법도 아니고요."

그래 놓고 손을 끌듯 길모퉁이에 있는 동네 펍으로 나를 데려가며 말했다.

"저기 가서 목이나 축이며 얘기 좀 해요. 오랜만에 한국말로 실컷 떠들고 싶어서 걔를 먼저 보낸 거예요. 걘 내가 이렇게 길게 한국말 하는 거 오늘 처음 들었을 거예요. 내가 한국 국적을 가지고 있다는 것도 아마 잘 모를걸요."

그러자 지미란 사람이 왜 그렇게 뚱한 것처럼 보였는지를 알 수 있을 것 같았다. 그러면서 불현듯 짚여 오는 혜련의 지난 3년이 느닷없이 내 가슴을 저리게 했다. 그때 너는 철저하게 한국을 떠난 것이었구나. 오직 미국 사람으로만 지난 3년을 살았구나……. 내가 소란스러운 그 동네 펍에 자리를 잡고 앉기 바쁘게 혜련에게 몽 서방 얘기부터 꺼내게 된 것은 아마도 그 때문이었을 것이다.

"그런데 말이야. 아직도 이해 안 되는 것이 있어. 정말 그 몽골리안 서방님과는 왜 이혼한 거야?"

내가 목로에서 받아 온 술잔을 테이블에 내려놓기 바쁘게 그렇게 묻자 혜련이 담담하게 대답했다.

"저도 선생님한테 궁금한 게 있어요. 그렇게 다정하시던 두 분이 왜 이혼까지 하게 됐죠?"

"그건 내 물음에 대한 대답이 될 수 없어. 무엇 때문이야? 그때 네가 떠나고 얼마 안 돼 몽 서방한테서 몇 마디 들은 것이 있기는 하지만 그걸로는 도통 요령부득이라고."

"그 사람이 뭐라고 했는데요?"

"자기도 모르겠다더군. 그래서 나에게 물으러 왔다며 횡설수설하다가 한다는 말이 어느 날부터의 생소한 분위기라는 거야. 그게 뭐였지? 어떤 것이기에 분위기가 멀쩡한 결혼 생활을 파탄 내나? 그리고 또 뭐라더라? 맞아. 몽 서방은 또 구체적인 사유 비슷한 것도 끌어댔어. 서로를 위한 봉사와 배려가 억지스러운 용인의 감정으로 변해 가면서 결혼 생활이란 것이 특별한 참을성을 요구하는 것이 되었다나, 어쨌다나…… 너는 알 것 같아?"

그러자 혜련이 약간 정색을 하며 받았다.

"짐작은 했지만 그 사람도 대강 맥은 짚고 있었던가 보네요. 맞아요. 어느 날부터인가의 생소한 분위기. 그게 언제부터였는지 짐작 가네요. 바로 두 번째로 끌어댄 사유, 그게 내게 피로가 되기 시작한 날부터겠지요. 이제 와서 말을 빙빙 돌려 무엇하겠어요? 그 사람이 한 말을 내 편에서 좀 더 절실하게 말한다면 아무래도 두 정체성의 불협화음이겠지요. 어느 날 내가 사랑이라고 믿었던 것이 실은 억지스러운 인내이고 관용이고 자기 포기에 지나지 않는다는 깨달음을 얻게 될 때 느끼는 섬뜩함 말이에요. 공들이고 긴장하고 끊임없이 나를 혹사하지 않으면 안 되는 게 우리 사랑이라는 느낌이 들었을 때 오는 피로감요. 또 그것을 계속 지고 가야 한다는 아득함요……"

"너는 그때 네가 한국으로 돌아온 것이 그 사람을 찾아서 온 것 같다는 말을 한 것 같은데, 그리고 처음부터 네가 있어야 할 곳은 한국이었다는 느낌에 시달려 왔다고 한 것 같은데, 그런 너희들의 결혼이 고작 그런 것이었어? 네 아버지와 같은 땅, 같은 문화에서 자란 그 친구와 스스로 그 땅, 그 문화에 뿌리내리고자 돌아온 너 사이에 그렇게 심각한 정체성의 충돌이 있었단 말이지?"

내가 그렇게 받자 그제야 우리가 너무 심각해지는 게 멋쩍은지 그녀가 먼저 분위기를 풀었다.

"이제 와서 옛날 일 가지고 그렇게 따지고 들 건 없고요. 어쨌든 그때는 그게 추상적이 아니라 아주 실제적인 피로와 지겨움으로 다가왔어요. 이제 와서 보면 조금은 성급했지만. 그런데 그 사람은 왜 그리 쉽게 제게 이혼을 동의해 주었대요?"

"자기도 왜 그랬는지 모르겠대. 오히려 네가 그렇게 제의해 준 게 고맙게 느껴졌을 만큼."

내가 기억을 더듬어 그렇게 말하자 그녀가 단번에 자신을 회복한 표정이 되어 받았다.

"거봐요. 나만이 아니었잖아요? 그럼 제게 뭐 더 물어보실 것도 없겠네요."

"하지만 그 사람은 네가 이리로 떠나고 한 달도 안 돼 나를 찾아 왔는데, 그때 벌써 후회가 가득한 얼굴이었어. 그래서 자신이 왜 그랬는지도 내게 물어보고 싶다더군."

그러자 잠시 생각에 잠기는 듯하던 그녀가 기네스 잔을 가볍게 비우며 혼잣말처럼 중얼거렸다.

"그런데 그 사람이 왜 선생님을 찾아가 물었을까? 나에게도 묻지 않더니……"

"뭐라더라? 그래, 우리가 상간(相姦)의 추억을 가진 근친 사이 같아 내가 너의 미묘한 심리를 잘 알 것 같더라고 하던가……."

아직 한 잔도 다 비우지 않았는데 나는 갑작스레 치솟는 취기까지 느끼며 그렇게 받았다. 그 말에 그녀가 잠깐 얼굴이 굳어지는 것 같더니 술을 한 잔 더 가지러 가려는 듯 카운터 쪽으로 갔다.

나는 까닭 모르게 긴장하여 사람들 사이로 사라지는 그녀의 뒷모습을 눈길로 따랐다. 카운터로 간 그녀는 다시 기네스 두 잔을 받아 왔다. 그런데 잔을 내려놓은 그녀의 표정은 어느새 원래의 평온을 회복하고 있었다.

"조금 전에 유학 왔다고 하셨죠? 그래, 어느 대학이에요? 허락은 받으셨어요?"

잔을 나누어 놓으면서 그녀가 화제를 바꾸어 물었다. 나도 얼른 그 묘한 취기를 털어 냈다.

"길거리 대학. 물론 허락도 받았고."

"길거리 대학이라니요?"

"넓은 길거리, 브로드웨이 대학이지. 여기 오프브로드웨이는 분교고."

그제야 내 말을 알아들은 그녀가 같이 농담조가 되어 물었다.

"몇 학기째예요?"

"이제 첫 학기야. 여기 온 건 지난 정초지만, 되지도 않는 대학에 공들이느라고 열 달이나 허비해 이 대학에 등록한 지는 아직 보름도 안 돼."

"장하십니다. 어쨌거나."

그녀가 그렇게 말을 맺자 이번에는 내가 물을 차례가 되었다.

"그런데 너는 여기 웬일이냐?"

"공연장에 웬일은요? 저도 공연 보러 왔지요."

"요즘 뭐 하고 지내?"

"실은 거리 저쪽에 있는 작은 실험극 극단에서 지미와 함께 음악 거들고 있어요. 대학 동창 소개로 몇 달째. 오늘은 이쪽 밴드와 협의할 게 있어 왔다가 이 공연이 최근에 다시 크게 손본 리파인먼트 공연이라기에 한번 봤지요."

"그럼 여기 길거리 대학에 네가 먼저 유학 온 셈이네. 다시 한국 돌아가서 연극을 할 거라면 말이야."

여전히 약간의 농담기 섞어 그렇게 말해 놓고 나는 움찔했다. 무엇 때문인가 그녀의 낯빛이 한눈에 알아볼 만큼 희어졌다가 다시 어둡게 굳어졌는데, 아무래도 다시 한국 돌아가서, 란 대목에서 그렇게 된 것 같았다.

"왜, 뭐가 잘못되었어? 내 말이 영 맘에 안 드는 딴 겨레 방송이야?"

혜련이 한참이나 대꾸 없이 나를 건너보는 눈길이 하도 깊고 어두워 나는 되도록 가벼운 어투로 그렇게 물었다. 실제로 나는 무엇이든 그녀가 잘못됐다고 하면 얼마든지 내가 한 말을 취소하고 사과할 용의가 있었다. 그제야 무언가 자신만의 생각에 잠겨 있던 그녀가 가벼운 한숨과 함께 깨어나며 말했다.

"잘못된 게 아니라 너무 귀에 설어서요. 다시 한국으로 돌아가 음악 한다. 아니, 연극 한다…… 고백하자면, 여기 온 지 3년이 넘도록 한 번도 그렇게 생각해 본 적이 없거든요. 내가 유학 왔다는 느낌은 더욱……."

그러는 그녀의 목소리가 전에 없이 쓸쓸하게 들렸다. 나도 까닭 모를 비감에 끌려드는 게 싫어 말투를 더욱 가볍게 했다.

"그럼 뭐야? 남들 다 하는 이혼 한 번 했다고 한국과는 아주 사요나라였어?"

그런데도 그녀는 여전히 가볍게 받아 주지 않았다.

"한국을 떠나는 게 아니라 미국으로 돌아간다는 느낌, 결별이나 이탈의 결의보다는 회귀의 본능 같은 것에 내몰린 그런 출발이었어요. 마침 엄마 아빠가 다 여기 와 계셨던 것도 원인이 되었겠지만…… 유학도 그래요. 나는 벌써 2년이 넘도록 여기 연극판을 기웃거리고, 옛날 함께 음악을 배운 동창들과 어울렸지만, 유학을 왔다는 생각은 한 번도 해 본 적이 없어요. 오히려 그보다는 이제 제대로 된 본바닥에서 인턴 수업이나 실습을 하고 있다는 느낌이 더 강했지요. 이러다가 잘하면 슬며시 이곳 놀이판에 끼어들 길도 있지 않을까 하는 기대로. 물론 갈수록 가망 없어 보이기는 하지만……."

그녀가 무슨 쓸쓸한 고백이나 하듯 그렇게 말했다. 거기까지 듣자 나도 더는 농담조를 이어 갈 수 없었다.

"이거 남의 일이라고 내가 너무 마구잡이로 넘겨짚기를 했나? 미안해. 너도 고통받고 슬퍼하는 인간이라는 걸, 그것도 상처받기 쉬운 젊은 여자라는 걸 잊어버려서. 내가 함부로 말한 게 있더라도 너무 마음 상하지 않기를 바라."

정색을 하고 그런 말로 후퇴하는데 오히려 그녀가 담담해진 얼굴로 받았다.

"너무 미안해할 것은 없어요. 내게는 익숙한 선생님의 방식이니까. 그저 선생님이 제게 이렇게 물은 걸로 알아들을 게요. 나하고 여기서 브로드웨이 연극 제대로 공부해 볼 생각 없냐? 그리고 마음 풀리는 대로 한국에 돌아가 다시 연극 해 볼 생각은 없냐……."

"그렇게 이해해 주면 고맙고. 실은 이놈의 거리 극장 유학도 곧 쉽지는 않아. 들을 귀가 뚫리지 않아 반드시 남의 귀를 빌려 가야 하는데, 그 귀 노릇 하는 녀석들이 은근히 지겨워하는 눈치야. 특히 뮤지컬은 과제 주듯 미리 대본을 구해 주어도 통역하고 해설하는 게 쉽지 않을뿐더러, 끊임없이 객석에서 내게 숙덕거려야 하는 게 부담스러운가 봐. 음악까지 들어 주어야 할 때는 더욱 그렇고…… 한국으로 돌아가 연극 다시 하는 것은 그다음 문제지."

내가 재빨리 그렇게 받자 그녀가 힘없는 웃음과 함께 화제를 바꾸었다.

"알았어요. 선생님 말마따나 그놈의 연극 얘기는 그만하고, 이제 3년 만에 만난 근친 간의 얘기나 해요. 상간의 추억은 없지만, 헤아려 보니 우리도 꽤나 오래 알고 지낸 사이지요? 벌써 20년이 넘었나. 내 삶을 놓고 보면 선생님을 알고 산 시간이 모르고 지낸 시간보다 배나 긴…… 우리 이렇게 하면 어때요? 이제부터 우리가 함께 아는 사람들 가운데, 선생님이나 나 둘 중에 하나만 그 근황을 아는 사람들 얘기부터 시작해요. 그러면서 내가 떠나와서 잘 모르는 선생님의 최근 3년이나, 미국으로 건너온 뒤의 내 얘기도 여기서 한 번쯤 털고 가는 것도 괜찮고요……."

그래서 얘기는 자연스럽게 혜련이 이끄는 대로 흘러갔고, 헤어질 때는 제법 유쾌한 술꾼들로 떠들어 댔다. 그러다가 그 거리로 보아서는 위험 시간대인 11시를 넘겨서야 자리에서 일어났는데, 나는 펍에서 불러 준 택시에 올라 동남아인 운전기사에게 내 숙소의 주소를 일러 준 것으로 필름이 끊어지고 말았다.

다음 날 나는 전날 밤 마신 술 탓에 좀 늦게 일어났다. 그때만 해도 검고 시끌시끌하던 브루클린의 소음 때문에 그나마 마신 양에 비해서는 일찍 깨어난 셈인데, 눈을 뜨자마자 화들짝 떠올린 것은 내가 혜련을 만난 일이었다. 그리고 그다음 기억은 헤어지기 전에 주소와 전화번호를 적어 주던 혜련이었고, 이어 택시와 동남

186

아인 기사로 기억이 끝나자 나는 갑자기 후끈 달아 그대로 누워 있을 수가 없었다. 혜련을 다시 만나게 해 줄 그 쪽지를 잃어버린 듯한 느낌 때문이었다.

나는 벌떡 몸을 일으켜 침대 발치에 함부로 벗어 놓은 겉옷 주머니들을 뒤져 보았다. 불길한 예감대로 그 쪽지는 보이지 않고, 난데없이 그 쪽지를 내가 어디선가 아무렇게나 날려 버린 기억이 불쑥 솟았다. 그러나 다시 생각해 보니 결코 그랬을 리 없는 기억이었다. 술에서 깨어나자마자 내가 한 행동들로 미루어 내 무의식 아래 묻힌 기억은 그녀를 꼭 다시 만나리라는 다짐이었음에 틀림없었다.

나는 정신을 가다듬기 위해 샤워부터 하고 쓰린 속에다 진한 커피를 쏟아부은 후에야 내가 해야 할 일을 생각해 보았다. 그러자 갑자기 그녀의 연락처를 알 것 같은 사람들이 넷이나 떠올랐다. 나는 전화통에 붙어 앉아 그들에게 차례로 전화를 걸었다. 마침 그날이 휴일이라 그랬는지, 넷 가운데 셋이나 전화를 받았는데도 그녀의 연락처를 아는 사람은 아무도 없었다. 그것도 셋 중에 둘은 그녀가 뉴욕에 있다는 것조차 내게서 처음 듣는 눈치였다.

그래도 나는 그로부터 사흘, 뉴욕 인근에 살면서 혜련을 알 만한 친구들에게는 모두 같은 질문을 해 보았다. 나중에는 한국에까지 전화를 걸어 그녀의 연락처를 알 만한 사람에게는 다 물어보았으나 결과는 마찬가지였다. 그래서 할 수 없이 다시 그녀를 만났던 오프브로드웨이 극장 근처를 어정거리면서 요행을 기다리는 한편, 한 가닥 마지막 기대에 매달렸다. 나도 혜련에게 연락처를 적어 주었고, 그녀도 나를 다시 보아야 할 일이 생겨 그녀 쪽에서 내게 연락해 오는 것이 그랬다.

돌이켜보면 그날 혜련을 만난 것은 내가 전혀 예상하지 못한 우연이었는데도, 그때 내가 왜 그렇게 맹렬하게 그녀와 다시 만나기를 바랐는지는 영 알 길이 없다. 어쨌든 나는 후끈 단 것 이상의 맹렬한 감정으로 그녀와 다시 만나기를 간절히 빌며 보름을 보냈다. 그러나 끝내 그녀의 자취를 찾지 못해 혹시 내가 그날 술에 취해 헛것이라도 본 것이 아닌가 의심하게 됐을 무렵 갑자기 그녀로부터 연락이 왔다.

"저어, 오늘 수업은 몇 가에 있는 학교죠? 몇 시에 어디로 가면 뵐 수 있을까요?"

전화를 받으니 혜련이 늘 그러듯 엊그제 별일 없이 헤어진 사람 같은 목소리로 그렇게 물어 왔다. 나는 파손되기 쉬운 물건 다루듯 아주 조심스럽게, 그러나 되도록 덤덤한 어조로 받았다.

"오늘은 정해진 수업이 없어. 둘이 만나서 특별 과외를 하도록 하지 뭐. 어디서 몇 시쯤이면 좋겠어?"

그 보름 동안의 내 황망과 열중은 속 깊숙이 감춘 채였다. 내가 그렇게 애타게 찾아다닌 줄 알면 그녀가 정말 다시는 내가 찾을 수 없는 곳으로 꼭꼭 숨어 버릴까 봐, 또는 그녀의 연락처가 적힌 그 중요한 쪽지를 함부로 잃어버린 내 부주의와 무성의가 들킬까 봐. 그녀가 아는지 모르는지 매디슨 스퀘어 부근의 반스앤노블 옆 카페 하나를 일러 주고 전화를 끊었다.

"나는 또 네가 다시는 나를 만나고 싶어 하지 않는 줄 알았지. 요새 뭐 바쁜 일 있어?"

약속한 장소에서 만나서도 나는 그동안의 내 집착이나 안달을 전혀 내색 않고 먼저 그렇게 물을 수 있었다. 보름 전보다 조금 수 척한 얼굴로 나타난 그녀가 전화 때와 별반 다를 것 없는 목소리 로 받았다.

"조금요. 하지만 정 만나고 싶었으면 선생님이 전화할 수도 있 었잖아요?"

"그건 좀. 내가 제안을 한 사람이라 너무 졸라 대는 것처럼 보 일까 봐."

나는 멀쩡한 얼굴로 보름 전 우리가 취해 가기 전에 마지막으 로 그녀가 내 제안으로 간주해 준 화제 뒤로 숨었다. 그녀도 그걸 잊지 않고 있었던지 바로 받았다.

"독촉받지 않아도 그 제안에 꽤나 시달렸어요. 좋아요. 어쨌든 함께 길거리 대학에서 유학, 시작해 봐요."

나는 속으로 펄쩍 뛰듯 기뻐하면서도 여전히 시치미를 떼었다.

"내가 이거 너무 억지를 부린 거 아냐? 나름대로는 가만히 인 턴 수업 잘하고 있는 사람을 쑤석거려."

"뭐, 그리 잘하고 있었던 것 같지도 않아요. 실은 열리지 않는 문 앞에 선 기분으로 이 거리 바닥을 헤매는 기분에 슬슬 지겨워하고 있을 때 선생님이 오신 건지도 몰라요."

그녀가 다시 그렇게 받아 그동안 내가 겪은 감정적인 갈등이나 혼란은 단숨에 씻겨 가고 우리는 보름 전 지나가며 주고받은 듯한 화제로 스스럼없이 들어갈 수 있었다.

"내가 너무 자주 네 인생에 불쑥불쑥 나타나 이 일 저 일에 끌어들이는 거 아냐? 쉽지 않은 결정이었을 텐데."

"아뇨. 선생님을 만날 때까지 한 번도 그런 일을 생각해 보지 않은 것은 사실이지만, 그렇다고 결정이 어려운 것은 아니었어요. 오히려 선생님께서 처음 그 말씀을 하셨을 때 벌써 맞아, 내가 왜 그 생각은 못 했지, 라는 충격적인 깨달음 같은 것도 있었어요. 진작부터 누가 그걸 권해 주기를 기다렸다는 느낌이 들었을 정도로."

그렇게 하여 혜련은 이번에는 내 엉뚱한 유학 동기가 되어 삶의 한 굽이를 다시 함께 걷게 되었다.

5

혜련이 가세하면서 내 길거리 대학은 전과 달리 나름의 체계를 갖추어 갔다. 정해진 커리큘럼은 없지만, 극장 개관일과 공연 시간표에 따라 첫 학기 수업 기간이 정해지고, 수업 내용도 뮤지컬을 중심으로 한 공연 목록으로 새롭게 구성되었다. 이전의 나만의 즉흥적인 선택이 아니라 두 사람이 함께 세운 기준과 순서에 따라 고른 작품 20편과 그것들을 소화하는 데 책정된 석 달이었다. 「오, 캘커타」처럼 공연으로보다는 사건으로 더 알려진 1960년대 작품부터 오페라 「라 보엠」을 현대화한 그해 초연된 「렌트」에 이르기까지, 그리고 고전적인 팝 오페라로부터 무용과 곡예의 환상적인 무대로 엔터테인먼트 쇼에 가까운 작품까지, 성격별·시대별로 안배된 목록이었다. 그리고 그 가운데는 「미스 사이공」

이나 「거미여인의 키스」처럼 내가 이미 예습한 작품도 대여섯 개나 들어 있었다.

수강 준비나 학습 태도도 이전과 비교할 수 없을 만큼 엄중하고 치밀해졌다. 혜련이란 든든한 해설자가 있었지만, 되도록이면 중요한 대사는 혼자서도 알아들을 수 있을 만큼 대본을 읽어 가려고 애썼고, 음악도 되풀이되는 주제곡이나 아리아 정도는 귀에 익게 해 두었다. 그래도 처음 공연 몇 편은 습관이 된 속삭임으로 혜련에게 물어야 했으나, 차츰 꼭 필요한 것이 아니면 묻지 않고 이해해 보려고 노력하게 되었다. 어쩌면 혜련을 만난 일보다는 간절하게 바라는 일도 없고 그리워하거나 기다리는 사람도 없이 보낸 그 한 해가 그런 열심을 끌어낸 것인지도 모르겠다.

그런데 그 학기가 채 절반도 가기 전에, 정확히 말해 아홉 번째 수업으로 「레 미제라블」을 재수강한 날 저녁에 다시 우리 두 사람이 개강한 길거리 대학을 후끈 달게 한 신입생이 생겼다. 저녁 공연이라 10시가 넘어 관객들 틈에 끼여 극장을 나오는데, 누가 사람들을 헤집고 등 뒤로 다가들면서 소리쳤다.

"형, 형. 잠깐요, 접니다."

그렇게 숨까지 헉헉거리면서 뒤쪽의 키 큰 사람들 사이에서 나타난 것은 배영기라는 낯익은 학교 후배였다. 원래 연출을 하다가 극작가로 돌아섰는데, 가끔씩 그 두 일 사이를 오락가락하지만, 모든 일에 열심이고 또 하는 짓도 밉살스럽지 않아 선후배 할 것

194

없이 싫어하지 않는 녀석이었다. 극장 안 멀찍한 곳에서 용케 나를 알아보고 뒤쫓아 왔다는 것인데, 키는 커도 몸피가 없어 사람들을 헤치고 오느라 힘이 들었던지 이마에는 땀까지 번들거렸다.

"야, 참 여기서 별의별 사람 다 만나네. 그런데 비행기 너, 여기는 웬일이야?"

배영기라는 이름보다는 거기서 파생된 비행기라는 별명을 먼저 떠올린 내가 지나가는 사람들에게 방해되지 않게 녀석을 벽쪽으로 끌어당기면서 물었다. 녀석이 부당한 대우라도 받은 것처럼 불퉁거리며 받았다.

"연극하는 놈 극장에서 만나기 예사지, 웬일은 무슨 웬일요? 그러는 자기도 동종 업자까지 하나 데리고 왔으면서."

그러고는 혜련에게 꾸벅 인사를 하며 손을 내밀었다.

"안녕하세요. 헬렌 킴. 여기서 만나네요. 요즘 국내에서는 안 보이시더니."

역시 한편으로 비켜서서 우리 두 사람을 지켜보던 혜련이 얼결에 내민 손을 받으면서도 얼른 대꾸를 못 했다. 혜련이 자신을 알아보지 못한 줄 알아차린 녀석이 넉살 좋게 웃으며 손을 더 세차게 흔들었다.

"우리, 저 형 연극 때 몇 번 만났죠? 「크루서블」 할 때 음악 감독하시지 않았던가요? 언젠가 우리 극단 '현장'에서도 음악 보아 주신 적도 있고……."

그제야 혜련도 겨우 녀석을 기억해 냈는지 웃음으로 알은척을 했다.

술을 시작하기에는 너무 늦은 시각이라 우리는 극장 앞 카페에서 커피를 놓고 마주 앉았다. 아직 커피가 나오기도 전에 녀석이 먼저 물었다.

"그런데 형. 어떻게 된 거요? 유학 간다는 말은 들었지만, 그 나이에 웬 유학, 싶었는데 결국 이리된 거요? 둘 다 이혼하고 여기 와서 이렇게 만나기로……."

우리에게 자리를 내주려고 그랬는지 자청해서 커피를 가지러 가 줄을 서 있는 혜련의 뒷모습을 눈짓으로 가리키며 녀석이 소리 죽여 물었다. 하도 어이없는 추리라 내가 피식 웃으며 받았다.

"맨땅에 헤딩할 비행기 같은 소리 하고 자빠졌네. 쟤하고 나하고 여기서 다시 만난 게 못 본 지 몇 년 만인데, 그런 소리를 하는 거냐? 도대체 그게 네 추측이야? 아니면 어디서 들은 게 있어 하는 소리야?"

"들은 건 아니지만 그럴 수도 있는 거 아뇨? 하나가 기척 없이 사라지고, 다시 하나가 이혼하고 난데없는 유학길에 올랐다더니, 이 넓은 미국 천지에서도 오밤중에 한곳에 있는 걸 보고 어느 놈이 이상하게 여기지 않겠어요?"

"생각하는 본새 하고는…… 야, 나도 여기 와서 쟤 만난 지 아직 달포도 안 된다. 그리고 쟤는 지금 여기서 차 한잔 마시고 곧 제 숙소로 돌아가야 돼. 지민지, 지에민지, 하는 희멀건 와스프(WASP) 남자 친구도 따로 있고."

"그런데 남자 친구 따로 있다는 그 말투가 왜 그리 격해요? 꼭 새치기라도 당한 것 같은 말투네, 뭐."

녀석이 한 번 더 사람의 부아를 질러 놓고 슬며시 목소리를 죽였다.

"그럼 여기서 뭐하우? 내가 듣기로 형이 원래 공부하기로 한 대학은 여기 있는 대학이 아니라고 한 것 같은데. 거긴 그새 접었어요?"

"들어가지도 않은 대학을 접긴 뭘 접어? 그래, 두 달 전에 그 대학에서 미역국 먹고 지금 길거리 대학 청강생이다. 왜, 이제 시원하냐?"

그러자 녀석은 무엇이 유쾌한지 이번에는 쿡쿡 웃으며 받았다.

"길거리 대학은 또 뭐요? 나는 뉴욕에 그런 대학이 있다는 소리 처음 듣네."

"브로드웨이 대학이다, 왜. 인마, 꼭 큰길 대학이라고 번역해야 알아듣겠냐?"

"어쭈, 이젠 대놓고 욕설이네. 아무리 후배라지만 벌써 마흔 밑자리 깔아 놓은 사람보고. 인마, 인마, 하지 마쇼. 듣는 인마 기분 나빠요."

무엇이 얕보였는지 녀석이 이제는 아주 나를 놀려 대는 어조로 그렇게 받았다. 꼭 불쾌한 것은 아니었으나 그냥 두어서는 안 되겠다 싶어 뭔가 한마디 호되게 받아치려고 말을 고르는데 혜련이 커피 잔을 내려놓으며 내게 타박을 주었다.

"목소리 좀 낮추세요. 저 사람들이 두 분 싸우는 줄 알겠어요."

"싸우기는요, 어딜 감히. 선배님은 하느님과 동긴데. 그건 그렇고 브로드웨이 대학이 어디죠? 우리 선배님이 다닌다는."

배영기가 나를 대신해 능청스러운 웃음과 함께 혜련의 말을 받았다. 혜련도 같이 웃음으로 녀석의 말을 받았다.

"이름 그대로 브로드웨이에 있죠. 대개 42가에서 53가까지에 강의 동이 흩어져 있는데, 아까 우리가 만난 곳이 52가 셔버트 캠퍼스 강의실이에요."

"듣고 나니 대강 짐작이 가네요. 그러니까 브로드웨이에 있는 극장이 모두 길거리 대학 강의실이란 뜻이죠? 그런데 셔버트 캠퍼스란 건 뭡니까?"

녀석이 약간 정색이 되어 받는 걸 보고 나도 정책을 바꾸어 정색으로 반격했다.

"그건 인마, 브로드웨이 뮤지컬 극장을 싹쓸이하고 있는 3대 뮤지컬 흥행사 중에도 제일 큰 흥행사 이름이다. 참고로 네덜랜더와 주잼신이라는 흥행사가 둘 더 있지. 걔들 세 흥행사가 가진 스물여덟 개 극장이 바로 우리 대학 강의 동이고."

내가 수강 신청을 하기 전에 알아 둔 길거리 학교에 관한 개략

적 정보였다. 그걸 정색으로 말하자 녀석이 드디어 웃음기가 가신 얼굴로 나를 바라보았다.

"그럼 뮤지컬 전공이란 뜻인가. 어쨌든 그거 말 되네. 그러고 보니 나도 결국은 그 대학 유학 온 거 아냐?"

"그게 무슨 소리야? 그럼 너도 여기서 뮤지컬이나 보고 갈 작정으로 온 거야? 언제부터 그리 팔자가 폈지?"

이번에는 내가 좀 뜻밖이라 자신도 모르게 반문했다.

"그건 아니고요. 실은 시카고에 무슨 일이 있어 몇 달 머물까 하고 왔는데, 그게 제대로 안 풀려 그냥 돌아가려다가 여기서 남은 체류 기간이나 채우려고……."

녀석이 어울리지 않게 머뭇거리며 그렇게 말끝을 흐리더니 갑자기 무언가 결심이라도 한 사람처럼 말했다.

"미국 온 김에 이것저것 몇 편 보고 가려고 했는데, 지금 형 말 듣고 보니 그럴 게 아니라 나도 서머스쿨 정도로 한 과정 제대로 하고 갔으면 싶네. 아니, 좋아. 형도 있고 헬렌 킴도 있으니 아주 그렇게 정해야겠어. 어때요? 형, 나 그 대학 추가 등록하면 안 돼요?"

"이 맨땅에 해딩구(헤딩)야. 너는 그냥 아무 데나 들이대면 다 되는 줄 아는가 본데, 그거 그렇게 간단하지 않다. 넌, 마. 우리 커리큘럼도 모르잖아?"

"그거 안 들어도 대강은 알 만하네요. 그리고 꼭 설명할 게 있으면, 뭐, 해 보슈. 형 같은 꼰대도 하는데 내가 못 할 게 뭐요? 말이

야 바른 말이지, 둘이서 오락가락하는 거보다 나라도 하나 더 있
으면 덜 외롭고 좋지. 무슨 텃세하는 것도 아니고……."

녀석은 그러고도 한참이나 더 빈정거려 마침내는 혜련으로부
터 우리 첫 학기의 커리큘럼을 털어놓게 했다. 그리고 그 말을 다
듣기 바쁘게 일방적으로 통고하듯 말했다.

"그거 남은 석 달 내가 딱 하고 싶은 그대로네 뭘. 자 결정했수
다. 우린 오늘부터 길거리 대학 동기 동창이오!"

얼떨결에 배영기를 우리 길거리 대학 동창으로 받아들이기는
했어도 나는 한동안 그를 엉뚱하고 난데없는 청강생으로만 대접
했다. 그런데 함께 수강을 시작하고 보니 그는 나보다 훨씬 더 계
획적이고 치밀한 유학생이었다. 그는 수업 준비에서도 나보다 훨
씬 철저하였고, 수강 태도 또한 나와 견줄 수 없을 만큼 적극적이
고 열정적이었다.

그때까지도 내 수업 준비는 아직 내가 본 작품을 충분히 이해
하고 숙지하기 위한 것에 지나지 않았고, 내가 기대하는 학습 효
과도 기껏해야 그 작품들에게서 뮤지컬의 당대적 전범을 찾아내
는 정도에 머물러 있었다. 그런데 배영기는 그렇지 않았다. 그의
수업 준비는 이해나 숙지를 넘어서 그 구체적 적용을 위한 원리
나 기교의 습득에까지 욕심을 부렸다. 또 수업의 효과에 대해서도
막연한 전범의 형성을 넘어 실천적인 드라마투르기에 다가들고

자 했다. 예를 들자면, 대사의 이해를 위한 수강 전의 예습이나 수강 후의 복습에서, 의미의 통·번역에만 매달려 있는 나에 비해 그는 국어로 전환된 뒤의 자수율(字數律)과 박자 간의 상관관계, 대화의 구절과 음악의 소절이 결합하는 방식에까지 관심을 보였다.

"뭐야? 비행기, 너 아주 펄펄 나네. 이참에 아예 뮤지컬 작사까지 해 보겠다는 거야? 아니, 처음부터 그러자고 작심하고 여기 온 거지?"

오랜만에 재공연된 「오페라의 유령」 복습으로 배영기가 참가한 뒤 세 번째 수강이 끝난 어느 토요일 초저녁, 일찌감치 극장 부근의 펍에 자리 잡은 뒤에 내가 불쑥 그렇게 물었다. 그날따라 극장에서 나오면서부터 오래된 뮤지컬 「포기와 베스」의 아리아 「서머타임」을 들먹이는가 하면, 재즈 기법의 가사 전달 방식과 랩의 연관성 같은 것을 혜련에게 물어 대는 그가 그동안 품어 온 내 궁금증을 더 미룰 수 없게 만든 듯했다.

"어, 내가 말하지 않았던가? 형, 나 원래 극본 하나 제대로 뽑으러 미국 온 거요. 이걸 취재라 해야 하나, 자료 조사라 해야 하나. 어쨌거나 뭐 하나 알아본 뒤에 전부터 쓰려고 했던 소재를 각색해 보려 했는데, 시카고에서의 취재가 별 소득이 없어 여기로 옮겨 앉은 거란 말이에요. 온 김에 제대로 된 연극이나 몇 편 보고 가자 싶어서."

"그런데, 지금 네가 하고 있는 것은 뮤지컬 대본 준비잖아? 뭐야, 결국은 뮤지컬도 연극이고, 뮤지컬 각본도 각본이다, 이건가?"

"아직 거기까지는 아니고…… 여기 와서 보니 여기는 뮤지컬이 대세라, 몇 편 보는 동안에 쓰려던 걸 아주 뮤지컬로 바꿔 볼까 탐색하는 중이라고요."

그때 듣고 있던 혜련이 흥미로운 듯 끼어들었다.

"원래 쓰려던 게 어떤 건데요?"

그러자 목마른 시늉을 하며 자리에서 일어난 배영기가 카운터 쪽으로 가며 말했다.

"우선 목이나 축이고 시작합시다. '샘'으로 가져올게요. 두 분 어때요?"

그러고는 우리 승낙도 제대로 확인하지 않고 카운터 쪽으로 가 버렸다.

잠시 후에 새뮤얼 애덤스 여섯 병을 한꺼번에 안고 온 배영기가 딴전을 피우며 맥주를 돌리자 혜련이 다시 조금 전의 물음을 상기시켰다.

"그래, 무슨 거창한 것을 쓰려고 미국까지 취재 나올 생각을 했어? 뭐야? 무슨 얘긴데?"

나도 그렇게 혜련을 거들었다. 그래도 배영기는 제 병을 다 비우고야 겨우 흥이 난다는 듯 대답했다.

"그렇게 정색을 하고 물으니 영 어색하네. 뭐, 그리 거창한 것은 아니고. 근간에 어떤 이가 쓴 임화(林和) 평전을 읽다가 몇 군데 가슴 아려 오는 부분이 있어서……."

"임화 평전? 갑자기 임화가 왜?"

내가 그렇게 반문하는데, 곁에 있던 혜련이 불쑥 물었다.

"그런데 임화가 누구예요?"

"아 참, 혜련 씨에게는 임화가 다소 낯선 인물일 수도 있군요. 간단하게 설명하자면 분단 전 한국의 대표적인 좌파 시인입니다. 사상의 조국을 찾아 북한으로 넘어갔다가 한국전쟁 뒤 박헌영, 이강국 등 남로당 계열과 함께 미제의 스파이로 몰려 처형되었지요. 시인이고 문예 이론가이며 배우이기도 했던 다재다능한 사람으로 '한국의 발렌티노'라는 별명까지 있었다고 합디다. 1920년대에 '위대한 연인'으로 우상화되었던 미국 영화배우 발렌티노 말입니다. 그 밖에 개인사적인 것으로는 조선 문단의 3대 미녀 가운데 하나로 꼽혔던 여류 소설가 지하련(池河蓮)과의 염문과 재혼으로도 유명하고……."

배영기가 한국 현대문학사에 어두운 혜련을 배려해서인지 그렇게 비교적 상세하게 임화를 소개했다. 내가 더 기다리지 못하고 다시 끼어들었다.

"그럼 임화를 주인공으로 할 거야? 뭐, 비극적인 '혁명의 아들'로라도 만들어 보려고?"

"어디 떨떨한 애들 뒷북 칠 일 있어요? 지난 10년 한국의 국문과 대학원 논문에서 이놈 저놈 때때옷 입혀 업고 다니던 좌파 시인을 이제 와서 다시 연극 무대 위로 끌어내자는 건 아니고……."

"뭐야? 임화 평전에 나오는데 임화는 아니라니, 그럼 누구야?"

그러자 두 번째 병을 마저 비운 배영기가 말없이 카운터로 가 다시 새뮤얼 애덤스를 한 아름 더 가져왔다. 그리고 그중 한 병을 따 한 모금 마신 뒤에 문득 신파 조로 물었다.

"형, 임화의 시 「너 어느 곳에 있느냐」를 알아요? '사랑하는 나의 딸 혜란에게' 말이에요."

혜란이라는 이름 때문인지 혜련이 반짝 눈을 뜨며 배영기를 바라보았다. 나는 그가 왜 그걸 내게 묻는지 몰라 더듬거리며 대답했다.

"제목은 들어 본 것 같은데…… 그 시가 왜?"

그러자 배영기가 갑자기 목소리를 가다듬어 시 한 편을 읊기 시작했다.

"아직도/ 이마를 가려/ 귀밑머리 땋기/ 수줍어 얼굴을 붉히던/ 너는 지금 이/ 바람 찬 눈보라 속에/ 무엇을 생각하며/ 어느 곳에 있느냐./ 머리가 절반 흰/ 아버지를 생각하여/ 바람 부는 산정에 있느냐/ 가슴이 종이처럼 얇아/ 항상 마음 아프던/ 엄마를 생각하여/ 해 저무는 들길에 섰느냐……."

그렇게 시작하는 시는 한동안 끝없이 이어졌다. 혹독한 계절과 전선에서의 패퇴를 비장하게 노래하다가 갑자기 애절한 별사(別辭)로 바뀌었다.

"은하가 강물처럼 흘러/ 남으로 비끼고/ 영광스러운 우리 군대가/ 수도를 해방하여/ 자유와 승리의 노래/ 거리마다 가득 찼던/ 아름다운 여름밤/ 전선으로 가는 길 역에서/ 우리는 간단 말조차/ 나눌 사이 없이/ 너는 전라도로/ 나는 경상도로 떠나갔다……"

거기까지 듣자 나는 그 시를 알 것 같았다.

"맞아, 인민군에 지원하여 여전사로서 호남 전선으로 가던 혜란이란 딸과 선전 선동으로 인민군의 사기를 돋우기 위해 낙동강 전선으로 내려가던 임화가 대전인가 어디서 길이 나뉘면서 헤어졌단 얘기……"

그래도 배영기는 무슨 흥에 취했는지 길고 긴 시를 신통하리만치 막힘없이 이어 갔다. 남한 어딘가에서 미 제국주의 군대에게 몰리고 있을 딸에게 불굴의 의지와 불패의 정신을 들려주며, 항전의 용기와 결사의 각오를 북돋우는 내용이었다. 그러다가 홀연 딸의 죽음을 가정하고, 처절한 복수의 다짐으로 이어지더니 마침내는 애절한 그리움으로 끝을 맺었다.

"사랑하는 나의 아이야/ 한밤중 어느/ 먼 하늘에 바람이 울어/ 새도록 잦지 않거든/ 머리가 절반 흰 아버지와/ 가슴이 종이처럼 얇아/ 항상 마음 아프던/ 너의 엄마와/ 어린 동생이/ 너를 생각하여/ 잠 못 이루는 줄 알아라.// 사랑하는 나의 아이야/ 너 지금 어디 있느냐."

소란스러운 토요일 초저녁의 펍에서 배영기가 긴 시를 마치자 우리를 힐긋거리는 옆자리 사람들에게 민망해 빨리 끝나기만을 기다리던 나도 왠지 콧등이 시큰해졌다.

"아리아의 가사가 될 만한 시네. 그럼 임화의 딸로 갈 거야? 그 뒤 그 딸은 어떻게 됐는데? 어떻게 결말을 보려고?"

나도 모르게 처연해지는 기분을 애써 감추며 내가 그렇게 물었다. 배영기가 갑자기 열띤 어조로 대답했다.

"그런데 내가 읽은 그 평전의 말미에 바로 그 비극적인 결말이 추정되고 있었어요. 아주 충격적인……."

"그게 뭐야? 임화의 딸이 그 뒤 어떻게 됐다고 되어 있는데?"

"호남으로 내려간 인민군 사단의 운명은 유엔군과 국군의 봉쇄를 뚫고 북으로 돌아가지 못했으면 전사했거나 포로가 되었거나 지리산에 들게 되었다는 겁니다. 그런데 임화의 딸이 소속된 부대는 진작 길이 막혀 지리산에 들어가 빨치산이 되었을 가능성이 높다고 하더군요. 그리고 어떤 풍문은 지리산에서 포로가 되었다가 잘못 풀렸거나, 이른바 망실(亡失)공비가 되어 지리산을 벗어났지만 몸 숨길 곳이 없던 임화의 딸이 미군 기지촌으로 풀려 양공주가 되었다는 것이었습니다. 그런데 내가 읽은 그 책에서는 그런 풍문을 뒷받침하는 근거들이 여러 곳에서 제시되고 있습니다."

그 말에 나도 세찬 충격을 받았다. 하지만 아무래도 그 말을 믿을 수가 없어 다그치듯 물었다.

"그 근거란 게 어떤 거야? 어디서 그걸 찾았는데?"

"임화의 전처, 그러니까 혜란이라는 딸의 친모 되는 이귀례(李貴禮)의 질녀로, 일본 이름으로 미치코란 여자가 있었습니다. 혜란과는 동갑내기인 내외종(內外從) 간 자매로, 일본서 태어나 일본에서 자랐지만 그 호적은 수원 어딘가에 있는 이귀례의 본적지에남아 있었다는 것입니다. 그런데 1950년대 후반에 누가 그 호적을 들춰 보니 1954년 미치코가 미군과 결혼하여 미국으로 간 것으로 되어 있었다고 합니다. 일본에서 나고 자란 미치코가 한국에 돌아온 적이 없음을 아는 그 사람은 그 일을 이상하게 여겨,그 뒤 일본에 건너갈 기회가 생기자 미치코를 찾아보았습니다. 그런데 미치코는 일본에 살고 있었을 뿐만 아니라 한 번도 한국에들어간 적이 없고, 미군과 결혼하여 미국에 간 적은 더욱 없다는것입니다……"

그 말에 갑자기 섬뜩한 느낌이 들어 나도 모르게 목소리를 높이며 물었다.

"그게 무슨 소리야? 그럼, 한국에서 미군과 결혼해 미국으로 건너간 게 바로 임화의 딸이란 말이야? 인민군 여전사가 빨치산에서양공주로 풀렸다가, 그것도 휴전 직후 한창 엄중한 때 호적까지 위조해…… 도대체 어떻게 그런 일이 있을 수가 있어?"

"나도 처음에는 그 말이 터무니없게 들렸어요. 그런데 그 시대를 아는 사람들한테 들으니 그게 꼭 있을 수 없는 일만은 아닌 것 같더라고요. 1954년이면 전란으로 불타고 유실된 호적이 아직 제대로 정비되지 못한 때라, 끼어들려고 하는 호적의 구성원과 호적이 그렇게 형성된 이력을 잘 알고 인우(隣友) 증명만 적당히 끌어댈 수 있으면, 호적을 복원하거나 빈 곳에 끼어들기가 그리 어렵지 않았을 거라고 합디다. 거기다가 미군과 결혼해 미국으로 떠나려는 사람이니 대공(對共) 용의점도 없고…… 따라서 임화의 딸 혜란이 외사촌 미치코의 호적에 들어가 그 호적으로 국제결혼을 할 수도 있었을 거란 얘기죠."

배영기는 여전히 열을 올리며 그렇게 받았지만 나는 왠지 그 추측이 미덥지 않았다.

"그렇다고 임화의 딸이 양공주가 되어 미군과 결혼했다는 것만으로 드라마가 되겠어?"

내가 미덥잖아 하는 심경을 그런 반문으로 드러내자 흥미로운 표정으로 우리 둘이 주고받는 말에 귀를 기울이고 있던 혜련이 배영기를 감싸듯 받았다.

"그것만이면 배 선생님이 미국까지 와서 취재할 마음을 먹었겠어요? 무언가 더 극적인 후일담이 있었겠죠."

그러자 배영기가 큰 격려라도 받은 사람처럼 거침없이 하던 얘기를 이어 갔다.

"그래요. 좀 애매한 데가 있기는 하지만, 그 평전 말미에는 별나게 작가적인 상상력을 자극하는 얘기가 더 있었어요. 바로 그 혜란으로 추측되는 여자가 시카고의 흑인 빈민가에서 홀로 살고 있었는데, 1990년대 초 재미 교포들의 북한 방문 러시 때 북한을 다녀온 뒤로 실어증 비슷한 증세를 앓다가 보호시설로 실려 가 거기서 쓸쓸하게 죽었다는 후일담이 그겁니다. 그 말을 듣자 나는 문득 한 편의 드라마가 아귀 맞게 짜여 가는 듯한 느낌을 받았거든요."

그리고 그는 또 다른 글에서 본 지하련의 마지막 모습을 마치 방금 본 드라마의 한 막처럼 머릿속에 펼쳐 볼 수 있을 만큼 진진하게 들려주었다.

월북한 임화가 미제의 스파이로 몰려 총살 당한 뒤 그의 아내 지하련이 어떻게 되었는지는 공식적으로 별로 알려진 바가 없다. 그러나 1950년대 중반 평양에 거주했다가 뒷날 우여곡절 끝에 일본으로 빠져나가 그곳에 자리 잡게 된 어떤 목격자가 그 비극적인 후일담을 들려주었다. 그의 말에 따르면, 당시 평양에 거주하던 사람들은 임화가 처형된 뒤로 몇 달인가, 임화의 막내로 짐작되는 어린아이를 업고 미쳐서 거리를 헤매는 지하련의 모습을 볼 수 있었다고 한다.

"만약 북한을 다녀온 뒤로 실어증에 걸려 죽은 사람이 임화의 딸 혜란이 맞다면 그대로 머릿속에 떠오르는 한 막이 없어요? 생각해 보십쇼. 그들 부녀가 헤어질 때는 그들의 공화국이 번성의 절정을 누리고 있었지요. 수도 서울이 그들의 군대에게 함락되고, 남한은 낙동강 전선을 빼고는 거의 점령된 상태였습니다. 거기서 아버지는 인민의 시인으로서 마지막 적을 섬멸하는 전투를 격려하러 낙동강 전선으로 떠나고, 딸은 아무 저항 없는 호남 지역을 무인지경 가듯 하는 점령군의 여전사가 되어 서로 헤어졌으니, 그때 그들이 인민공화국에 품었던 꿈과 환상이 어떤 것이었겠습니까? 특히 온 세상이 다 알아주는 시인 임화의 딸로 서울에서 명문 고녀까지 다닌 적이 있는 그녀에게는…….

그런데 몇 달 만에 전세는 그야말로 상전벽해로 뒤집혀 산으로 들어갔다가 국군이나 경찰 토벌대에게 포로가 되었거나, 어렵게 산을 내려와 다급하게 민간에 숨어들면서 잘못 풀려 급기야는 양공주로까지 전락하게 된 그녀가 겪은 정신적 공황은 흑인 병사와 결혼해 미국으로 따라가는 것이 오히려 구원으로 느껴졌을 만큼 처참했을 것입니다. 미국에 가서 곧 홀로 되었다는 것도, 그녀가 적지나 다름없는 남한 땅에서 빠져나오기 위한 방편으로 삼았던 그 흑인 병사를 그녀 쪽에서 버렸다기보다는, 그녀가 버림받은 쪽으로 보는 것이 더 맞을 것입니다. 왜냐하면 그 뒤로도 그녀는 흑인 빈민가를 떠나지 못하고 계속해서 거기 머물렀다니까요.

그러다가 오랜 세월이 지난 뒤 긴 악몽에서 깨난 듯 정신을 차려 일하고 살면서 약간의 여유를 회복하고 나서야 그녀는 조심스레 교포 사회와 접촉을 시작했습니다. 어쩌면 어디선가 재미 교포들에게 북한 방문의 길이 열렸다는 풍문을 듣고서야 비로소 그들과 접촉을 시작했는지 모르죠. 그래서 몇 년 뒤 북한을 찾아볼 수 있게 되었을 때만 해도 그녀의 가슴속에 있는 공화국과 아버지는 여전히 휘황한 그 무엇이었음에 틀림없습니다. 따라서 북한에 가자마자 알아보려 한 것은 "머리가 절반 흰", 그러나 자랑스럽던 아버지와 "가슴이 종이처럼 얇아, 항상 마음 아프던" 병약하면서도 우아한 계모 지하련의 삶이었을 겁니다.

그 폐쇄된 사회에서 누가, 어떤 경위로 그녀에게 임화 부부의 운명을 전해 주었는지는 모르지만, 그 북한 방문에서 임화의 딸은 곧 두 사람의 비참한 최후에 대해 알게 된 듯합니다. 그리고 처형된 아버지 임화와 미쳐서 어린 동생을 업고 평양 거리를 헤매던 계모 지하련의 마지막 모습은 그녀에게 실어증으로밖에는 받아 낼 수 없는 충격이었을 겁니다. 식민지의 딸이자 혁명가의 딸이 겪었을 모멸과 능욕의 세월을 자학하듯 버텨 온 힘은, 아마도 한국전쟁에서는 패퇴하였지만 여전히 건재한 인민공화국과 그 공화국의 품 안에서 보람 있게 살고 있을 인민의 시인, 아버지 임화에게 품고 있던 환상이었을 것입니다. 그런데 40년이 넘는 인고의 세월 끝에 확인한 것이 아직도 고난의 행군 중인 공화국과 일찌 감치 그 공화국의 제단에 희생으로 바쳐지고 만 아버지의 최후뿐 이게 되자 그때까지 그녀를 지탱시킨 의지는 그대로 산산조각이 나고 말았습니다. 이제 더는 바랄 것도 없고, 그리워할 것도 빌 것도 없어진 그녀의 의식은 실어증의 형태로 밑바닥 깊이 자맥질해

들어간 것입니다. 자, 이제 이만하면 인상적인 서장 한 막이 떠오르지 않겠습니까?"

무엇에 취했는지 배영기가 그새 얼굴까지 벌겋게 상기되어 그렇게 신파 조로 물었다. 솔직하게 말해 나도 묘한 감동에 가슴이 먹먹해 왔으나 그의 지나친 열기가 나를 오히려 냉소적으로 만들었다.

"뭐가 그리 인상적인 서막이 되는데?"

내가 짐짓 비꼬는 어조로 그렇게 묻자 배영기가 조금도 식지 않는 열기로 받았다.

"요양원이나 정신병원을 상기하는 격리된 방. 짙은 어둠으로 처리된 방 안에는 늙은 여자의 성성한 백발을 강조하는 빛살 한 줄기가 가만히 비치다가 차차 밝아지며 의자에 앉은 여자의 상반신이 비치고 다시 맞은편에 옆으로 앉은 남자의 실루엣이 천천히 드러난다. 저는 위대한 노동자 농민의 시인 임화 선생을 연구해 온 사람입니다. 부디 아는 대로 들려주십시오. 월북하신 뒤의 행적 가운데 비어 있는 부분, 어쩌고…… 그러나 늙은 여자, 아무것도 듣지 못한 듯 반응이 없다. 이윽고 남자의 실루엣 꺼진 듯 사라지고, 맞은편에 또 다른 실루엣. 주인공과 또래로 보이는, 그러나 명품으로 잔뜩 차려입고 온 나이 든 여자. 나를 봐, 나 모르겠어? 고녀 동창 명순이. 너 지난번 북한에 들어갈 때, 내가 아는 사람 몇이 나서서 길 놓아 주었잖아? 그래, 어쨌어? 아버지 어머니 소식은 들었어? 동생들은 만나 봤고? 말 좀 해 봐. 거기서 돌아온 지 벌써 며칠째야? 언제까지 이렇게 입 다물고 있을 거야. 등등. 여자, 여전히 못 알아들은 사람처럼 멍한 눈으로 빛살이 비쳐 오는 쪽만을 응시하고 있다. 맞은편 남녀의 실루엣 둘 모두 사라지고 암전. 다시 무대가 천천히 밝아지면서 인민군 야전 사령부 위장된 막사 앞……."

거기까지 듣자 나는 배영기의 구상을 대강 짐작할 것 같았다.

"그래서 회상으로 얘기를 끌어갈 모양이군. '너는 전라도로 나는 경상도로' 떠날 무렵의 광경부터 말이야. 뭐 그렇게 풀어 가면 이야기야 되겠지만 적어도 스무 개는 되어야 할 다마(이야기의 핵심)를 모두 어떻게 꿰맞추지?"

그렇게 묻는 내 목소리에서 빈정거리는 기운이 줄어든 것을 느꼈는지 배영기 쪽도 오기가 가신 목소리로 받았다.

"그래서 여기 온 거 아뇨? 한 열 개는 임화의 화려한 행적이나, 해방 공간의 여류 소 인텔리 계층의 행태에서 뽑아낼 수 있지만 나머지는 영 자신이 없어서. 특히 그녀가 호남 전선에 투입된 이후의 것으로 적어도 대여섯 개는 더 있어야 균형이 맞는데 그게 잘 안 돼 이 멀리까지 취재 온 거 아뇨?"

"근데 그게 잘 안 됐다며? 좀 전 서막에 나온 그 할머니 같으면 뭘 들려줄 수도 있을 것 같던데, 실은 만나지도 못한 거야?"

"맞아요. 원래 그 할머니들을 찾아 시카고로 간 건데, 정보 소스에 착오가 있었어요. 가서 보니 내가 소문 듣고 찾으려 한 할머니들은 임화의 딸 혜란의 세대가 아니라, 그보다 20년 가까이 많은 김수임 시대의 이화여전 동창들 가운데 살아 있는 몇몇이었어요. 이미 팔십 고개를 넘은…… 내게 소개한 그 사람 딴에는 저만 아는 신기한 정보원(源)이라 싶어 내게 자랑한 모양인데, 어렵게 만나 봐도, 오락가락하는 소리거나 불요불급한 가십거리 정도였어요."

"불요불급한 가십거리라니? 그럼 그 할머니들한테서도 뭐 듣긴 들은 거야?"

"뭐 이런 거죠. 모윤숙 시인이 김수임의 구명 운동을 한다고 앞서 나서기는 했지만 결코 진심으로 힘을 쓰지는 않았을 거라든가……."

"그건 무슨 소리야?"

"김수임과 모윤숙은 이강국을 가운데 둔 오래된 연적 사이였다나요. 그 밖에도 김수임이 정말로 이용당한 것은 베어드 대령에게였다든가, 이강국은 정말로 CIA의 스파이였다든가, 김수임의 아들이 미국에 살고 있는데, 그도 베어드 대령의 아들이라든가……."

"그 소리는 나도 어디서 들은 것 같은데. '베어드 조사 보고서'에도 그 비슷하게 나온 게 있고, 근래에는 또 '실리 보고서'란 게 나와 그쪽 동네 꽤나 술렁거렸지. 이강국이 정말로 CIA 정보원이었다는 내용이 들어 있어 북의 남로당 숙청에 정당성을 부여하는 근거가 된다고 말이야. 하지만 네 입장으로 봐서는 한국을 떠날 때나 마찬가지로 새로 얻은 것은 별로 없는 거 아냐? 결국 임화의 딸 얘기는 아무런 진척이 없는데, 언제 그렇게 연극적인 구상을 했지? 서막은 그대로 무대에 올려도 되겠는데."

"나도 처음에는 허탕 쳤다고 생각했는데 가만히 생각해 보니 아주 허탕 친 건 아닌 듯하더라고요. 이강국이 임화와 같은 고향에 같은 학교 동창이라 서로 긴밀하게 연결되어 있는 인물인 데다, 만약 임화의 딸이 미국으로 간 게 맞다면, 베어드의 아들인 김 뭐라는 친구와 대조를 이뤄 둘을 엮을 수도 있을 것 같고……."

그때 우리 두 사람의 말을 가만히 듣고만 있던 혜련이 다시 끼어들었다.

"김수임 그 사람 얘기는 전에 나도 흥미 있게 들은 적이 있는데, 오늘 임화 시인의 딸 얘기를 들으니, 어쩌면 둘을 연결해서 무슨 얘기를 할 수 있을 것도 같네요. 좀 더 자세히 들어 둘 만하다고 봐요. 자, 이쯤에서 우리 건배 한번 하죠. '식민지의 딸'과 '혁명가의 딸'을 결합한 화려한 창작 뮤지컬을 위하여."

그렇게 되자 더 이상의 토의 없이 배영기의 주제는 우리의 주제가 되어 우리 길거리 대학의 커리큘럼에 슬그머니 편입되었다.

배영기의 돌출적인 고백은 우리 길거리 대학의 교과과정에 발상의 전환을 가져왔다. '이해한다'에서 겨우 '습득한다'로 발돋움하고 있던 우리의 교육목표는 그의 창작 계획에 자극되어 '적용한다', '실현한다'로 발전해 갔고, 우리가 한 학기로 예정한 100일이 지났을 때는 우리 모두가 동참하는 창작 뮤지컬 기획 과정의 일부로까지 전화하게 되었다. 그만큼 배영기가 들려준 소재는 우리 의식에 깊은 인상을 남긴 듯했다.

내게 임화의 딸 이야기가 두고두고 되씹어 보게 된 까닭은 아마도 내가 한때 김수임을 극화해 보려고 한 적이 있기 때문이었을 것이다. 나도 배영기와 비슷한 시기에 김수임과 같은 연배인 여류 문인이 소설로 내놓은 그녀의 일대기를 읽고 충격을 받은 적이 있었다. 그 이전에 나온 김수임에 관한 기록물들은 한결같이 그녀의 비극이 공산주의자 이강국을 진심으로 사랑해서였거나, 그 사랑 때문에 이강국에게 이용당한 결과로 해석해 왔다. 그런데 그 소설은 오히려 그녀가 미군 헌병 사령관 베어드를 사랑하였고, 그 사랑을 지키려고 이강국을 달랠 수밖에 없었던 것으로 설정하고 있었다. 그리고 미국에 입양된 김수임과 베어드의 아들을 등장시키고 '베어드 조사 보고서'와 아울러 그로부터 몇 년 뒤에야 우리 사회에 알려진 '실리 보고서'까지 암시하며 오히려 김수임과 이강국이 베어드에게 활용된 듯한 인상까지 풍겼다.

나는 이상하게도 그 글을 읽으며 김수임에게서 한국판 '마타 하리'로서의 통속적인 비극성보다 더 순도 높고 파괴력이 큰 비극성을 느꼈다. 불행한 식민지의 딸에서 의사인 미국인 양어머니를 통한 구미(歐美) 문명과의 조우, 그리고 이강국을 만나 혁명가의 연인이 되지만 다시 그가 사라진 자리에 홀연히 나타난 아메리카 제국의 헌병 사령관 베어드와 되살아난 유년의 환상. 거기서 김수임이 운명적인 사랑의 화신으로 전환되고 그 나락에 스스로 몸을 던짐으로써 비극성은 고조된다……. 대강 그런 형태로 구상하면서 한동안 김수임의 생애를 내 나름으로 추적해 본 적이 있었지만, 극화(劇化)에는 끝내 이르지 못했다. 지명도 높은 소재이기는 해도 또한 이미 여러 번 연극이나 영화로 다루어진 소재여서 부담도 많았다.

그런데 김수임의 생애를 추적하는 중에 나는 이강국에 대해 세밀히 조사하게 되었고, 이강국에 관한 지식이 늘어 가면서 나는 다시 그와는 동향에 동창이고 친구 사이인 임화까지 살펴보게 되었다. 그래서 비록 그들의 이야기를 무대에 올리지는 못해도, 어렴풋하게나마 임화의 삶에서 감지되는 화려한 비극성만은 인상 깊게 기억해 왔는데, 갑자기 배영기가 나타나 임화의 딸 이야기로 나를 자극했다.

배영기에게서 자극을 받은 것은 나만이 아니었다. 나는 혜련이 한국 현대사에 그리 밝지 못해 그런 주제가 절실하게 가슴에 다가들기 어려울 줄 알았는데, 뜻밖으로 혜련도 배영기가 구상하는 창작 뮤지컬에 대해 관심이 많았다. 배영기가 처음 얘기를 꺼내던

날부터 그런 조짐이 있었지만, 날이 갈수록 혜련은 임화의 딸에 깊이 빠져들어 갔다. 그러다가 우리들의 첫 학기가 끝날 무렵 해서는 배영기보다 더 심각하게 주제를 확장해 갔다.

"그건 그저 비극적인 사랑 이야기만이 아닐 뿐만 아니라 식민지의 딸, 혁명가의 딸 이야기만도 아닌 듯하네요. 조국이나 이념의 얘기면서 한국에게 미국이 무엇인가를 돌아보게 하는 이야기일 수도 있고 실존과 주체성의 이야기일 수도 있지 않겠어요? 김수임이 누구였나를 추적하는…… 잘 발전시키면 아주 많은 이야기를 담을 수 있을 거예요. 어때요? 이 각본, 완결되면 차라리 선생님이 맡아 무대에 한번 올려 보지 않으시겠어요? 실은 저도 벌써부터 음악을 구상해 보고 있어요. 이번에는 어디 호흡 잘 맞는 작사가가 있으면 작곡에도 직접 끼어들고 싶을 정도로."

드디어 우리가 정한 100일 학기가 끝난 후 우리끼리의 자축 파티에서 혜련이 그렇게까지 열심을 드러냈다. 내가 무어라 대답하기도 전에 배영기가 넙죽 받았다.

"그 작사가는 내가 될 것 같은데…… 뮤지컬 각본이란 게 가사 빼면 몇 줄이나 되겠어요? 그러나 처음부터 내가 작사를 해낼 자신은 없고, 그래서 생각한 게 시극(詩劇) 형태인데, 앞으로 좀 지도해 주세요. 자수율과 박자의 관계라든가 멜로디에 대응하는 실사(實辭)와 허사(虛辭)의 위치 같은 거……."

"잘한다, 잘해. 둘이서 아주 공연 기획단을 꾸며라. 아니면 아예 극단을 하나 만들든가."

두 사람이 주고받는 게 너무 손뼉이 잘 맞는 데에 공연히 심술이 나서 그렇게 핀잔을 주기는 했지만, 그때는 나도 이미 그쪽으로 생각이 기울어져 있던 때였다. 그런 내 기분을 알아차렸는지 배영기가 이죽거리는 말투로 받아쳤다.

"괜히 마음에도 없는 어깃장 놓지 마시고 성님도 이제는 우리 기획단에 들어오슈. 아주 단장 자리에 앉혀 드릴게. 우리끼리니까 하는 소린데, 이거 터뜨리기만 하면 대박 날 거유."

그래 놓고는 갑자기 말투를 바꾸어 진지하게 물어 왔다.

"진작 말씀드리려고 했는데 아직 구조가 다 잡히지 않아서 망설였던 거예요. 정말로 이거 한번 무대에 올려 보지 않겠어요?"

그 말에 나도 쓸데없는 허세나 오기 부리지 않고 대답해 주었다.

"우선 네 극본이 어디까지 진척되었는지 궁금하다. 실은 나도 처음부터 뭔가 세차게 가슴을 후려치는 듯한 감동 같은 것을 그 이야기 구석구석에서 느껴 왔다……."

"2막에 각 15장으로 잡고 있어요. 시제는 서막 말고는 과거로부터 역순으로 가기로 하고. 그런데 비극적인 장보다는 그 비극성을 증폭시킬 장엄하고 화려한 배경이 될 장들이 더 어렵군요. 하지만 이제 서너 장만 채워 넣으면 우선 전체적인 모양은 나올 겁니다."

배영기도 나와 같은 진지함으로 대답해 주었다. 이번에는 내 쪽에서 너무 정색하고 얘기하는 게 싫어 어조를 약간 가볍게 했다.

"그럼 다 만들어 놓고 봐. 아니면 나도 원작자로 끼워 주든지. 오늘은 우선 길거리 학교 기말 쫑파티나 하고."

그때 혜련이 끼어들었다.

"기말 쫑파티라면 다음 학기는 어떻게 되는 거예요? 이 거리에서 다시 한 학기 더 가실 거예요? 이만하면 이 뉴욕 바닥은 돌 만큼 돈 것 같은데……."

"뭐 복습이라는 것도 있고, 기획 연습 홍보 따위 무대 이면을 중심으로 하는 심화 학습도 있지. 왜 벌써 여기서는 볼 장 다 본 것 같아?"

"그럼 이 길거리 대학에서 극단 경영 공부까지 다 하고 가자는 거예요? 그건 너무 막막할 것 같은데……."

"그럼 어떻게 해야 덜 막막할 것 같아?"

내가 다시 정색을 하고 그렇게 묻자 혜련이 미리 준비하고 있었던 듯이나 머뭇거림 없이 대답했다.

"우리가 먼저 공연 기획 로드 맵을 만들어 거기따라 분야별로 점검하며 채워 나가는 것도 한 방법이 되지 않을까요? 구체적인 공연 기획이 있으면 선택과 집중이 쉬워지고, 학기를 더 늘리지 않아도 뮤지컬 공연에 필요한 노하우를 많이 얻을 수 있을 거예요. 돌아가자마자 바로 할 일도 생기고……."

그런데 그 "돌아가자마자"란 말이 이상하게 감동을 주어 나를 한층 더 진지하게 만들었다.

"지금 한국으로 돌아가는 얘기를 하는 거냐? 그렇지, 돌아가야지. 언제까지 이 넓디넓은 길바닥만 헤매고 다닐 수는 없지⋯⋯."

나는 자신도 모르게 감상적이 되어 그렇게 말하고는 바로 속을 털어놓고 말았다.

"그래, 돌아가서 첫 번째 연출로 뮤지컬을 해야 한다면 그건 창작 뮤지컬이어야 되겠지. 그것도 엔터테인먼트 쇼 스타일은 안 되고. 그렇다면 저 비행기 녀석이 지금 한창 열 올려 마무리 짓고 있는 우리 '혁명가의 딸'보다 더 나은 각본을 얻기도 어려울 것 같은데⋯⋯ 좋아, 그럼 다음 학기 커리큘럼 다시 한 번 생각해 보자. 그러고 보니 복습이니, 심화 학습이니 하는 것은 나에게도 너무 유장하게 들리기는 하네."

"보아하니, 영영 일치가 안 될 얘기 같지도 않군요. 자, 그럼 우선 머리에 윤활유나 좀 치고 합시다."

그때 갑자기 배영기가 끼어들어 술잔을 흔들며 마시기를 재촉했다. 그리고 한동안 활발하게 이것저것 논의하다가 어렵잖게 결론에 이르렀다. 그런데 그 결말이 예상보다는 좀 엉뚱했다.

다음 학기 우리 길거리 대학의 커리큘럼은 가제 「혁명가의 딸」 공연 기획으로 전환한다. 다음 학기는 한국에 있는 극단 '아우라'의 기획팀에서도 한둘 추가로 참여하고, 캠퍼스는 영국으로 이동

한다. 뮤지컬의 메카인 런던의 길거리 대학으로 가되, 인근 유럽
도시의 명품 오페라도 심화 학습 교과에 넣는다. 단, 다음 학기는
반드시 100일을 고집하지는 않는다.

나중에 취한 비행기가 건들거리며 요약한 내용은 대강 그랬다.
나이를 먹어 가다 보면 시간과 비례하는 기억력의 강도가 묘하
게 뒤집히는 것을 경험하게 된다. 이를테면 오래된 기억이 오히려
선명해지고 얼마 지나지 않은 일들은 까맣게 잊혀 실마리조차 찾
을 길이 없게 되는 게 그렇다. 유년 어느 한낮의 구슬 놀이에서 내
가 딴 구슬의 개수까지 기억나는가 하면, 몇 년 지나지 않은 일이
마치 일어나지 않았던 것처럼 기억에 전혀 남아 있지 않을 수도
있다. 그런데 그해 런던에서의 한 달은 내 나이에서 가장 기억하기
애매한 13~14년 전의 일인데도 이상하리만치 기억에 생생하다.

그해 우리가 런던으로 건너간 것은 그 봄도 다해 가는 5월 초
순이었다. 나는 오랫동안 내 밑에서 회계와 홍보뿐만 아니라 기획
까지도 두루뭉수리로 맡아 왔고, 방금도 개점 휴업 중이나 다름
없는 우리 극단을 맡아 관리하고 있는 단원을 런던으로 불러 우
리 세 사람으로 짜인 어정쩡한 여행단에 끼워 넣었다. 그도 우리
와 함께 수업함으로써 뮤지컬 기획 관리 능력을 키우는 한편, 혜
련의 국제적인 경험이나 모국어와 다름없는 영어만으로는 다 감
당하지 못하는 우리 여행 뒷바라지를 맡기기 위함이었다.

별명이 감초인 그 단원은 내 몇 마디 설명만으로 아예 극단 사무실까지 닫고 런던으로 달려왔다. 나도 장기 체류를 작정하고 싸 갔던 짐과 그사이에 늘어난 몇 가지 잡동사니를 배편으로 한국에 부친 뒤 커다란 여행 가방 하나만 끌고 공항으로 갔다. 아마도 나와 비슷한 과정으로 짐을 줄였을 배영기와 혜련이 먼저 와 있었는데, 특히 혜련의 가방 하나가 너무 무거워 중량 초과가 되는 바람에 공항 대합실에서 가방을 풀어 다시 조정해야 했던 일이 기억난다.

　말이 길거리 대학이고 새 학기라는 것이지, 그때 우리가 런던을 거점으로 유럽의 무대를 돌아보기로 한 것은 길어야 두 달이었다. 하지만 비행기 좌석을 이코노미로 하고 호텔을 런던 근교의 허름한 등급으로 낮춰도, 우리 네 사람의 여행 경비는 어려운 시절이라면 소품 한 편을 넉넉하게 무대에 올릴 만한 액수였다. 그런데도 그 여행이 그리 큰 부담이 되지 않았던 것은 우리 극단 나름의 여유 덕분이었다.

　그때 우리 극단은 비상장 법인 형태로 운영되고 있었다. 그러나 아버지로부터 물려받은 건물을 집어넣은 내가 처음부터 과반의 지분을 가진 데다, 근래 몇 년의 배당을 모두 재투자하여 지분을 늘린 바람에 사실상 내 소유나 다름없었다. 거기다가 미국으로 건너오기 전 마지막 몇 년의 공연도 흥행으로는 적잖이 재미를 보아 이익금으로 적립되어 있었다. 덕분에 공연 기획 명목으로 끌어

낸다면 그 정도 여행 경비를 걱정할 정도는 아니었다. 나중 일이지만, 한때는 지방 극단의 단역 배우였으나 그때는 영국으로 이주하여 식당업으로 형세가 좋아진 부산 시절의 단원 하나가 나타나 우리를 거들어 주자, 호텔은 같은 별 세 개라도 피커딜리 부근의 깨끗하고 교통 편리한 곳으로 옮겨 갈 수 있었다.

수속이 끝나고 마침내 비행기에 올라 보니 특별히 의도한 것 같지는 않은데도 혜련이 바로 내 옆자리였다. 배영기도 우리와 한 줄이기는 했지만 서너 자리 옆이라 서로 얘기를 나눌 형편은 못 되었다. 그렇게 되자 혜련이 모든 절차를 런던에서 바로 한국으로 돌아가게 해 두었다는 것을 알게 된 때부터 궁금하던 일이 문득 떠올라 나는 비행기가 뜨기를 기다리지 못하고 물었다.

"너도 런던에서 바로 한국으로 돌아간다고?"

"그렇게 해 놓았어요."

"요즘 한국에 있는 가족들은 누구누구야?"

"엄마, 아빠요. 지금쯤은 부산 집에 있을 거예요. 그리고 여동생이 미국 회사 홍콩 지사에 있어 자주 한국을 들락거리는가 봐요."

혜련이 왜 묻느냐는 듯 홍채가 많이 드러난 눈으로 나를 빤히 쳐다보며 물었다.

"그럼, 너희 식구들이 모두 다시 한국으로 모이는 주기가 된 모양이지? 너에게도 그 주기가 왔고……."

나는 그렇게 눙쳐 놓고 정작 궁금해하던 것을 그 위에 슬쩍 얹었다.

"지미는 어쩌고? 한국으로 따라오겠다던?"

"지미요? 제임스 걔가 왜요?"

혜련이 정말로 알 수 없다는 듯 물었다. 그 반문에 오히려 말문
이 막혀 더듬거린 것은 나였다.

"너희들 사귀지 않았어? 그때 보니 한집에 사는 것 같던데? 그
거 결혼을 전제로 한 것 아니었어?"

나도 이미 그렇지는 않았다는 걸 느끼면서도 뻗대듯 그렇게 물
어보았다. 혜련이 터무니없는 일을 당할 때 흔히 그러는 과장적인
말투로 받았다.

"아 — 니요. 무슨 말씀이세요? 도무지 전⋯⋯."

"이번에 브로드웨이에서 처음 너를 만났던 밤, 네 입으로 그러
지 않았어? 지미가 남자 친구라고. 그리고 지미 그 친구도 그날 먼
저 돌아가면서 집에 가서 기다리겠다고 하지 않았던가?"

"아하, 그거요?"

그녀가 그렇게 받아 놓고 한참이나 쿡쿡 웃더니 남의 일처럼
말했다.

"그래요. 지미하고 한동안 사귄 것은 사실이에요. 같이 자기도
했고요. 하지만 그건 내가 한국에서 그리워하던 아메리카를 처음
얼마간 걔가 효과적으로 연출해 내고 있었을 때뿐이었어요. 결혼
을 전제로 한 동거 같은 건 더욱 없었고요. 먼저 가서 기다리겠다

는 말은 그때 같은 일을 하던 사람들 대여섯이 집 하나를 빌려 함께 썼는데, 그중에 지미도 있어 한집을 썼기 때문이었을 거예요. 하지만 나는 주근깨 많은 서부 아가씨와 방을 함께 썼어요."

그런데 그 말을 듣는 내 기분이 묘했다. 아무렇지 않게 지미와 함께 잔 것까지 말할 때는 난데없는 허망감과 함께 가슴속에 알지 못할 열기가 후끈 지나가더니, 그가 이제는 그녀에게 무의미한 존재로 되돌아갔음을 확언해 주는 대목에 이르러서는 안도를 넘어서는 은근한 기쁨까지 느꼈다.

이래서 내가 그렇게 묻고 싶었던 거였구나……. 그러나 나는 그런 속마음을 들키는 게 싫어 얼른 말머리를 돌렸다.

"그렇게 열 올릴 건 없고. 그럼 걱정 하나 덜었네."

"걱정? 무슨 걱정요?"

"한국 가서 한참 판 벌이다가 느닷없이 지미 찾아 미국 돌아가겠다고 할까 봐."

"그런 걱정이라믄 마, 붙들어 매이소. 우쨌거나 한국 가스나가 한국 살아야제, 지가 가믄 또 어디를 간단 말입니꺼?"

무슨 생각에서인지 혜련도 그렇게 부산 사투리로 받아쳐 내 말에 장단을 맞추었다.

런던에 도착해서 처음 한동안은 지루하다 싶을 만큼 브로드웨이 때의 반복이었다. 우리가 미국에서 본 것 말고 새로 나온 작품은, 원산지의 진품을 본다는 뜻으로 이미 뉴욕에서 본 것을 런던 웨스트엔드로 가서 새로 봐도, 그리 대단한 차이를 느낄 수가 없었다. 그리고 새로운 기획은 예고 기사만 요란할 뿐 특별하게 선뵈는 게 없어, 일주일이 지나가자 공연히 런던으로 온 게 아닌가 하는 의구까지 일었다. 그럴 즈음 배영기가 불쑥 제안했다.

"우리가 뮤지컬 기획한다고 해서 꼭 웨스트엔드만 어정거릴 건 없잖아요? 오히려 연극의 본고향에 왔으니, 그동안 소문만 들었던 피커딜리 부근의 정통 명품 연극들 제대로 훑어보고 가는 것도 괜찮지 않겠어요? 그리고 다음에는 대륙으로 건너가 뮤지컬 형님 뻘인 고전 오페라도 좀 돌아보고…… 유로 터널로 건너가 유레일 패스 끊어 돌아다니면 여기 죽치고 앉은 것보다 경비가 더 날 것 같지도 않은데요."

"그래요. 저도 좀 답답했어요. 어쩌면 그쪽이 더 효율적일지도 몰라요."

혜련이 그렇게 거들고 나도 비슷한 생각이었다. 아직 본토 뮤지컬을 본 것이 많지 않은 감초 녀석만은 차라리 지난 학기 복습이 되더라도 런던이 낫다고 우겼으나, 머릿수로 보나 녀석의 군번으로 보나 우리에게 먹혀들 소리가 아니었다.

그래서 시작된 게 정통 연극 무대 순례였다. 우리는 '읽는 희곡'으로만 알려진 버나드 쇼의 연극에서 곡예와 무대 연출로 보여 주기만 할 뿐인 신인 작가의 최근작 환상극까지, 그리고 고색창연한

「조앤 오브 아크(잔 다르크)」로부터 이제는 한물간 상황극인 「아일랜드」며 우리의 신파 냄새까지 나는 「블러드 브라더스」까지, 한 보름 지칠 줄 모르고 런던의 극장가 뒷골목을 돌아다녔다.

그렇게 나쁘게 기억되는 경험은 아니었지만, 여러 가지 연극을 한꺼번에 몰아 본다는 것도 쉬운 일은 아니었다. 처음에는 하루 두 편을 볼 때도 있었지만, 나중에는 한편으로 슬슬 지겨워지기 시작했다. 그러자 우리의 기획 여행은 차츰 관광단의 그것을 닮아 가기 시작했다. 긴 낮 시간이 일반 관광으로 돌려진 때문이었다.

그러나 우리 여행단의 실무를 맡은 격인 감초와 그러는 가운데서도 자신의 각본을 마무리 짓는 데 골몰해 있는 배영기는 낮 시간도 그리 여유가 없었다. 그 바람에 나는 자주 혜련과 둘이서만 런던 구석구석과 인근 관광지를 돌아보게 되었는데, 그게 그동안 모르고 지냈던 그녀의 특이한 일면을 들여다볼 수 있는 계기가 되었다.

아주 가까운 거리에서 자주 함께 있게 되고, 생활의 여러 측면을 같은 시간대에 겪어 나가면서 나는 혜련에게서 전에는 보지 못한 여러 가지 습관이나 특성을 새롭게 알게 됐다. 그중에서도 전에는 아주 추상적이었던 것들이 구체적으로 잡혀 오면서, 어떤 때는 전혀 알지 못한 것을 새로 발견했을 때와 같은 놀라움이나 감동에 빠지기도 했다. 선입견이나 억지스러운 간주에 가까운 그녀의 국제성 또는 문화적 다양성이 특히 그랬다.

국제성이나 문화의 다양성을 관찰할 때 그때까지만 해도 나는 거의 습관적으로 그 상이하고 다양한 것들의 종합이나 절충의 효능 같은 유리한 측면만을 주목해 왔다. 그러나 모든 차이와 상위가 그런 종합이나 절충의 효능만으로 만나지 않는다는 것을 알게 된 것도 그 무렵이 아니었던가 싶다. 오히려 어떤 경우에는 이질적인 요소의 혼재와 착종으로 상호 고유의 가치와 특질을 훼손하기도 하고, 심할 때는 무의미한 병렬이나 중첩으로 서로를 부정하는 효과만 키워 나가는 수도 있다는 것을.

정확한 예가 될지 모르지만, 식당에서 느끼는 그녀의 국제성 또는 문화적 다양성이 내게 준 충격도 그런 경험 중 하나가 될 듯하다. 그때는 제법 미국살이 1년을 넘긴 때였지만, 식탁에서의 편협한 내 기호는 아직도 한식의 풍미에서 벗어나지 못했고, 그래서 내 식탁 문화 역시 편협하기 그지없었다. 아마도 한국보다 더 풍부하게 한식 재료들을 구입할 수 있는 뉴욕의 한인 상가와 차로 얼마간만 달려 나가면 즐비하게 늘어선 한국 식당들 때문이었을 것이다.

그런데 런던 교외로 옮겨 앉고, 한식 재료가 있어도 취사가 불가능한 호텔 장기 체류가 시작되면서 뉴욕에서 누리던 음식 호사도 끝이 나고 말았다. 특히 하루의 적잖은 부분이 일반 관광으로 돌려져 여기저기 돌아다니다가 닥치는 대로 끼니를 때워야 하게 되면서 나도 어쩔 수 없이 한식을 포기하지 않을 수 없었다. 그래서 하루 세 끼 모두를 외국 음식으로 버티게 되는 경우마저 생기자 갑자기 오기가 솟아 외국 음식에 공격적인 적응을 시도하게 되었다. 되도록 끼니마다 식단의 국적을 바꾸는 게 그랬는데, 그때 가장 자주 나와 동행하게 되는 사람이 혜련이었다.

런던에 머문 달포 남짓 나는 적어도 스무 번은 국적이 다른 식단으로 식사를 한 것 같다. 혜련은 그 대부분을 나와 동석했는데 그때 그녀가 드러내 보인 그 방면의 국제성은 실로 놀랄 만한 데가 있었다. 중국, 일본이나 동서 유럽의 대표적 식단뿐만 아니라 중남미, 동남아, 지중해 등 어느 지역 어떤 나라의 식당에 앉아도 그녀가 낯설어하거나 알지 못하는 것은 없었다. 이미 원래의 형태나 맛을 알아낼 수 없을 만큼 변형된 요리의 재료뿐만 아니라, 띄우거나 삭혀 만든 토속적인 조미료부터 나로서는 전혀 짐작도 할 수 없는 향신료에 이르기까지, 그녀는 마치 모든 음식 문화에 도통한 사람처럼이나 쉽게 알아보고 또 적절하게 활용했다.

식탁 위에 곁들이는 이런저런 도구에서도 그랬다. 그녀에게는 포크와 나이프를 대신하거나 보조하는 도구들이 어떻게 변형되고 대체되어 있어도 한눈에 그 용도와 사용법을 알아내는 재주가 있었다. 향신료를 담거나 갈고 혼합하는 용기들과 생선의 뼈를 바르고 갑각류의 단단한 껍질을 부수거나 그 속살을 파내는 기구 같은 것들로부터 뜨거운 음식을 올려 두거나 옮기는 데 쓰는 도구까지, 식탁에 올랐는데 그게 어디에 어떻게 쓰는지를 몰라 그녀가 종업원에게 묻는 것을 나는 한 번도 본 적이 없다.

"도대체 언제 세계 각국의 그 많은 요리들을 다 먹어 본 거야? 나 같은 건 백 살이 넘도록 살며 돌아다녀도 너만큼 알지 못하겠다."

그 방면의 박식과 다문(多聞)에 놀라다 못해 신기한 느낌까지 든 내가 어느 날 특별히 과장한다는 느낌 없이 혜련에게 그렇게 물어본 적이 있었다. 이상한 모양을 한 작은 항아리에 담긴 지중해식 수프를 작은 국자 같은 스푼으로 떠서 맛보고 있던 그녀가 무심한 얼굴로 내 눈길을 받으며 되물었다.

"뭘요?"

"지금 이 요리 말이야. 이거 언제 먹어 본 거야? 누구와 이 크레타 수프를 먹었지?"

내가 과장된 놀라움을 그렇게 구체적인 질문으로 바꾸었다. 그녀가 가볍게 웃으며 말했다.

"저도 이거 오늘 처음인데요. 그렇지만 맛있네요."

"그럼, 이 수프에 들어간 생선과 비린내를 없애는 데 쓴 향신료는 어떻게 알았어? 그리고 그 단지와 국자의 용도는 누가 알려 줬지?"

그제야 그녀가 잠깐 소리 내어 웃다가 말했다.

"그런 것들을 모두 배우거나 들어야 아나요? 아까 메뉴에서도 읽었고, 척 보아 알게 되는 것도 있고…… 암튼 지중해 요리로는 미국에서 그리스 식당에 한 번 가 본 게 전부예요."

하지만 그녀에게서 받은 감동은 조금도 줄지 않았다. 그러다가 그것이 무의미한 병렬이나 중첩이 아닐까 의심하게 된 것은 얼마 뒤 대영박물관에서 있었던 그녀 쪽의 그 비슷한 물음 때문이었다. 지중해 요리를 먹은 날부터 일주일쯤 지난 뒤의 어느 날이었다. 그 날도 우리 두 사람만 시간 여유가 생겨 이것저것 재다가 대영박물관을 돌아보게 되었는데, 이집트관에서 묘한 반전이 있었다.

이집트관과 미라가 진열된 곳을 지나 석상들이 늘어선 곳을 돌아보는데, 얼마 전부터 줄곧 석상 발치의 명패에 신경을 쓰고 있던 혜련이 갑자기 내게 물었다.

"그런데 말이에요. 저 사람, 하투셉투튼가 하는 저 여자 왜 저래요? 저기 설명이 좀 이상해요."

흑요석만큼이나 반들거리는 검은 대리석으로 깎은 하투셉투트 여왕의 석상 발치에 있는 설명문을 가리키며 하는 소리였다.

"뭐가?"

"뭐야, 저기서는 투트모시스 3세인가 하는 사람의 어머니라고 되어 있더니, 여기서는 숙모라고 되어 있지 않아요? 뭐 잘못된 거 아녜요?"

"아, 그거? 그거라면 투트모시스 3세 혹은 투트모스 3세라고 불리는 이부터 설명해야겠는데. 투트모스 3세는 '이집트의 나폴레옹'이라는 별명이 붙을 만큼 야심만만했던 이집트 신왕국의 파라오야. 19왕조의 람세스 2세와 견주어도 뒤질 게 없다는 정복 군주…… 저 기록, 저것도 아주 틀린 것 같지 않은데. 왜냐하면 투트모스 1세의 딸로 공주 때 모세를 주워 키웠다는 전설이 있는 하투셉투트 여왕은 배다른 동생인 투트모스 2세와 결혼하였고, 투트모스 3세는 그 투트모스 2세가 후궁에게서 본 아들이니까. 곧 투트모스 3세에게 하투셉투트 여왕은 친어머니는 아니지만 어쨌든 어머니이고, 또 아버지와 배가 다른 남매이기는 하지만 틀림없이 고모이기도 하지. 이집트 왕가에서 왕권을 분산하지 않으려고 남매가 결혼하는 것은 흔한 일이고…… 아마 기록하는 사람이 좀 부주의해서 설명이 모자라거나 호칭을 통일하지 못한 탓일 거야."

그날따라 오래전에 읽은 투트모스 3세의 복잡한 혈통이 뚜렷이 기억에 잡혀 와 나는 혜련이 불쑥 던진 물음에 비해서는 지나치리만치 상세하게 대답해 주었다. 어쩌면 그때까지 그녀가 세계의 식단이나 주거, 의상에 관해서 보여 준 다문화적 소양에 은근히 주눅 들어 했던 것에 대한 무의식적인 반발이었는지도 모를 일이었다. 그녀가 무엇 때문인가 잠시 아연해하는 눈길로 나를 바라보다가, 어딘가 뒤틀린 심사를 내비치며 다시 작심한 듯 물었다.

"그럼 말이에요. 저 여자, 하투셉투트 여왕, 석상마다 왜 저래요? 좀 전부터 유심히 봤는데, 성한 게 별로 없네요. 누가 골라 가며 일부러 부순 것처럼 특히 코 같은 데가 훼손이 심해요. 우연일까요? 아니면 거기도 무슨 사연이 있어요? 또 여왕이라는데 저렇게 수염을 단 건 뭐예요?"

"석상이 훼손된 건 어머니 하투셉투트 여왕에 대한 투트모스 3세의 반감 때문일 거야. 투트모스 3세가 어릴 때 투트모스 2세가 죽자 그녀가 섭정이 되어 이집트를 다스렸는데, 나중에는 그녀 자신이 아예 파라오 자리에 올라 투트모스 3세가 성년이 되어도 왕위를 돌려주지 않았거든. 그녀가 그렇게 파라오 자리에 앉아 버틴 게 20년이 넘는다지, 아마. 그래서 서른이 넘도록 이리저리 구박을 받으며 지내다가 어머니가 죽은 뒤에야 왕위에 오르게되자 그만 투트모스 3세의 분노가 폭발한 거지. 그래서 어머니의 석상을 훼손하고 그녀가 지은 신전이나 기념물들까지 많이 들부수어 버렸다고 하더군. 하투셉투트 여왕의 수염은 파라오로서의위엄을 꾸미기 위해 자신의 석상을 남성화하면서 만들어 단 것이라고 하던가."

이번에도 내가 기다렸다는 듯 길게 대답해 주었다. 그러자 그녀가 더는 물음 없이 전시물들에만 눈길을 주며 걸어갔다. 하지만 나는 이미 내친김이었다. 무슨 열정에선지 그녀를 따라가며 한참이나 더 투트모스 3세 이야기를 했다. 스핑크스를 모래 속에서 찾아낸 전설이며, 정복 전쟁에서의 빛나는 승리 따위. 고백하자면 나는 10대 후반 한때 이집트 역사에 빠진 적이 있었다. 그때는 재미로 그랬던 것인데, 20년이 지난 그때 와서야 한번 제대로 쓰인 셈이었다.

나는 투트모스 3세에 이어 고대 이집트사에서 조금이라도 내세울 만한 것이면 모조리 주워섬긴 것 같은데, 나중에는 서투르게 익힌 히에로그래프로 카르투슈(왕의 이름을 쓴 히에로그래프 밖에 두른 선) 안에 있는 투트모스 3세의 이름까지 읽어 내 다시 한 번 혜련이 묘한 표정으로 나를 바라보게 만들었다. 나는 그게 이집트학에 관한 내 박식이 그녀를 감탄시킨 것으로 여겼다. 그런데 아니었다. 그 뒤 남은 시간 대영박물관을 건성으로 보고 나온 뒤 들어간 찻집에서 시킨 차가 나오기도 전에 그녀가 불쑥 물었다.

"대학교에서 연극·영화 전공하지 않으셨어요?"

"응, 그랬지. 갑자기 그건 왜 물어?"

혜련의 질문이 갑작스러워 내가 그렇게 되물었다.

"그럼 그때도 학부에서 부전공 같은 거 있었어요?"

"아니, 우리 때는 없었는데. 왜 내가 부전공을 하나 더 한 사람 같아? 했다면 어떤 것이었을 것 같은데?"

그제야 나는 혜련이 왜 그런 걸 물었는지 퍼뜩 잡혀 오는 것이 있었으나 모르는 척 다시 그렇게 되물었다. 그녀가 별다른 내색 없이 받았다.

"가령 세계사 같은 거요. 특히 이집티올로지(이집트학)……."

"그런 거 특별하게 한 적 없는데. 왜?"

"그런데 어떻게 이집트 역사를 그렇게 꿰고 있어요?"

"그거야 중·고등학교 때 실력이지. 우리 때는 세계사, 국사 다

했다고. 나는 그중에서 세계사가 더 재밌었고."

"한국의 암기식 학습 방법이 지독하다는 건 알지만, 그렇다고 애들한테 마네톤지 메네톤지 하는 사람의 이집트 왕조 표까지 달달 외게 하지는 않았을 거 아녜요? 이집트에서조차 이미 오래전에 잊힌 히에로그래프까지 가르치고."

"아, 그 얘기. 하지만 그걸 두고 부전공이니 이집트학이니 떠들 건 없어. 그냥 재미로 남보다 책 몇 권 더 본 거야. 히에로그래프 같은 건 그야말로 사기고. 기억력 좋을 때 한 일주일 투자한 건데, 600자 중에 아주 별난 거 여남은 자 알아볼 정도라고. 하긴 내가 장난을 너무 심하게 쳤나?"

그렇게 가볍게 받는 나와 달리 그녀는 여전히 진지했다.

"재미로, 장난으로? 그거 참 이상한 재미와 장난이네요. 아무런 목적도 실익도 없이 먼 나라의 아득한 옛날 역사 줄줄이 꿰고 있는 거."

그러는 그녀의 표정에는 진지함을 넘어 뭔가 뒤틀리고 심통 난 기색까지 있었다.

"뭐, 우아하게 말해 교양이라는 것도 있잖아? 일본이나 중국처럼 가깝고 관련 있는 역사는 아니지만, 이집트 고대사 좀 읽어 둔다고 해서 비난받을 일은 아닌 것 같은데. 역사 말고 다른 풍속이나 문화도……."

까닭 모르게 머쓱해져 그렇게 받던 내가 문득 일주일 전의 일을 떠올리고 덧붙였다.

"방향은 조금 다르지만 남의 나라 문화에 대한 거라면 너도 만만치 않던데. 음식 문화나 의상과 풍속, 주거의 구조와 배치 양식 같은 것은 이집트 아니라, 그보다 더 멀고 낯선 나라까지 훤히 꿰고 있잖아? 제비의 타액으로 반쯤 소화된 곤충을 이겨 붙인 제비집이나 잡은 순록의 위 속에서 소화되다 만 이끼를 꺼내 끓이는 수프 같은 것도 정말 먼 나라 알 수 없는 사람들의 음식 문화지만, 너는 고린내 나게 띄운 스위스 치즈처럼이나 당연하게 말하지. 고딕식 성당을 받치는 석조 아치의 미학과 구조 역학을 몽골식 파오 나무 뼈대의 그것들과 마찬가지로 심드렁하게 바라볼 수 있는 것도 그렇지만, 최신 명품의 패션 미학이나 밀리터리 스타일 의상의 기능성과 오지 소수민족 의상 사이의 거리나 차이를 아무런 충격 없이 소화해 내는 네 특이한 둔감 같은 것도 그렇고…… 그게 바로 국적이나 지역성을 뛰어넘는 견문의 축적 또는 문화적 단련에서 온 거 아냐? 일종의 교양이라고 할 수 있는."

"아하, 그거였어요? 지난번 지중해 식당에서 제게 감탄했던 게. 하지만 그건 문화도 교양도 아니에요. 우리 삶의 기본 요소인 먹는 것과 관련된 정보이고 우리 삶의 한 국면, 또는 정체성의 바탕이 되기도 하는 도구적인 지식의 체득이에요. 교양이라도 실용적 교양이죠. 인문 교양과 혼동해서는 안 되는. 특히 선생님의 목적도 실익도 없는 재미나 장난과는 달라도 아주 달라요. 이것저것 무의미한 상식의 집적을 교양으로 친다고 해도 말이에요."

"무의미한 상식의 집적은 아니지. 교양이란 원래의 중심 분야가 있고, 거기에 덧대어져 종합과 절충의 효능을 낼 수 있을 때를 말하는 것이니까. 말이 나왔으니 물어보는 건데, 그럼 네게는 기본이 되는 음식 문화란 게 없어? 아버지의 것이든 어머니의 것이든, 아니면 그 절충이든 지역이나 혈통과 관련된 어떤 기본 문화 말이야."

"글쎄요. 그게 무슨 뜻인지 모르지만, 구체적으로 제 기본 식성이 한식이냐, 미국식이냐, 또는 리투아니아식이냐를 묻는 것이라면 조금은 당황스럽네요. 전 음식 문화라면 먹을 것 일반을 두고 변형 발전해 온 우리 식생활의 보편성 같은 것만 생각했지, 저만의 기본 문화가 있는 거라고 한 번도 생각해 본 적이 없는데요. 재료부터 그래요. 그게 어느 지역 어떤 족속의 것이든 주재료와 부재료 그리고 향신료의 구분이 있을 뿐이지, 어떤 재료가 내 기본 문화와 가깝고 먼지, 또 내가 더 정통이라고 생각하는 것에 합치되는지, 그런 것을 따져 본 적은 없어요. 의식주에 관한 다른 모든 것이 다 그럴지도 모르죠. 내게 있어 의식주의 문화란 이미 알고 있던 것과 새로 보태지는 것이 있을 뿐이지, 그것들이 원래 내 것인 어떤 것과 특별히 절충되거나 종합 효과를 드러내야 한다고는 생각하지 않아요. 그냥 더해 가는 것, 내 다양한 선택 앞에 널려 있는 어떤 것들일 뿐이죠."

그녀는 눈도 깜박하지 않고 그렇게 말했다. 논리적으로는 쉽게 받아들이기 어려운 말이었으나 나는 그 어느 때보다 분명한 자기 설명을 그녀에게서 들은 듯한 느낌에 그쯤에서 말머리를 다른 쪽으로 돌렸다.

"좀 뜻밖이네. 내 감동이 겨우 그런 중첩과 병렬을 향한 것이었다니. 나는 언제가 너를 통해 국제적으로 가장 발전하고 세련된 맛의 정수를 소개받을 수 있을 줄 알았는데……."

6

런던에서 이루어진 거리 대학 속강(續講)에 추가된 과정으로 파리와 비엔나와 로마의 고전 오페라까지 여남은 편 더 구경하고 마침내 종강을 결정한 우리가 귀국한 것은 그해 8월 말이었다. 그래도 그 두어 달이 헛되지는 않아 우리는 모두 저마다의 성과를 은근히 드러낼 만큼 묘한 포만감과 열기로 들떠 있었다.

나는 무엇보다도 지난해 한국을 떠날 때의 막막함에서 벗어날 수 있게 된 데서 내 소득과 성과를 찾았다. 나는 무엇을 하나. 아, 이제 나는 무엇을 하나……. 한국을 떠나기 전 여러 달, 나는 입버릇처럼 그렇게 되뇌며 취해 곯아떨어지거나, 날이 훤히 밝아올 때까지 비몽사몽간을 헤맸다. 이제 다시는 열정을 바칠 일이 없어진 것 같은 느낌에 축 처져 무기력하게 긴 날을 죽였다. 그런데 이제 할 일이 생겼다. 이 새로운 형태의 작품으로 나는 멋지게 재기할 것이다…….

배영기는 방금 본 연극을 이야기로 들려주는 것만큼의 완결성으로 자신의 각본을 거의 굳혀 가고 있었다. 여러 번의 논의 끝에 「너 어디 있느냐」로 제목을 바꾼 그의 각본은 그사이 시극으로 바뀌어 제법 몇 개의 아리아 가사까지 갖추었다. 4·4조나 7·5조 같은 전통적 자수율 위주로 쓰여 있었지만, 어떤 것은 낭송을 듣는 것만으로도 가슴 저려 올 만큼 감동적이었다. 특히 메인 테마 가운데 하나로 쓸 「너 어디 있느냐」는 임화의 시 구절로 짜여 벌써부터 거기에 붙을 곡이 궁금할 만큼 절묘하게 배치되어 있었다.

그 새로운 뮤지컬 제작에서, 뉴욕에서부터 암묵적으로 정해진 혜련의 역할은 음악 감독이었다. 그러나 진작부터 혜련은 작곡에 참여하고 싶어 하는 눈치를 숨기지 않았다. 작사에서 자수율과 박자의 배치를 조정해 준다는 핑계로 받아 낸 가사 중 마음에 드는 몇 편에 곡이라도 붙이는 것인지, 홀로 있을 때 보면 자주 머릿속의 곡조를 흥얼거리거나 고갯짓과 손가락으로 무언가 들리지 않는 곡을 홀로 지휘했다.

가장 늦게 우리 강좌에 들어온 데다 런던으로 옮겨 와서는 제작 실무진과의 교류가 전혀 없어 뮤지컬 제작에 필요한 감각만 다듬는다는 식으로 소박한 목표를 설정했던 감초도 귀국할 무렵에는 제법 성과니 소득이니 하는 말을 대놓고 했다. 영어가 신통찮고 해외 경험이 많지 않아 별로 기대하지는 않았지만, 시간이 날 때마다 한국 잡지사 기자를 사칭하며 웨스트엔드 거리나 피커딜리 무대 뒤를 발발거리고 돌아다닌 게 생각 밖의 소득을 올린 듯했다. 대표님 말입니다. 요즘은 한국에서도 심심찮게 창작 뮤지컬을 올립니다만 어떻게 돌아가는지 영 감이 잡히지 않더니, 이제 뭘 좀 알 듯합니다…….

그래서 한국에 돌아오자마자 우리 극단의 뮤지컬 제작은 내가 미국 가기 전에 결정되어 있었던 일처럼 바로 시작되었다. 미처 시차에 적응하기도 전에 런던에서 이미 합의해 두었던 작곡가를 찾아가 대본을 맡기며 곡을 의뢰하고 그의 아내인 시인에게는 작사를 맡겼다.

결론부터 말하니 간단한 일처럼 들리겠지만, 실은 뮤지컬 제작의 결의를 굳힌 때부터 작곡가 선정을 둘러싸고 가장 열띠고 긴 논의가 되풀이되었다. 처음 팝 오페라 형태로 갈 것이냐, 엔터테인먼트 위주의 경쾌한 아메리칸 스타일로 갈 것이냐에 대해서는 팝 오페라 쪽으로 쉽게 결정이 났다. 그러나 구체적으로 어떤 작곡가에게 맡길 것인가를 결정하기는 그리 간단하지 않았다.

"팝 오페라로 가자면 당연히 고전음악 전공 쪽에서 찾아봐야 할 거 아냐?"

논의가 시작된 첫날 내가 무심코 그렇게 말하자 배영기가 공연히 열을 올리고 나섰다.

"아이고, 성님. 그렇게 오페라라는 말에 묶이지 마시우. 팝 아니우, 팝?"

"그러니 뽕짝으로 가자는 말이냐?"

"팝이 다 뽕짝이우? 팝도 얼마나 흐드러지고 진진한데."

그렇게 시작된 논의는 배영기의 어깃장 비슷한 반대에 쓸데없이 달아올랐다.

"그렇지만 인마, 아무리 팝이란 말이 붙어 있다고는 하지만 유행가로 어떻게 오페라를 해?"

"우리 성님 언제 저리 구닥다리가 됐나? 그런데 성님, 어쩌지요? 아직 이 나라에서는 고전 전공 작곡가가 작곡한 창작 뮤지컬은 한 편도 없다네요."

그렇게 발전하면서 머지않아 막말이 나올 만큼 달아올랐을 때 혜련이 갑자기 끼어들었다.

"그건 배 선생님 말이 맞아요. 저 여기 있을 때 10년이나 음악 판 구경했잖아요? 특히 무대 음악 판이라면 저도 좀 아는데, 팝쪽도 만만찮아요. 그리고 명문 대학 교수란 후광이나 아카데믹한 분위기를 숭상하는 사회 분위기에 편승해 겉멋만 부리는 고전 전공 쪽, 저도 그리 미덥지 않은데요."

그 바람에 논의가 길어져 여러 날 지난 끝에 결론을 짓게 된 게 내가 음악을 의뢰한 그 작곡가였다. 혜련의 삽입곡 몇 꼭지, 배영기가 얽은 시극 형태의 작사 모두 그 작곡가 부부가 기꺼이 받아 주었다. 배영기의 작사 능력 못지않게 혜련의 음악성을 인정해 준 게 반가웠다.

　작곡가 선정 다음으로 급해진 게 배우였다. 그사이 내가 짐작 하고 있던 것 이상으로 국내의 뮤지컬 제작 여건이 개선되었고, 특히 뮤지컬 전문 배우의 양성도 꽤나 활발하게 이루어지고 있었으나, 아무래도 새로 출발하는 기세가 있었다. 아예 뮤지컬 전문 극 단으로 발돋움하면서 오디션을 통해 우리 극단만의 배우를 양성 하고 싶었다. 거기서 또 한차례 작은 흥행과도 같은 뮤지컬 극단 창설과 오디션 행사가 있었다.

　아무리 긴치 않은 소품이라도 그것을 무대 위로 끌어 올리는 연출가에게는 그 작업 자체가 그대로 또 다른 작품이 된다. 그런 데 무용수까지 합치면 출연자가 50명에 가깝고 공연 시간만 두 시 간이 넘는, 그것도 생애 첫 번째로 연출하는 뮤지컬이고 보면 「너 어디 있느냐」에 대한 내 몰두가 어떤 것이었는지 대강 짐작이 갈 것이다. 하지만 관객의 입장에서 작품의 제작 과정은 그리 대단할 것도, 절실하게 감동을 줄 수도 없는 일련의 전문 작업 또는 연출 노동자의 반복 노동일 수 있다.

　돌이켜보면 나는 이왕에도 너무 자주, 그리고 장황하게 내가 연 출한 작품들의 제작 과정에 관해 얘기해 왔다. 주로 혜련이 관련 되었다는 이유 때문이었는데, 이제 그 얘기는 좀 자제해야 될 때가 온 것 같다. 그것만으로는 내가 왜 그녀의 이야기를 이렇게 장황하게 계속하는지를 모두 설명할 수는 없을 것이기 때문이다. 어떤 여자가 자신이 연출한 무대에 음악 감독으로 자주 참여했고, 그 삶의 이력이 다소 특이하다고 해서 모든 연출가가 밤새워 그녀를 추억하지는 않는다.

뮤지컬 「너 어디 있느냐」의 초연은 그 이듬해 여름에 첫 막을 올렸고, 한 달 남짓의 초연으로 거기 바친 우리의 믿음과 몰두는 벌써 충분한 보상을 받았다. 초연이라는 제약이 있었음에도 관객 동원부터 매스컴의 평판에 이르기까지 모두가 이례적이라고 할 만큼 호의적이었다. 나는 몇 년의 공백 끝에 뮤지컬로 화려하게 재기한 중견 연출가로 돌아갔고, 이혼 후의 무기력과 침체는 재충전과 도약을 위한 움츠림으로 미화되기까지 했다.

혜련도 이전과는 비교도 안될 만큼 강한 존재감으로 우리 악단과 연극 무대에 재편입되었다. 그녀는 이제 뮤지컬 음악 감독으로 보여 준 높은 음악성으로만 인정받은 것이 아니라, 코카서스 인종적인 용모의 특성까지 새삼스럽게 조명을 받아 혈통과 가족사까지 이야기되기 시작했다. 「미녀들의 수다」라는 텔레비전 프로그램이 생겨나기 여러 해 전이었던 만큼 그런 그녀의 특이한 존재감은 낯설고 드문 만큼이나 넓고 빠르게 우리 사회 구석구석으로 스며들었다.

나중에야 그게 다분히 주관적이고 피상적인 관찰이었다는 걸 알게 되지만, 혜련도 전보다 몇 배나 적극적이고 의욕에 차 이 땅과 우리 속에 자리 잡는 듯 보였다. 그녀는 연극이나 무대 음악에만 갇혀 있지 않고, 방송의 연예 프로그램이건 그때 한창 우리 사회가 열 올리고 있던 원어민 강사 코스건 그녀를 찾는 곳이면 어디든 마다하지 않고 나갔다. 당연히 새로운 사람들과의 만남도 늘어나고 거기에 따라 새로운 남자도 생긴 듯했다.

그러다 보니 영국에서 돌아와 뮤지컬 「너 어디 있느냐」의 제작 기간 열 달과 초연 기간 한 달을 합쳐 거의 1년 가까이나 함께 지내다시피 한 혜련은 첫 번째 공연이 끝나면서부터 나와 조금씩 멀어져 가기 시작했다. 하지만 그때는 나도 다시 몰려든 사람들과 새로 시작된 관계에 골몰해 있던 때였다. 점점 멀어져 가는 그녀에게서 어떤 상실감은커녕 특별히 서운한 느낌조차 품을 겨를이 없었다. 여러 날 또는 몇 주일 만에 만나면, 너무 쉽게 제자리를 찾아가는 그녀에게서 막연한 불안이나 불만 같은 것을 느끼면서도 의례적인 축하나 격려로 헤어지는 게 고작이었다.

그렇게 여름이 지나가고 가을로 접어든 어느 날이었다. 어떤 수입 뮤지컬 개막식에서, 나는 거의 두 달이 가깝도록 얼굴조차 보지 못하고 지낸 혜련을 만나게 되었다. 그때 나는 브로드웨이를 휩쓴 그 뮤지컬 수입 컨소시엄에 참여한 극단주의 초대를 받아 갔고, 혜련은 한국 측 음악 감독의 친구로 초대받아 온 자리였다. 공연이 끝나고 극장 구석에 마련된 뒤풀이 자리에서부터 내 곁에 와 앉은 그녀가 2차에서도 내 곁에 있었다. 그리고 전과 달리 함부로 취해 가더니 밤이 늦어 자리가 끝날 무렵, 아직 헤어지지 않은 일행이 지켜보고 있는데도 서슴없이 다가와 팔짱을 끼며 말했다.

"선생님, 오늘 저하고 한잔 더 해요. 실은 저 오늘 공연장에 나올 때부터 선생님과 한잔할 작정이었거든요."

그러고는 멈칫하는 나나 재미있게 쳐다보는 일행의 눈길에 아랑곳 않고 나를 끌었다.

아득한 부산 시절부터 그때까지 20년 남짓 나는 혜련과 수없이 많은 술자리에 앉아 왔지만, 내가 아는 바로 그녀는 술꾼다운 술꾼이 못 되었다. 주량으로 본다면 술을 마신다고 할 수 있을지 몰라도, 나는 한 번도 그녀가 제대로 취하는 걸 보지 못했다. 그녀는 언제나 마신 듯 만 듯, 취한 듯 만 듯, 끝까지 자리를 지켜 주는 것으로 술꾼의 의무를 다한다는 것 같은 자세였다. 그런데 그날 처음으로 그녀에게서 취한 듯한 목소리를 듣고 보니 절로 긴장이 되었다.

"네가 웬일이야? 술에 다 취하고? 무슨 일 있어?"

그렇게 물으면서 나도 모르게 살피는 눈길로 그녀를 바라보았다. 그러나 약간 취한 것 말고는 별로 달라진 게 없는 얼굴이었다. 자신의 감정을 과장할 때 흔히 그러듯 껄껄거리는 듯한 웃음소리와 함께 진한 부산 사투리로 받았다.

"무슨 일은예. 지난 8월에 「너 어디 있느냐」 끝내고 반년이 다되도록 우리 같이 술 마시는 거는 처음이다 아입니꺼? 물 건너 길거리 대학 동창일 때는 얼매나 자주 마셨습니꺼?"

"별일이다. 그래도 여태껏 네가 먼저 마시자고 하는 소리는 처음 듣는다."

"변하는 기 사람 아입니꺼? 내라꼬 술 한잔하고 싶을 때가 없겠십니꺼?"

우리가 그렇게 주고받는 사이에 일행은 흩어지고 두 사람만 남아 자연스럽게 술집을 찾아들게 되었다. 그러나 벌써 자정이 가깝고, 공연장 부근의 술집 거리는 공연 관계자인 셈인 우리 둘 모두 낯이 알려진 곳이라 마땅하게 퍼질러 앉을 만한 술집이 없었다. 한 군데 비교적 호젓한 술집을 찾아들었으나 벌써 우리가 마지막 손님이라 주인 눈치만 보다가 쫓겨나고 보니 다시 갈 곳이 막막했다.

뭔가 하고 싶은 얘기가 있는데 변죽만 울리다가 일어나게 된 게 아쉬운지 혜련이 다시 갑작스러운 제안을 했다.

"아직 그 아파트 사시죠? 그리로 가죠. 선생님이나 저나 이 동네에서는 너무 얼굴이 팔려 아무래도 이 시각에 마음 편하게 한잔 마실 곳은 없을 것 같네요."

그해 이른 봄 「너 어디 있느냐」 리허설이 끝난 밤, 혜련은 우리 극단 스태프들과 함께 내 아파트에 와 자고 간 적이 있었다. 그날 밤늦도록 마시고 단원들 모두 함께 내 아파트에 널브러졌는데, 혜련이 문득 그날 밤의 자유로움과 편안함을 기억해 낸 듯했다. 하지만 그때는 주인인 나까지 포함해서 한 식구 같은 남녀 일고여덟의 혼숙이었다. 자정이 넘어 우리 둘만 마주 앉아 마시는데도 그때처럼 자유롭고 편안할지는 의문이었다.

"아무리 우리 사이지만, 오밤중 외진 아파트에서 이혼남, 이혼녀가 배석 없이 단둘이서만 퍼마시다가 널브러지기에는 좀 불편하지 않을까?"

내가 그 불편을 그런 물음으로 상기해 보았지만 그녀는 막무가내였다.

"괜찮아유. 언제 슨상님이 저를 여자 취급하기나 혔남유? 새삼스럽기는."

혜련은 당시 한창 인기 있던 어떤 코미디언을 흉내 내어 그렇게 내 말을 받고는 크게 두 팔을 휘저어 지나가는 택시를 잡았다. 그리고 털썩 몸을 내던지듯 택시에 오른 뒤, 하던 말을 이어 가듯 덧붙였다.

"뭐, 세상이라고 해서 특별히 나를 숙녀 취급해 주지도 않았지만서도."

그런데 그 말이 이상하게도 가슴을 찔러 와 내가 바로 받았다.

"그건 또 무슨 소리냐? 지난 1년 이 나라 온갖 멋쟁이들과 재미있게 돌아치더니만, 숙녀 대접을 받지 못했다니?"

그러자 그녀가 잠시 눈길을 모아 나를 빤히 쳐다보더니 풀쑥 웃으며 말했다.

"아하, 그러셨어요? 그래서 일 없으면 반년이 다 되도록 제게 전화 한 통 넣지 않으셨어요? 그 대단한 숙녀의 사업을 존중해 주시느라고."

그런 그녀의 말속에는 취한 듯한 가운데도 뼈가 있었다. 그게 왠지 섬뜩해 그 까닭을 캐물어 보려 했으나, 백미러로 우리 두 사람을 흘긋거리는 운전기사의 눈길이 부담스러워 나는 그냥 웃으며 얼버무렸다.

"그건 또 무슨 소린지 모르겠네. 하여튼 좋아. 그럼 집에 가서 얘기하자."

그 무렵은 이전 몇 년과는 다른 이유로 술을 많이 마시던 때이고, 또 이래저래 찾아오는 사람도 많아 내 아파트에는 평소에도 비축된 술이 많았다. 거기다가 며칠 전에는 작심하고 마트로 가 한 아름 안고 온 마른안주도 있어 술판을 벌이기에는 어렵지 않았다. 그렇지만 막상 둘이 술자리를 펼쳐 놓고 보니 새삼 어색하고 거북한 느낌이 드는 것 또한 어쩔 수가 없었다. 그 어색함과 거북한 느낌에서 벗어나기 위해 '500킬로 폭탄'이라고 이름 붙인 큰 폭탄주 한 잔을 스스로 제조해 마신 내가 불쑥 물었다.

"그래, 그게 무슨 말이지? 우리나라가 너를 숙녀로 대접해 주지 않았다니?"

그때 뭔가 다른 생각에 잠겨 있던 혜련이 여전히 가시가 느껴지는 말투로 받았다.

"그럼 선생님은 이 나라 남자들이 나를 제대로 된 여자로 대접해 주었다고 믿으세요?"

그 반문에 몰리는 기분이 들어 내가 어깃장 놓듯 받았다.

"소문만으로도 요란하던데. 나는 오래잖아 네 청첩장이라도 받는 줄 알았지."

"그게 어떤 소문이었지요? 누구와 어떻게 지낸다 하던가요?"

혜련이 나를 가볍게 노려보듯 빤히 쳐다보며 물었다. 그런 그녀의 눈길에서 느껴지는 열기 때문일까, 막상 그런 반문을 받고 보니 갑자기 말문이 막혔다. 그동안 혜련의 염문에 대해서는 이리저리 들은 게 많다고 생각했는데, 대답하려고 보니 하나도 떠오르는 게 없었다. 그러다가 무슨 계시라도 받은 듯 배영기를 떠올리고 호기롭게 받아쳤다.

"거야 나보다는 네가 더 잘 알겠지. 보자, 그래 우선 비행기 녀석부터. 다른 사람은 모르지만 나는 안다고 해도 좋은데. 너희들 그만하면 요란하게 돌아친 거 아냐? 영국에서도 그랬지만, 귀국하고도 한 몇 달 거의 붙어 지내지 않았어?"

나는 조금도 과장한다는 기분 없이 말해 놓고 혜련을 살폈다. 그녀가 어이없다는 듯 풀쑥 웃었다.

"아하, 그런 게 선생님이 말하는 돌아친다는 거예요? 작사까지 관심 있는 극작가하고 작곡에 욕심을 부리는 음악 감독이 틈날 때마다 만나 무대 올릴 작품에 대해 협의하는 거, 한국에서는 그걸 요란하게 돌아친다고 말해요? 그 둘의 성별이 다르면요? 그럼 선생님은 정말 신 나게 돌아치셨네. 지난 1년뿐만 아니라, 연극한 지 수십 년 내내 말이에요. 수십 명, 아니 수백 명, 여자들하고."

"야, 연출하느라고 배우들과 만나는 것과 너희 둘 죽이 맞아 밤낮없이 몰려다니는 거하고 같아?"

"됐네요. 그동안 참아 주느라고 힘드셨겠어요. 그리고 다음은?"

무엇 때문에 감정이 상했는지 그녀가 뒤틀린 말투로 그렇게 받았다. 나는 그런 그녀의 반응에 움찔하면서도 오래 억눌러 온 불만이라도 터뜨리는 기분으로 서슴없이 말했다.

"그 예쁘장한 발레리노는? 뭐, 가슴 저리게 느껴지는 남자라고 했던가? 네가 음악 감독을 했던 그 시립 무용단 「지젤」의 알베르……"

"역시 연예 잡지 가십난 수준을 벗어나지 못하네요. 그래요. 그 잡지에서 대답한 것처럼 그 애를 보면 왠지 가슴이 저려 오는 듯한 느낌이 있었어요. 뭐, 안고 싶어 했다고 해도 돼요. 하지만 그걸 요란하게 돌아쳤다고 표현하지는 마세요. 통속해요."

"그 멋진 교수님은? 해외 명문 대학 유학파에 유수한 세계 음악 콩쿠르의 대상 수상자. 어떤 스포츠 신문에서는 대놓고 결혼을 전제로 사귄다는 말까지 났다던데."

그러는 사이에도 무엇에 충동을 받았는지 나는 빠른 속도로 술잔을 비워 대고 있었다. 점차 그 술에 취해 내 목소리가 이상하게 뒤틀리고 있다는 것을 전혀 의식하지 못했다. 하지만 어느새 마시기를 그만둔 그녀는 내 그런 어조를 별로 개의치 않았다.

"으이그, 알겠네요. 그 수준. 알고 보면 선생님도 부드러운 남자가 아닌 통속적인 남자네요. 겨우 연예 잡지 아니면 스포츠 신문이 주된 정보원이었어요? 이제 방송사 PD에다가 자칫하면 연예 기획사 대표까지 나오겠네요. 그러지 말고 선생님 나이에 걸맞은 눈썰미로 살펴봐 주세요. 내 나이 이제 서른여섯이고, 공식적으로 이혼한 지는 벌써 5년이 넘는다고요. 게다가 선생님이 잘 아시다시피 결혼관은 평균적인 한국 여자보다 더 평범하고 촌스럽고…… 그런 여자가 갑자기 대중 앞에 끌려 나왔을 때 그럴 성싶은 상대로 뭐 짐작되는 게 없어요? 저를 안 지 하루 이틀 되는 것도 아니고, 벌써 20년이 넘는데."

어느새 차분하게 가라앉은 목소리로 그렇게 받으면서 다시 나를 빤히 쳐다보는 그녀의 눈길에 얼큰하게 올라오던 술이 일시에 깨는 듯했다. 성내거나 뒤틀린 기색 대신 알 수 없는 슬픔과 쓸쓸함이 자욱하게 어린 눈길이었다. 하지만 그런 데 약해져서 뒤틀린 심사를 바로 거둬들일 만큼은 아니었다.

"아, 그거? 그것도 있지. 네 말대로 '같이 잔' 애들 말이야. 그때 그때 구실이 생겨 주어서…… 하지만 그런 애들은 네 열중과 몰두의 대상은 아니지 않아?"

나는 거의 위악적인 기분까지 느끼며 그렇게 받았다. 그러자 무엇이 그녀를 건드렸는지 다시 반응이 격렬해졌다.

"그러니까 선생님도 전형적인 한국 남자네요. 언제나 배우자로서의 이성과 섹스 처리 대상으로서의 이성을 구분하는 습성. 쉽게 말하자면, 데리고 놀 아이들과 존중하며 함께 걸을 배우잣감을 처음부터 철저하게 구분하여 다가드는 태도 말이에요. 나는 적어도 선생님은 거기서 벗어나셨으리라 생각했는데."

"그게 무슨 소리야? 영 알아듣기 힘드네. 어디나 대강은 그런 거 아냐?"

"제가 남자들과 잔다는 말을 너무 쉽게 해서 오해하신 것 같은데, 사실 제게도 그게 그리 쉬운 일은 아니에요. 차라리 그들이 두 종류로 구분되어 있다면 적어도 한쪽과의 관계는 아주 가볍고 손쉬운 일이 되겠죠. 한국식으로 표현하면, 하룻밤 즐기고 다시 안 만날 남자를 고르는 일 말이에요. 성적인 기능, 다시 말해 하룻밤 나를 성적으로 만족시켜 줄 상대인가 아닌가만 살피면 될 테니…… 하지만 실은 그렇지가 못해요. 제게는 모든 만남이 무색이고, 그래서 같은 의미와 기능을 가지게 되죠. 모든 만남들은 선택의 시작일 뿐, 미리 선택한 뒤 만나지는 않아요. 아니, 애초에 그런 구분이 없어요."

그러자 이번에는 갑자기 내가 무언가 잘못하고 있는 것 같은 느낌에 절로 목소리가 움츠러들었다.

"그런데 그게 어떻다는 거야?"

"나는 지난번 이혼을 그저 성장 배경이 되는 문화의 차이가 가져다준 불행이라고 여겼어요. 그런데 이번에 와서 보니 그게 아니었어요. 또 이국정취라는 것도 순수한 동경의 일종이라고 여기고, 언제든 그것이 자연스러운 감정의 동화로 이어지게 될 것이라고 믿었는데 그것도 오해였던 것 같아요."

"그럼 뭐였어?"

"바로 남자들의 그 한국적 사고 습성. 그것이 문화의 차이를 실제보다 더욱 이간 확대하고, 순수한 동경을 비열한 수단으로 타락시켜요. 말하자면 다른 문화 혹은 이국정취란 것은 자기 정체성이나 지역성에 가외로 얹힌 기회 같은 것으로 여겨, 함께 조화를 이루고 절충과 종합의 미덕을 지향하기보다는 잠시 그 이질성을 즐기려고 들 뿐이에요. 그리고 그것은 여자에게도 적용되어, 처음부터 나는 동등한 인격의 배우잣감이라기보다는 기회가 닿으면 한번 데리고 놀고 싶은 여자로만 인식되는 거죠."

거기서 비로소 나는 자신 있게 끼어들 틈을 본 사람처럼 말했다.

"나도 한국 남자지만 그건 아닌 것 같은데. 근대사가 강요한 열등감일 테지만 우리 한국 남자들은 코카서스 인종적인 외모에 특히 취약하지. 한번 데리고 놀 생각으로 백인 여자에게 덤벼드는 경우보다는 여왕처럼 모실 터이니 굽어살펴 주시옵소서가 더 많을걸. 너야말로 뭘 오해한 것 같은데."

"그 열등감이란 거 나도 알아요. 하지만 그게 그들의 습성을 바꾸어 놓지는 못해요. 함께 침대에 들 때까지만 해도 선생님 말마따나 황송한 기색이죠. 섹스를 마치고도 얼마간은 그 기분 그대로인 것 같더군요. 하지만 헤어질 무렵이면 벌써 달라요. 황송하고 황송한 일이지만, 그래도 여기까지. 그들과 헤어질 때마다 반드시 느끼게 되는 이상하게 황폐한 느낌은 어쩌면 그들의 입속에 들어 있는 그 말을 내가 알아들어서인지도 모르죠."

"잘못 알아들은 거야."

"그럼 왜 그들은 내 얼굴을 잊어버리지 못하죠? 왜 그렇게 자주 나를 확인하는 거죠? 내 흰 피부와 금발 비슷한 누른 머리칼과 연갈색 눈동자를 매일매일 확인하듯 의식하는 거죠? 그게 처음부터 나와의 관계를 한시적으로 상정한 때문 아니겠어요?"

그 물음에 나는 잠시 말이 막혔다. 듣고 보니 그녀의 말이 맞는 것 같기도 했다. 하지만 다시 술 한 잔을 급하게 비워 기운을 돋우고 버텼다.

"그것도 황공해서였겠지. 성안 영주의 미망인과 자고 난 아침의 나무꾼 총각처럼. 오히려 너의 지나친 자의식이 일을 망쳐 놓은 거 아냐?"

"아니에요!"

거기서 다시 무엇 때문인가 감정이 격앙된 그녀가 그렇게 소리 치고는 덧붙였다.

"나는 느껴요. 나와 자고 난 아침 그들의 끊임없는 곁눈질과 까닭 모를 쭈뼛거림, 그리고 헤어지기를 서두르는 어색한 변명과 구실…… 헤어져 가다 돌아보면 무슨 무거운 사슬에서 풀려나기라도 한 듯 가벼워 보이는 그들의 걸음걸이……."

"그럼, 그들이 모두 하룻밤으로 그렇게들 떠나가고 말았다는 거야?"

그쯤에서 까닭 모르게 콧마루가 시큰해져 그녀 앞으로 다가앉으며 내가 물었다.

"다시 만나죠. 얼마간은. 그러나 대개는 그들 나름의 의례 또는 이별 의식일 뿐이었어요. 미안하다. 하지만 나는 조만간 원래의 자리로 돌아가야 해……. 어떤 때는 그런 소리가 들리는 것 같기도 했어요."

"영 이해가 되지 않는구나. 그들이 너를 사랑하는 방식이 그랬다니. 눈부시던 우리 금발의 제니를……."

나는 아무래도 혜련의 말이 믿기지 않아 한숨처럼 그렇게 받았다. 거기서 갑자기 취기가 오르면서 얘기는 곁가지로 흘러 잠시 무의미한 반복 같은 대화가 이어졌다. 나는 이 땅 남자들을 보는 혜련의 눈길이 너무 과장되고 자의식에 짓눌린 것이라는 주장을 하고 싶어 떠든 것 같고, 그녀는 자신의 말이 냉정한 관찰과 솔직한 감정의 토로라는 것을 강조하기 위해 차츰 격앙되기 시작한 것 같다. 얼마나 지났을까, 마침내 그녀의 큰 눈에 눈물이 번쩍이는 걸 보고 번쩍 정신이 든 내가 감성적인 위로 쪽으로 퇴각했다.

"그렇다면 그들이 네게 너무 큰 상처를 준 것 같구나. 그게 바로 네 몽 서방인지, 아니면 내가 잘 모르는 다른 어떤 사람들인지 잘 알지는 못하지만……."

그녀가 그런 나를 뒤따라 잡듯 눈물이 그렁그렁한 두 눈으로 나를 바라보며 물었다.

"정말로 그 사람들이 궁금하기나 한 거예요? 내 사랑이 그런 것일 줄 짐작해 본 적은 있어요? 아니, 용모에서 공통된 인종적 특성이 전혀 없는 혼혈의 동족 이성에게 느끼는 그 사회 일반의 의식에 대해 유심히 관찰해 본 적은 있어요?"

"후가드가 인종차별이 엄격하던 시절의 남아프리카공화국을 배경으로 쓴 희곡 「블러드 너트」에서 백인의 용모를 하고 태어났지만 법률적으로는 흑인인 어떤 남자 이야기를 읽은 적은 있지. 아무리 하얀 얼굴에 훤칠한 키를 한 백인 남자의 용모를 하고 있어도, 동복인 흑인 형제와 똑같이 차별 대우를 받아야 하는 혼혈아 얘기 말이야. 오래된 기억이긴 하지만 그는 또 흑인 형제들에게도 제대로 인정받지 못했지. 하지만 그게 이 땅에서 너와 같은 경우로 나타날 수 있으리라고는 짐작조차 하지 못했다. 감추어지고 변형되어서인지는 모르지만, 아무래도 네 얘기는 과장된 콤플렉스로만 느껴졌거든."

"내가 어렸을 적 부산에서 한국 아이들에게 따돌림 받는 걸 보셨다고 하지 않으셨어요? 내가 초등학교를 마치지 못하고 미국으로 급히 옮겨 가 살게 된 계기가 된 그 일 말이에요. 그날 동네 아이들의 따돌림뿐만 아니라, 우리 아버지의 허옇게 질린 낯빛이나 차가운 분노로 희뜩이던 눈길도 보셨다면서요. 그런데도 뒷날 내게 일어난 그 이상한 경우는 전혀 예상할 수 없으셨어요?"

"그건 감각이 예민한 어린 시절의 차이에 대한 과민 반응이라 할 수 있지. 나와 다른 살색, 나와 다른 머리칼, 또는 나와 다른 눈동자에 대한 유아적 변별력과 경계심. 그러나 성년의 사랑에서는 다를 것이라 보았는데. 신세대들처럼 그 사랑을 섹스나 화학이란 말로 대치해도 말이야. 그게 사랑이든 섹스든 화학적 결합이든, 이성 간에 서로 다가가고 하나가 되게 하는 것은 낡은 표현으로 하면 틀림없이 서로에 대한 매혹과 긴장이 될 거야. 낯설고 이질적인 것의 매혹과 상이한 개성이나 형상 가운데서 친화와 일체감의 기호를 찾아가는 긴장 말이야. 하지만 그것이 한 번만으로 끝나는 자위나 배설이 아니라, 반복적인 구조화로 진행하거나 나아가 장구한 제도로 발전하게 되면, 이번에는 가장 먼저 해체되어야 하는 것이 그 매혹과 긴장일 거야. 구조화든 제도화든 반복과 지속을 바탕 삼는 과정은 매혹과 긴장 같은 계속적인 자극에 강하지 못하거든. 예를 들면 말이야, 사랑의 제도화라고 볼 수도 있는 결혼에서 쌍방 모두 처음 만날 때의 매혹과 긴장을 계속하여 유지하기는 어렵지. 결혼 생활을 오래 한 친구들 말을 들어 보면, 그 매혹과 긴장은 깊이 모를 존재감으로 서로의 의식 아래로 가라앉고, 오히려 둔감과 방심이 반복과 지속의 지루함으로부터 결혼 생활을 지켜 주는 것 같아. 이를테면, 사랑한다면서도 아내의 얼굴조차 얼른 떠올릴 수 없을 만큼 둔감과 방심에 빠지는 것이지. 그런데 이미 서로를 속속들이 받아들이고 하나가 된 뒤에 새삼 차이에 민감해지고 변별의 열정을 이어 간다는 것은 아무래도 이해되지 않아서. 그들은 너와 자고 난 아침에 다시 쭈뼛거리며 너를 곁눈질한다며? 새삼 흰 피부나 노랑머리, 갈색 눈동자를 의식하고 어떻게든 너에게서 놓여날 궁리를 시작한다며?"

그날 밤 나는 취기 못지않게 솟는 분기로 한동안을 그렇게 떠들었다. 어떤 말은 자신도 별 확신 없는 주정에 가까웠다. 그러다가 나 혼자 감정이 고조되어 앞말과 별로 연관도 없는 큰소리를 보탰다.

"정말 이상하지. 나만 해도 용모든 개성이든 너와 우리 극단 스태프들이나 단원들과 특별히 다른 점을 느끼지 못한 지 오래되었다. 남들이 널 보고 미국 애, 어쩌고저쩌고하거나 특별히 용모적 특성을 꼬집어 말할 때에야 새삼 이상해져서 너를 쳐다보는 경우를 빼고는. 그런데 네 경험은 그랬다니, 혹시 네게 그 방면으로 무슨 공격 유발성 같은 게 있는 건 아냐?"

그러자 그녀가 비틀린 웃음을 흘리며 받았다.

"그런 공격 유발성이 어디 있겠어요? 선생님이 둔감해지고 변별력을 잃은 것은 나를 여자로 본 적이 없어서일 테고……."

그런데 취한 탓일까, 그런 그녀의 웃음이 그 어느 때보다 자극적으로 비쳤다. 그녀의 얼굴도 이상하리만치 어둑하게 느껴지는 불빛 아래 고혹적인 이국정취로 피어났다.

"그건 아닌 것 같은데. 너보다 한 10년 더 낡고 닳았지만 나도 남자야. 너도 언제나 무심코 지나쳐야 할 만큼 매력 없는 여자는 아니고. 게다가 너를 여자로 안았다고 해서 갑자기 네 용모의 인종적인 특성이 너를 경원하게 만들 것 같지도 않구나."

나는 그렇게 말해 놓고 술기운을 빌린 뻔뻔함으로 덧붙였다.

"내가 뭐 이런 걸 말로 하고 있나. 좋아, 나도 아직은 40대를 다넘기지 않은 남자야. 너 내게도 한번 여자가 되어 줄래? 늦었지만네 말대로 정말 그런지 우리 한번 알아보자. 까짓것 여기까지 와서 우리 사이에 안 될 일이 뭐가 있어?"

그다음은 기억도 신통치 않거니와 이제 와서 시시콜콜 이야기하기에 민망하고도 난처하다. 그저 오랜 예정을 실천하듯이 둘이 쓸어안고 잤는데, 이튿날 늦게 내가 일어났을 때는 술병이 여기저기 뒹구는 아파트에 나 혼자였다.

이제 결말을 서두르고 싶어지는 걸 보니 난데없으면서도 자칫 구성지게 들릴 수도 있는 이 회상도 끝이 가까워 오는 모양이다. 그날 밤 일 뒤로 먼저 떠오르는 것은 다음 날의 애매하고 복합적인 감정이다. 나는 불편한 속을 달래면서 온종일 침대에 누워 자는 듯 마는 듯 하루를 보냈는데, 그래도 한 줄기 의식은 줄곧 전날 밤의 기억을 더듬으며 그 의미를 곰곰이 해독하고 있었다.

내게서는 그녀가 다른 사람에게서 경험한 그런 이질감이나 경원의 증폭이 일어나지는 않았으나, 알 수 없는 민망함과 어색함은 짐작 이상이었다. 어쩌면 언젠가 몽 서방이 말한 근친상간의 추억이란 말이 그것인지도 몰랐다. 하지만 묘한 충족감과 실현된 예언을 떠올리는 안도 같은 것도 있었다. 그리고 그것은 문득문득 새로운 동경과 욕구로 헤어진 지 한나절도 되지 않은 혜련을 그리게 만들었다.

새로 형성된 관계에 대한 전망도 그랬다. 그래, 이제 시작되었다. 이전의 관계가 어떠했건 나는 이 새로운 만남을 반복적으로 지속하고 싶다. 구조화하고 나아가서는 제도로 정착시키련다. 그런 열정으로 후끈 달아오르다가도, 이내 알 수 없는 죄의식과 아득한 자괴감 속으로 곤두박질쳤다. 내가 무슨 한심한 짓을 하였나. 아름다운 놀로 질 수 있었던 세월의 한 자락을 얼마나 파렴치하게 찢어발겼나.

하지만 다시 날이 저물면서 결국 나는 분별 있는 중년 남자로 돌아갔다. 이미 일어난 일은 어쩔 수 없다 쳐도 내가 주도해서 이 일을 발전시켜서는 안 된다. 그리고 우리에게 선택할 기회가 있더라도 나는 그 선택권을 행사할 수 없다. 모든 선택은 네게 맡기고 부동의 원리로 앞날에 대처하겠다. 이윽고 그런 결론에 이른 나는 가까운 복국집에서 늦은 해장을 하고 일찍부터 잠자리에 듦으로써 가볍게 이전의 일상으로 복귀했다.

다행히 혜련에게서도 그날 밤 이후 특이한 변화나 움직임은 없었다. 사흘 뒤에 온 전화에서 들은 목소리는 이전처럼 구김이 없었고, 통화 내용도 둘 사이에 아무런 일이 없었던 것처럼 담담했다. 거기다가 그 뒤 곧 혜련에게 닥친 갑작스러운 변화는 그녀에게 새로운 열중과 몰두를 요구해 그날 밤 우리 둘 사이에 있었던 일을 지극히 사사로운 우발사로 밀쳐 냈다.

혜련에게 닥친 변화의 발단은 그녀가 서울 인근 대도시의 시향 (市響) 지휘를 맡게 된 데서 비롯됐다. 인구 백만이 넘는 도시에 오래되어 자리 잡힌 교향악단이라, 연극 무대의 음악 감독 말고는 이렇다 할 게 없는 그녀의 경력이나 30대로 접어든 지 오래잖은 그녀의 나이로는 얻기 힘든 자리였다. 아마도 그 한 해 매스컴을 중심으로 다져진 대중적 지명도가 임면권을 가진 지방자치 단체장의 허영과 잘 맞아떨어진 듯했다. 그렇다 보니 혜련의 취임부터가 요란스러운 뉴스가 되어 이런저런 매스컴들이 한동안 그녀를 에워싸고 놓아주지 않았다.

그래서 다시 두어 달 이전과 별다를 것 없이 어정쩡한 사이로 안부나 물으며 보내는데 혜련에게는 잇따른 행운이라고 할 수밖에 없는 엄청난 경사가 있었다. 혜련이 이끌고 간 시립 교향악단이 초청해 준 유럽의 유서 깊은 도시에서 아주 호평을 받고 그곳 매스컴의 주목을 받은 일이 그랬다. 실은 그 시향이 혜련을 파격적으로 발탁하게 된 것도 전임자가 그 연주회를 겨우 달포 앞두고 사고로 물러나게 된 때문이었다. 그래서 단원들과 제대로 호흡을 맞출 틈조차 없었는데도, 해외 공연으로서는 드문 성공을 거두자 다시 국내의 매스컴이 벌떼처럼 덤벼들었다.

그런데 새로운 천년기(千年期)를 한 해 앞둔 그때는 벌써 인터넷이 우리 사회에서도 위력을 발휘하기 시작한 무렵이었다. 혜련의 그 어떤 부분이 포퓰리즘적 성감대를 건드렸는지, 거기에 갑자기 인터넷이 가세하면서 그녀의 성공은 더 큰 파괴력을 가지고 대중에게 전달되었다. 아무리 그런 일에 미국식으로 잘 단련된 혜련이라도 제정신을 차리기 어려울 만큼 위력적이었다.

거기다가 그 해외 공연에서 받은 호평에 힘입어 혜련이 이끄는 시립 교향악단이 보다 유서 깊은 음악 무대로부터 초청받게 되면서 매스컴의 갈채와 찬사는 더욱 요란해졌다. 그리고 이름만 들으면 알 만한 그 음악 홀에서의 협연마저 현지의 호평 속에 막을 내리자 혜련은 그 시대 우리 대중문화의 아이콘 중 하나로까지 끌어올려졌다. 이제는 한 뛰어난 지휘자로서의 음악적 재능이나 자질뿐만 아니라 그녀의 지도력이나 카리스마까지 들먹여지고, 우상화라 해도 좋을 만큼의 신드롬으로 번져 그녀를 시대의 명사로 만들었다. 그 모두가 혜련이 내 아파트를 다녀간 뒤로 대여섯 달 안에 벌어진 일이었다.

갑자기 자신에게 닥쳐온 그와 같은 변화를 대중들과 더불어 스스로도 즐겼는지, 아니면 얼결에 올라타게 된 집단히스테리와도 같은 대중적 인기에 압도되어 함께 휩쓸려 가느라 그랬는지 모르지만, 그동안 혜련은 한 번도 나를 찾아오지 않았다. 어쩌다 만나게 되어도 의례적인 인사를 나누거나 건성으로 근황을 묻는 정도로 헤어질 뿐, 오랜만에 만난 감회조차 사사로이 나눌 틈이 없었다. 그러다 보니 그날 밤 아파트에서 있었던 일은 아이 시절의 개꿈처럼 갈수록 기억이 자신 없어지는 우발사로 자리 잡아 갔다. 나는 희미해진 상간의 기억을 가진 근친처럼 오히려 혈육의 정 같은 것에 더 이끌리어 그녀에게 닥쳐올 환란을 불안하게 예감할 뿐이었다.

그때는 우리 문화계도 30년 만의 정권 교체를 앞뒤로 한 한국형 홍위병의 난동을 한차례 경험한 뒤였다. 정파와 지역성에 바탕한 논리로 무장하고 이제 막 열린 인터넷 광장을 선점한 그들은 그 새로운 형태의 대자보로 무자비한 한국판 문화혁명을 진행하고 있었다. 중국 문화혁명의 '반동 학술 권위' 또는 '반동 문화 권위'에서 따온 것임에 분명한 문화 권력이란 말이 무슨 전능한 칼처럼 휘둘러지며 기존의 중심과 권위를 난도질했다.

이를테면 문학에서는 중국의 홍위병들이 이미 1920년대에 『낙타 상자』로 뉴욕에서 베스트셀러를 냈던 소설가 라오서(老舍)를 목매달고 중국 문단의 원로인 육순의 바진(巴金)을 하방(下放)하여 10년이나 외양간에 가두었듯, 한국의 홍위병들도 자기들이 지지하는 정파나 지도자를 따라 주지 않는 작가를 문화 권력이란 이름으로 몰아댔다. 처음에는 인터넷 대자보로 그 작가를 난도질하더니, 급기야는 그 집 앞에 몰려가 서점에서 아직 팔리고 있는 그의 책을 장례 지내기까지 했다.

정도의 차이는 있어도 다른 분야의 사정 또한 크게 다르지 않았다. 중국의 홍위병들이 주변에서 조금이라도 누린 혐의가 있으면 스승이건 부모건 가리지 않고 목줄을 매고 팻말을 달아 거리로 끌어내어 사형(私刑)을 가했듯, 한국의 홍위병들도 어느 분야건 권위나 인기를 누린 이면 모두 문화 권력의 팻말을 달아 매도하고 표독스러운 언어로 사형을 가했다. 나는 그 무렵 한국의 홍위병들에게 지침서 노릇을 했던 어떤 월간지에 열두 사람의 문화 권력 명단이 실려 있는 걸 본 적이 있다. 앞서 말한 그 작가며, 가장 발행 부수가 많은 일간지의 영향력 큰 논설위원, 한창 인기 있던 음악 지휘자, 가장 그림값이 비싼 화가에다, 가장 대중적인 인기를 누리던 여배우 등의 이름이 얹혀 있었던 게 지금도 기억난다. 특히 그때 겨우 20대 후반이던 그 예쁜 영화배우는 그로부터 몇 년 뒤에 가엾게도 자살했는데, 직접적인 이유는 조금 달라졌지만, 그녀를 죽음으로 몰아넣은 악의는 틀림없이 그때의 그것에서 진화된 것이었다.

내가 혜련을 위해 두려워한 것은 바로 그런 분별없는 대중의 호오와 종잡을 수 없는 그 변덕이었다. 그들의 대중적 성감대와 맞아떨어질 때에는 눈부신 아이콘으로 추어올려 그 갈채와 박수에 정신을 못 차리게 만들다가, 어느 순간 주파수가 바뀌고 교신이 끝나면서 예고도 없이 추어올리던 손길을 거두어 버린다. 그리고 패대기쳐지듯 바닥에 떨어지면 호의에서 깨어나 더 표독스러워진 악의로 그 추락한 아이콘을 짓밟아 버린다. 나는 그런 대중의 속성, 특히 인터넷 시대의 소통 과정에서 더욱 증폭되고 제어하기 어려워진 집단 악의에 소름이 끼쳤다. 그리고 20여 년 전 부산에서 동네 아이들에게 따돌림을 당하던 혜련의 모습이 겹쳐지며 공연히 가슴 서늘해졌다. 그럼 너는 또 이 땅을 떠나게 될 테지…….

그러던 어느 날 혜련이 내 소리 없는 부름에 대답이나 하듯 불쑥 전화를 걸어 왔다. 아직 초저녁인데 전화기 속에서 자동차 경적 소리가 들리는 것으로 미루어 길가에서 하는 전화 같았다. 그날따라 무언가 정리해야 할 게 있어 일찍 아파트에 돌아와 막 컴퓨터를 켜고 있는데, 혜련이 전화를 걸어 불쑥 물었다.

"전데요. 지금 어디 계세요?"

마치 한집에 있다가 아침에 헤어진 사람처럼 당연한 목소리라 내가 오히려 의아해하며 받았다.

"응, 일이 있어 일찍 집에 돌아왔다. 그런데 아닌 밤중에 홍두깨라더니 너야말로 웬일이냐?"

"여의도예요. 방송국 앞. 갑자기 휴가를 받은 기분이 들어서 전화 드렸어요."

"휴가 받은 거 같다니 한가한 모양이로구나. 왜 우리 집에라도 오고 싶으냐?"

"그럴 여유는 없고요. 오늘만 해도 아직 가 보아야 할 모임이 하나 더 남았어요."

"그렇게 돌아쳐야 하는데 어째서 휴가를 받은 기분이냐?"

"그냥…… 주차장에서 차를 찾다가 비어 있는 벤치를 보고 앉고 나니."

"잠시 빈 벤치에 앉은 게 휴가를 받은 기분이라니, 너 정말로 바쁘기는 바쁜 모양이로구나."

"하긴 듣고 보니 그러네요. 실은 휴가 받은 기분이 아니라 휴가를 받고 싶은 기분이었는지도 모르지요."

그제야 하고 싶은 말을 끌어낼 틈을 찾아낸 기분으로 내가 가볍게 물었다.

"바쁜 건 알겠다만, 너 현기증 나지 않아?"

"현기증요? 그건 또 왜요?"

"여럿이서 그렇게 열심히 추어 대는데 현기증이 나지 않아?"

"아직 그건 잘 모르겠는데요."

"조심해라. 나는 아직 경험해 보지 못했다만 참으로 고약한 시대 같다. 몰려와 헹가래 치는 것도 눈 깜짝할 사이지만, 솟아오른 사람 받쳐 주지도 않고 돌아서는 것 또한 이 시대의 분별없는 대중이다. 여럿이서 높이 헹가래 쳐 올릴 때가 더욱 위험하지. 그래 놓고 아무도 받아 주지 않으면 패대기쳐진 것보다 더 심하게 다치게 된다. 게다가 조금 전에 헹가래 쳐 준 사람들 중에는 떨어지는 것을 받아 주지 않을 뿐 아니라, 그래서 패대기쳐진 꼴이 난 사람을 오히려 밟아 버리는 사람도 있지. 높이 떠 있을 때 조심해라. 언제나 착지할 곳을 살펴 두고 떠 있으란 말이다. 사람 높이 띄워 놓고 제때 받아 주지 않아 병신 되는 경우 여럿 봤다."

"무슨 말씀하시는지 알 듯하네요. 하지만 아주 실감 나는 충고는 아니고요. 나는 지금 현기증이 아니라 피로한가 봐요. 사람들의 호의를 피곤하게 여기는 게 지극히 미안한 일이기는 하지만."

그런 그녀의 말에 실린 애잔한 여운에 갑자기 가슴이 저려 와 준비 않은 말을 불쑥 내뱉게 만들었다.

"피곤하다면 모임 뒤에 이리로 와. 내가 이해하는 그런 피곤이라면 여기 와서 쉬어 갈 수 있을 것 같은데."

그러자 그녀가 가볍게 웃었다.

"거기서 쉬어요? 그것도 잘 될 것 같지는 않은데…… 그냥 하염

없이 근친상간의 기억이나 더 쌓아 가게 되는 거 아닐까요?"

그러는 억양으로 미루어 벤치에서 일어나며 하는 소리 같았다. 내가 갑자기 후끈 달아오르는 기분으로 목소리를 높였다.

"그것도 꼭 안 될 것은 없지. 네가 그렇게라도 쉴 수 있다면. 지금 높이 떠 있는 네가 다치지 않고 땅에 내려설 수 있는 방도가 된다면."

"됐네요, 근친님. 아니, 우리 큰오라버님. 나도 이제 알 만큼은 알아요. 괜찮아, 괜찮아, 하며 허세를 부리시다가 내가 그 아파트를 떠나자마자 꼭 옛날 코미디에 나오는 장면처럼 몸을 비비 꼬며 우시려고요. 이러면 안 되는데, 내가 또 누이와 상간했어, 내가 죽일 놈이야, 그러시면서 말이에요."

"그건 무슨 소리야? 내가 언제 그랬어?"

내가 진심으로 불만을 드러내며 항의했으나 그녀는 받아들여 주지 않았다.

"반년을 넘기고 보니 그날 밤 일이 뜻 아니한 사고였다는 게 더 뚜렷해지네요. 게다가 세상하고의 거래라면 저 아직 견딜 만해요. 피로하기는 해도 즐거운 구석도 많고. 자꾸 대중, 대중 하시지만 그들의 갈채 너무 그리 무시하지 마세요. 멀쩡한 사람 들쑤셔 회까닥하게 만드는 데도 있지만, 시들고 축 처지기 쉬운 딴따라에게는 제법 격려와 고양이 되기도 한다고요. 아, 저기 제 차가 있네요. 선생님 아파트에는 다음 일요일 오후쯤에 한번 시간 내어 들를게요. 오랜만에 저녁이나 맛있게 지어 먹어요. 그럼 전화 끊어요."

그런 그녀의 마지막 말에 은근히 마음 설레어 기다렸지만 그다음 일요일에도 그녀는 내 아파트를 찾아오지 않았다.

그로부터 한동안 그녀는 그래도 여전히 훌륭한 음악가였고, 카리스마가 있는 리더십의 주인공이었으며, 누구 못지않은 지명도를 가진 우리 시대의 명사였다. 그리고 활동 영역도 더욱 늘어나 어떤 때는 매스컴과 광고판에서 그녀를 만나는 것만도 하루에 몇 번이나 되었다. 그 바람에 몇 달이나 그녀와 다시 마주해 본 적이 없으면서도 그 무렵 나는 늘 그녀와 함께한 것 같은 유사 기억까지 가지게 되었다.

그러다가 그해 연말이 다가오는 어느 날, 내가 불안하게 여기던 날이 마침내 슬그머니 모습을 드러냈다. 세상 모든 일이 그렇듯 단초는 아주 사소한 일에서 비롯되었다.

먼저 어느새 서구의 파파라치 수준에 이른 우리의 연예 잡지 기자 하나가, 밤늦은 호텔 라운지에서 혜련이 어떤 외국인과 단둘이 와인을 마시는 사진을 내보내면서 거기 달아 놓은 선정적인 사진 설명이 그 홈페이지에 들어간 네티즌 사이에 작은 파문을 일으켰다. "누구? 어떤 사이?"란 제목과 함께 간단한 상황 묘사가 곁들여진 것이었다. 처음에는 그걸 본 네티즌들이 중구난방 자신의 느낌대로 댓글을 올리는가 싶더니, 차츰 그 댓글들은 어떤 방향성을 가지고 확대 재생산되어 갔다.

혜련의 데이트 사진은 이미 상대를 바꾸어 여러 번 가십거리가 되었던 터라 처음에는 아무도 그걸 심각하게 여기지 않았다. 그러나 이번에는 상대가 외국인이었다는 게 당시의 주도적인 네티즌 세력의 설익은 민족주의에 걸려 차츰 악의의 강도를 키워 갔다. 그러다가 나중에는 "피는 못 속여."라든지, "내 그럴 줄 알았지." 등의 자극적인 댓글에 이어 "그래, 어여 가거래이, 너그 양코배기 서방 찾아."라는 막말까지 나왔다.

그런데 더 나쁜 것은 그다음 단계였다. 한동안 저희끼리 찧고 까불다가 제풀에 흥이 빠져 가라앉는가 싶더니, 그 사이트 곁에 또 다른 일단의 사진들과 함께 자극적인 설명이 덧붙여짐으로써 사그라지던 악의가 다시 타올랐다. 그동안 한때 그녀의 데이트 상대로 지목받아 온 대여섯 명의 한국 남자들과 함께 한 혜련의 사진을 죽 늘어놓고 일괄적인 설명을 대신해 한마디로 묻고 있었다. "그럼 얘들은 우리 여왕님이 데리고 논 조선종 누렁 푸들이었던 거야?"

하지만 젊은 단원들을 시켜 내가 그것들을 인터넷에서 찾아본 것은 스스로 싸움꾼을 자처하는 어떤 인터넷 논객의 글을 읽고 난 뒤였다. 그 사팔뜨기 지식인은 점잖은 논객들 말꼬리 잡고 자발없는 소리로 속 터지게 만드는 장기가 있어, 그 무렵의 덜떨어진 네티즌들을 한창 홀려 대고 있었다. 달을 보라고 가리키면 달은 보지 않고 그 손가락 끝만 빤히 쳐다보다가, 손톱에 낀 때나 찾아내어 "손이나 잘 씻고 다니쇼."라고 빈정거려 놓고 잘난 듯 사방을 돌아보며 헤헤거리는 부류였는데, 그가 그 마녀재판에 끼어들면서 사태는 걷잡을 수 없이 번져 갔다.

그는 혜련을 둘러싼 논의에서 무엇을 보았는지, 그것을 자기 홈페이지로 옮겨 가 독립된 '인물과 사상' 해설 형식으로 글을 올렸다. 제 딴에는 '문화적이고 근원적으로' 사태의 본질을 파악했다고 주장했지만, 실은 문화적 정체성이란 이름으로 국적과 혈통의 문제를 끌어내 네티즌들의 설익은 민족주의 감정에 아첨하는 글이었다. 그는 혜련의 다국적성과 혼합성을 무슨 중요한 문화적 흠결인 양 몰아가다가, 눈 한번 깜짝 않고 혜련의 음악적 재능과 성취를 '튀기의 곁눈질'로 폄하했다. 그리고 처음 혜련이 우리 사회에서 추어올려지던 것과 역순으로 그녀를 부정해 갔다. 지도력이라고까지 치켜세워지던 혜련의 악단 장악 능력은 무지가 가진 대담함이 오해된 것으로, 카리스마라던 것도 '이국정취가 가미된 암내'를 착각한 것으로 짓씹었다.

우연히 그 블로그의 글을 읽게 된 단원의 말을 듣고 그걸 찾아본 나는 다시 앞서의 시비들까지 찾아오게 해 꼼꼼하게 읽어 보았다. 앞뒤 없는 격분으로 몸을 떨던 것도 잠시, 나는 곧 올 것이 왔구나, 하는 느낌에 암담해졌다. 그리고 혜련을 위해 무엇인가 해야 한다는 생각으로 다급해했으나, 이내 무력감으로 막막해졌다.

거기다가 그 무렵은 한창 새로운 뮤지컬을 준비하고 있던 때라 내 암담함과 무력감은 한층 더했다. 내가 기껏 할 수 있었던 일은 그날부터 몇 번인가 혜련에게 전화를 걸어 언제든 후퇴하여 숨을 수 있는 곳으로 내 아파트를 넌지시 상기시키는 것뿐이었다.

내가 「너 어디 있느냐」에 이은 두 번째 뮤지컬 공연 준비로 바빠 애처롭고 안쓰러워하며 바라보는 사이에, 그렇게 요란스럽게 치켜세워지던 한 시대의 아이콘은 무참하게 타격당하고 부스러져 갔다. 그 온당찮은 논객의 악의에 찬 논의로 다시 불붙은 정체성 시비는 새삼스레 혜련의 이중국적을 문제 삼고, 그 형제자매의 배우자 국적까지 들추어 혜련과 우리의 동질성과 소속감에 문제를 제기했다. 그리고 거기서 자라난 대중의 악의는 다시 전문성 문제로 전이되어, 혜련의 음악성까지 과대평가된 것으로 단정지어 갔다.

처음 얼마간은 혜련도 안간힘을 다해 버텨 보는 것 같았다. 그러나 혜련이 곧 깊은 침묵 속에 빠져들면서 그 미친 회오리와도 같은 대중의 악의는 일방적인 부정과 해체를 거듭했다. 그녀를 한 시대의 아이콘으로 끌어올리는 데는 1년이 걸렸지만, 형체도 몰라보게 짓밟아 부수는 데는 석 달도 채 걸리지 않았다. 그래서 새로운 밀레니엄이 열린 그해 봄이 다 가기도 전에 이제는 그녀에 대한 논의 자체가 시들해질 만큼 혜련의 존재감은 희미해지기 시작했다.

나는 그런 세상의 변화를 혜련이 악의의 수렁에서 벗어나는 과
정으로 해석하고 가만히 가슴을 쓸었다. 하지만 섣부른 위로나 응
원이 오히려 그녀의 상처를 헤집게 될까 겁이 나 연락을 망설이다
가 초여름에 접어들 무렵에야 궁금증을 못 이겨 그녀에게 전화를
내 보았다. 그런데 어찌 된 셈인지 그녀의 전화가 정지돼 있었다.
그제야 나는 이상한 느낌이 들어 최근까지 그녀와 가깝게 지냈던
여자 단원에게 근황을 물어보았다.

"저도 못 본 지 오래됐어요. 지난 초봄 어디 여행이라도 다녀오
고 싶다고 했는데⋯⋯."

마흔이 넘도록 미혼으로 남아 있던 그 단원이 자신 없는 말
투로 그렇게 대답했다. 내가 자신도 모르게 놀란 소리로 받았다.

"뭐? 그럼 혹시 미국으로 돌아간 거 아냐? 아니면 리투아니아
로 갔나?"

"그건 아닌 것 같은데요. 김혜련, 그 사람 가장 호되게 몰릴 때
조차 그런 말은 입에 담지 않았어요. 오히려 그러니까 더 여기 남
아야겠다는 각오까지 다지는 눈치던데요."

"그럼 어떻게 된 거야? 어디로 잠적했지?"

내가 공연히 그렇게 허둥대면서 몇 군데 그녀의 행방을 알 만한
이들에게 전화를 내 보았으나 아무도 대답해 주는 이가 없었다.
그러다가 마침 한국에 나와 있던 그녀의 어머니에게 전화를 넣어
보고서야 대강의 방향은 알 수 있게 되었다.

"지난달에 여행을 떠났습니다. 인도로 간다고 했는데 아직은 연락이 없군요."

그 말을 듣자 나는 은근히 분한 마음이 들 만큼 그녀에게 서운했다. 반드시 그녀가 알아주길 바라 그런 건 아니지만, 그 몇 달 그녀 때문에 속 졸이고 마음 아파한 걸 무슨 큰 권리 삼아 그녀에게 화를 내며 찾기를 그만두었다. 하기야 찾아봤자 찾을 길도 없었지만. 그런데 그로부터 열흘도 안 돼 그녀에게서 날아온 엽서 한 장이 내 서운함을 일시에 애처로워하는 느낌으로 다시 바꿔 놓았다.

지난달에 중국으로 들어와 지금 세상의 끝을 돌아다니고 있어요. 아시아의 오지 여행에 따르는 불편과 고생스러움 때문일까요. 전에도 여러 번 내가 있던 곳에서 멀리 떨어진 땅들을 가 본 적이 있지만 여기가 세계의 끝 같다는 느낌은 또 처음이네요. 알래스카의 빙원이나 노르웨이 북쪽 끝 피오르 또는 리비아 사막이나 고립된 아마존의 밀림 지대처럼 외지고 거친 땅 어디에서도 느껴 보지 못한 그런, 여기가 세상의 끝 같다는 느낌…… 시안[西安]에서 허시우이랑[河西回廊]을 지나고 위먼관[玉門關]을 나와 둔황[敦煌]에서 쉬고 있어요.

— 황량한 고비 사막 자락을 거쳐, 혜련.

그런 앞도 뒤도 없는 보고 형식의 내용을 보고 엽서를 뒤집어 살펴보니 거기 찍혀 있는 것은 파란 하늘을 배경으로 솟은 밍사

산[鳴砂山]이었다. 한낮에 찍은 듯 이상하리만치 희게 번쩍이는 모래 산의 칼날 같은 구릉이 어쩐지 세계의 끝이라는 말을 실감 나게 했다. 그리고 검푸른 그 구릉 그늘 어딘가를 혜련 혼자 넘고 있는 것 같은 상상에 공연히 가슴이 먹먹해 왔다.

혜련의 다음 엽서는 한 20일 뒤에 다시 왔다. 이번에는 석양에 비낀 타지마할의 묘가 찍혀 있는 그림엽서였다.

길은 길로 이어지고, 세상의 끝 밖에는 또 다른 세상의 끝이 있네요. 톈산남로를 따라 돌아올 수 없는 땅, 타클라마칸 사막을 횡단했어요. 도중에 들른 오아시스 도시들과 폐허에 가까운 유적들 모두가 다 또 다른 세상 끝이란 느낌이 들더군요. 쿤룬산맥과 톈산산맥 사이를 지나고 다시 힌두쿠시와 카라코람 산맥 사이를 벗어나 버스로 해발 5000미터의 히말라야를 넘었는데, 고산병과 멀미로 초죽음이 되어서 내다본 차창 밖으로도 또 새로운 세상 끝이 펼쳐지고 있었어요. 파키스탄에 들어서서 만난 새로운 세상 끝 훈자에서 이틀을 앓아누웠다가 간다라 지방을 거쳐 지금은 라호르에 와 있고, 많은 생각을 하면서 인도로 넘어갈 준비를 하는 중이에요.

— 왠지 오래 인도에 머물게 될 것 같은 느낌, 아픈 누이.

앞뒤 없는 보고 형식은 지난 엽서와 크게 다를 바 없었으나, 이름대신 "아픈 누이"를 단정하게 써 놓은 게 코끝을 찡하게 했다.

네 마음이 세상의 끝을 걷고 있는 거로구나. 그래도 내가 너를 걱정스레 바라보고 있다는 건 알고 있구나.

그런데 인도에 들어가고 난 뒤부터 한동안은 혜련으로부터 엽서가 없었다. 처음에는 인도의 무엇인가에 끌려 푹 빠져 있거니 여겼는데, 두 달이 지나자 다시 궁금증이 일었다. 혜련에게 바로 연락해 볼 길이 없어 여기저기 알 만한 사람들에게 알아보았으나 이번에는 아무에게서도 혜련의 근황을 들을 수가 없었다. 혜련의 본가도 어찌 된 셈인지 그때는 전화를 받지 않았다. 그러다가 그해 가을로 접어들 무렵에야 그녀로부터 잔글씨로 흘려 쓴 좀 긴 내용의 엽서 한 장이 왔다.

역시 나는 우리 어머니의 딸이었네요. 몇 달 세상의 끝을 돌아다니다 보니 내가 하고 있는 일이 결국은 민속음악 기행이나 아니었는지 의심이 가는군요. 벌써 투르판부터 찾는 곳은 민속음악 공연장이고, 여행 가방에는 위구르의 무카무부터 중가르나 마나스 화얼 같은 서역 소수민족들의 음반들만 늘어 갔거든요. 트와족의 피리나 훈자의 기타 같은 것도 배낭에 주렁주렁 매달리기 시작하고. 인도로 들어온 지는 두 달이 됐는데, 지금은 카르나타카 음악에 빠져 인도 남부를 돌아다니고 있어요. 드라비다족의 영혼이 깃들어 있다는 이 음악에서 벗어나면 북쪽으로 올라가 아리안 전통의 북부 음악도 들어 볼 작정이고요.

— 뭄바이에서, 이제는 털고 일어난 누이.

그해의 마지막 엽서가 날아든 것은 그로부터 다시 두 달 뒤였다. 은행잎이 노랗게 물들어 갈 무렵, 또 어제 하던 이야기를 이어가듯 하는 혜련의 엽서 한 장이 내 아파트 우편함에 꽂혀 있었다.

참 아득하기도 하지. 북부 음악으로 옮겨 앉아 상기타와 바디아에 이어 베다를 듣는데, 거기에 수천 년 전 지구 저편에서 헤어진 조상들의 목소리가 섞여 있다나요. 힌두 사원에서 만난 어떤 전공자가 말하기를, 우리 리투아니아어와 베다를 담고 있는 산스크리트어가 가장 친연성(親緣性)이 깊은 언어라는 거예요. 알타이 산맥을 넘고 이란 고원을 거쳐 인도에 이른 아리아족을 통해서. 정말 멀리도 와서 리투아니아를 만나네요.

— 이제는 내려앉을 곳을 살피며, 혜련.

나는 그 엽서를 읽고 속 깊은 안도의 한숨을 내쉬었는데, 왜 그랬는지는 잘 모르겠다.

비록 네 장의 엽서로 이루어진 일방적인 연결이지만, 그래도 내가 그해 혜련에게 있었던 일을 비교적 소상히 기억하게 된 것은 아마도 그 봄 들어 갑작스레 느슨해진 내 연출 일정 때문일 것이

282

다. 혜련이 없어질 무렵, 평민 출신 장군 온달과 평강공주 이야기를 정치적으로 해석, 극화한 창작 뮤지컬 「아차산성」이 한창 기획 단계에 있었다. 그러나 몇몇 수입 뮤지컬이 흥행에 크게 성공하자 한 시즌에도 두세 편의 대형 수입 뮤지컬이 국내로 쏟아져 들어오면서 우리 극단 기획팀은 창작 뮤지컬에 자신을 잃어버린 듯했다. 스태프들이 하도 「아차산성」 제작 연기를 졸라 대기에 들어주었더니, 젊은 연출을 내세워 정통 현대극을 무대에 올려 틈새시장을 노려보기로 방향을 바꾸었다. 그 바람에 나는 한가한 극단 대표로 돌아가 느닷없는 휴가라도 받은 기분으로 그해 나머지를 빈둥거릴 수가 있었다. 그리고 느긋함 속에 혜련의 엽서들을 읽고 제법 선명하게 그 내용을 기억할 수 있었다.

인도에서의 마지막 엽서 뒤에 또 한동안 소식이 없던 혜련이 불쑥 내 아파트로 찾아온 것은 그해 겨울 첫눈이 흩뿌리던 날이었다. 밤늦게 아파트 단지로 들어서는데 누가 우리 동 입구 가로등 그늘에서 불쑥 나타나 길을 막아섰다. 그 전해 봤을 때와 별로 달라진 게 없는 혜련이었다.

"역시 늦으셨네요. 그래도 아파트로 돌아오신 걸 보니 이번 공연 개막일 아직 많이 남았는가 봐요."

마치 한 아파트에 살면서 마중 나온 사람처럼 혜련이 말했다. 가까운 어린이 놀이터의 그네 같은 데 앉아 기다리다가 나를 보고 일어나 다가온 듯했다.

"이게 누구야? 정말 사람 놀라게 하네."

내가 그렇게 답해 놓고 궁금한 것부터 물었다.

"그간 어디 있었어? 엽서 쓰기 귀찮으면 전화라도 한 통 넣지."

"엽서는 10월에도 써 보냈잖아요? 5월부터는 죽 인도에 있었고…… 최근 보름은 리투아니아를 들러 왔어요."

"리투아니아에? 거긴 왜?"

나는 조금 난데없어 물었다가 다시 마지막 엽서를 기억해 내고 덧붙였다.

"리투아니아어와 산스크리트어가 어쩌고저쩌고하더니 이번에는 언어학적인 탐방이라도 나섰던 거야?"

"그것까지는 아니고요. 거기 가 계시던 외할머니가 열흘 전에 돌아가셨거든요."

"보자. 비타, 우…… 타스, 그래 비타우타스 구 백작 부인 말이야?"

외할머니라는 말에 내가 기억을 쥐어짜 그렇게 되물었다.

"잘도 기억하시네요. 맞아요. 비타우타스 부인. 향년 87세. 옛 남편 곁에 묻히기 위해 리투아니아로 돌아가신 지 여섯 해 만이에요. 그런데 아파트로는 안 들어가실 거예요?"

혜련이 그러면서 나를 쳐다보았다. 외등 빛에 드러나는 그녀의 얼굴이 짐작 밖으로 건강하고 밝아 보이는 게 내 마음을 편안하게 해 주었다.

"그럼 외할머니 임종을 보기 위해 그 먼 길을 돌아왔다는 거냐? 어쨌든 들어가자. 갓 돌아온 모양인데 그래도 나를 먼저 찾아준 것 같으니 그게 어디냐?"

내가 애써 웃음기 섞은 말로 그렇게 받고 그녀를 이끌었다. 아파트로 돌아와 불을 켜고 어질러진 소파를 대강 치운 뒤에 내가 다시 짐짓 쾌활한 목소리를 지으며 물었다.

"오랜만이니 술은 있어야겠지? 오늘 술은 어떻게 할 거냐?"

"실은 8시 도착 루프트한자로 돌아왔어요. 내 원룸에 짐 갖다 놓고 이리로 온 지 이제 겨우 30분 지났다고요. 우선 밥부터 먹고 싶어요. 한식으로, 한 상 거하게."

혜련이 떼를 쓰듯 말하는 게 어이없어 내가 억지로 그런다는 기분 없이 웃으며 말했다.

"이 오밤중에 야식을 하겠다는 거야? 보자, 벌써 11시가 다 됐는데. 거기다가 밥도 지어 둔 게 없고."

"밥, 그거 30분이면 돼요. 김치는 있죠? 라면하고. 그것만 있으면 너끈해요. 라면 넣어 김치찌개 끓이고 쌀밥 지어 먹으면 지금 내게는 그대로 진수성찬이 될 거예요."

그녀가 그렇게 말하며 일어나더니 겉옷을 훌훌 벗어 젖히며 덧붙였다.

"파자마하고 헌 와이셔츠 하나 내놓으세요. 내가 요리할게요. 접때 언젠가 우리 한번 여기서 저녁이나 맛있게 지어 먹자고 약속한 적 있죠? 이제 그 약속 지키는 거예요."

"퍽도 잘 기억한다. 하지만 어쩌누? 나는 아까 단원들과 아귀찜으로 아귀아귀 저녁을 먹었고, 요새는 밖에서 밥을 먹을 때가 많아 냉장고는 텅 비었으니."

"그럼 뭐예요. 거, 사자성어 있잖아요? 주인은 술 마시고 손님은 밥 먹고……."

"주주객반(主酒客飯). 그러나 주인은 그럭저럭 되겠지만 손님에게는 정말로 김치하고 라면밖에 없는데, 그걸로 저녁이 될까?"

"그 둘만 있다면 진수성찬이라고 했잖아요? 어서 허드레옷이나 내놓고……."

혜련이 재촉해 옷을 갈아입고 오래 함께 살아와 익숙한 사람처럼이나 늦은 밥을 짓기 시작했다. 나는 냉장고에 처박혀 있는 캔 맥주 몇 개를 꺼내 찔끔찔끔 마시면서 그녀가 저녁 짓는 것을 구경했다.

짐작보다 시원시원하게 밥을 안치고 이것저것 있는 대로 집어넣어 김치찌개를 끓인 혜련은 12시가 되기도 전에 밥과 찌개를 식탁 위에 차리고 나를 불렀다.

"자, 이제 주주객반 해요. 정말 맛있겠네."

내가 자리 잡고 앉기 바쁘게 혜련이 그렇게 말하더니 혼자 수저를 들어 밥을 후후 불고 국물을 후룩후룩 소리 나게 떠 넘기며 맛나게 먹었다. 그새 마신 술로 약간 얼큰해진 내가 특별하게 과장한다는 느낌 없이 말했다.

"이생에서는 아니고, 어느 생에선가 우리 이러면서 오래 살았던 거 같네. 왜 이 광경이 조금도 낯설거나 어색하지 않지?"

"근친상간의 기억 때문이 아니니 다행이네요. 하지만 혼자 너무 감상에 젖지 마세요. 나는 지금 맛있게 저녁 식사 중일 뿐이에요."

그리고 그 뒤 무슨 일이 있었던가. 그날 밤 나는 참으로 물어보고 싶은 것이 많았지만 혜련의, 애써 허세를 부리고는 있어도 몹시 지쳐 돌아온 듯한 기색에 움츠러들어 그럴 엄두를 내지 못했다. 그저 처음 별 생각도 없이 시작했던 술 속으로 슬금슬금 잠겨들다 나중에는 까닭 모르게 질척하고 흥건해진 기분이 되어 혼자 건들거리며 자정을 넘겼다. 언제쯤인가 혜련이 선머슴처럼 파자마 차림으로 내 침대에 벌렁 눕던 모습이 언뜻 떠오르는데, 그게 바른 기억인지 아닌지는 잘 모르겠다.

어찌 보면 조금은 난데없고 별난 혜련의 행동은 다음 날 아침까지도 이어졌다. 대중없이 혼자 마신 술로 끝자리가 어떻게 되었는지도 모르고 곯아떨어졌던 내가 9시가 넘어서야 깨나 보니, 혜련은 보이지 않고 말끔히 치워진 집 안의 청결과 정돈만 과장되게 느껴져 왔다. 이래저래 그녀가 우리 집에서 밤을 새운 것은 여러 번 되고, 더러는 아침 일찍 인사도 없이 떠난 적도 있었다. 또 내 아파트를 제집처럼 편하게 여겨 실내장식 같은 것에 참견하기도 했지만, 그렇다고 집 안 청소까지 하며 집주인 흉내를 내지는 않았다.

나는 갑자기 까닭 모를 불안감에 내몰리어 집 안 구석구석을 살펴보았다. 혜련이 지녔던 것으로 기억되는 손가방이 보이지 않는 데다 현관에도 그녀의 신발이 없고 현관문까지 잠겨 있는 것으로 보아 집 밖으로 나간 것임에 틀림없었다. 나는 식탁 위에 나와 있는 생수로 속을 달래며 간밤에 그녀와 나누었던 대화를 곰곰이 떠올려 보았다. 그녀가 찾아온 까닭을 헤아리느라 은근히 긴장했던 때문인지, 취한 중에도 엉뚱한 소리로 그녀를 자극한 것 같지는 않았다.

애가 갔구나. 이제는 아주 멀리로 떠난 것 같구나……. 그런데도 나는 무언가 큰 실패로 낙담한 기분이 되어 그렇게 중얼거리며 전화기 쪽으로 갔다. 하지만 한국에 갓 돌아온 그녀에게는 아직 휴대폰이 없다는 게 언뜻 떠오르자 낭패한 느낌이 들었다. 거실에 우두커니 서서 무언가 빨리 그녀와 연락이 닿을 수 있는 방도를 궁리하고 있는데 갑자기 초인종이 울렸다. 내가 한달음에 달려 나가 현관문을 열자 혜련이 아주 당연한 얼굴로 커다란 쇼핑백을 싸안듯 하고 집 안으로 들어섰다.

"네가 가 버린 줄 알았다. 그런데 웬일이냐? 그건 뭐고?"

나는 뛰는 가슴을 진정하려 애쓰며 그렇게 물었다.

"장 좀 보아 왔어요. 우리 주정뱅이 큰오라버님 해장국이라도 끓여 드리려고요."

혜련이 다시 천연스럽게 받았다. 그 난데없는 주부 흉내가 다시 나를 긴장시켰다. 애가 뭘 하려고 이러나……. 그때 그녀가 내 등이라도 떼밀듯 말했다.

"들어가 더 쉬세요. 뭐든 끓이려면 시간이 걸릴 테니."

전에는 한 번도 한 적이 없는 일을 잇달아 하자 나는 다시 슬며시 긴장이 되었으나, 그러는 혜련의 목소리에는 왠지 사람을 안심시키는 푸근한 여운이 있었다. 거기다가 들어가 더 쉬라는 말을 들어서 그런지 갑자기 간밤의 취기가 되살아나며 잠시라도 더 쉬고 싶어졌다. 나는 더 대꾸 않고 자리에 돌아가 누웠다.

혜련이 나를 깨운 것은 까닭 모를 푸근함에 젖어 든 내가 아슴푸레 잠이 들 무렵이었다. 식탁으로 가 보니 그새 끓인 콩나물 해장국과 몇 가지 반찬을 곁들인 제법 그럴싸한 한식으로 상이 차려져 있었다.

그 상머리에 앉으면서 나는 잠시 묘한 착각에 빠졌다. 마침내 우리 이렇게 새로 시작하는구나……. 그러자 입에 떠 넣는 음식 맛을 알 수 없을 정도로 내 머릿속은 엉뚱한 기대로 차올랐다. 나중에는 조금 전까지도 상상조차 못 했던 추측까지 단정적으로 중얼거렸다. 아하, 그래서 네가 이리도 급히 내게 달려왔던 거로구나. 네가 떠나는 것이 아니라 오히려 떠나서 내게로 온 것이로구나. 이제 내게 와서 쉬려고 하는구나…….

하지만 그 망상과도 같은 추측은 오래가지 못했다. 사뭇 담담한 얼굴로 상을 거두고 설거지까지 깨끗이 한 뒤에 커피를 끓여 내올 때만 해도 혜련은 결코 내 집을 떠나지 않을 사람처럼 자연스럽고 당연하게 행동했다. 그러다가 커피 잔을 거두고 일어나면서부터 사람을 불안하게 만들기 시작했다. 허드레 옷가지를 벗어 개어 놓고, 자신의 나들이옷으로 갈아입은 뒤 화장실에서 가볍게 얼굴까지 손보고 나오는 걸 보고 참지 못한 내가 물었다.

"왜, 무얼 하려고?"

"이제, 가 봐야겠어요. 너무 오래 있었어요."

그녀가 아무런 망설임 없이 그렇게 대답했다. 내가 펄쩍 뛰듯 물었다.

"내게로 온 게 아니었어? 여기 와서 함께 오래 머물려고……."

"하룻밤하고 반나절이면 긴 시간 아니에요?"

"그럼 내가 너무 황홀한 꿈을 꿨나? 하긴 너무 짐이 없는 게 이상했지만."

적이 실망한 내가 속마음을 숨기지 못하고 그렇게 받자 그녀도 내가 무슨 말을 하고 있는지 알아들은 듯했다. 갑자기 평소의 그녀답지 않게 어두워진 얼굴로 받았다.

"아, 그 말이었어요? 하지만 그건 아니죠. 여기는 제대로 된 안주인이 와야죠. 선생님과 노후를 함께할 반려자…… 설마 이 아파트를 다시 무대로 만들거나 어정쩡한 동종 업자 하나를 더 끌어들이시려는 건 아니겠죠? 하긴 이 아파트가 너무 오래 비어 있는 것 같아 썰렁하기는 하네요."

그래도 나는 눈치 없이 받았다.

"네가 여기 남아 채워 주면 안 되겠니?"

"그럼 다시 관계 업종에 종사하는 동거인이 하나 늘 뿐이에요. 그것도 언제 어디로 튈지 모르는 튀기 여자애 동거인."

무엇 때문인지 그새 다시 평온을 되찾은 그녀가 입가에 가벼운 웃음기까지 띠며 그렇게 되받아쳤다. 내가 아직도 미련을 버리지 못하고 불평처럼 웅얼거렸다.

"이거 참, 어젯밤부터 이 무슨 주책이냐? 너도 그렇지, 사람 마음만 공연히 설레게 해 놓은 거 알아?"

그래도 혜련은 별로 탓하거나 나무라는 기색 없이 담담하게 받았다.

"제가 너무 스스럼없이 굴었나요? 실은 작별 인사 드리러 왔어요. 이번에는 좀 오래 걸릴지도 몰라서…… 우리끼리 밥이나 한 끼 따뜻하게 지어 먹고 헤어졌으면 하고. 하지만 이제는 떠나야겠어요."

"떠나다니? 또 어디로? 그리고 갑자기 왜?"

"갑자기가 아니에요. 리투아니아로 갈 때부터 결정되어 있었던 일이에요. 다시 뉴욕으로 가 볼까 해요."

"나는 오히려 네가 리투아니아까지 다녀왔다기에 이제 다시는 떠나지 않을 줄 알았지. 그런데 갑자기 웬 뉴욕이야?"

"그쪽에서 함께 음악을 해 보자는 사람들이 있어서요."

그런데 그 말이 내게는 가장 낯설게 들렸다.

"거기 가서 음악을 하겠다고? 어디서, 어떻게, 누구와?"

내 목소리가 너무 높았던지 혜련이 둥그렇게 눈을 떠 놀라움을 표시하며 물었다.

"왜, 뭐 잘못되었어요?"

"그게 그렇잖아? 지난번 돌아와서 지금까지 잘나가다가 또 왜 갑자기 밖으로 나가겠다는 거야? 그것도 다시 뉴욕으로."

"꼭 저는 밖에 나가서 음악을 하면 안 되는 사람처럼 말씀하시네요. 특히 뉴욕에 가서는."

"반드시 그래야 한다는 법은 없지만, 아무래도 뉴욕은 이상하잖아? 리투아니아로 돌아간다면 또 모를까."

"아까부터 리투아니아, 리투아니아 하시니까 그러는데, 선생님 혹시 무언가 지레짐작으로 잘못 알고 계신 거 아니에요?"

"뭘?"

"제가 어디로 피해 달아난다는 생각. 특히 혈통적인 정체성과 관련된 어떤 콤플렉스에 쫓겨? 그리고 한술 더 떠 그런 네가 이제 갈 곳은 리투아니아뿐일 거라고."

"그럴 수도 있겠지. 아니, 정말로 그런 거 아냐?"

갑자기 무얼 잘못 생각했나 하는 느낌에 흠칫하며 내가 그렇게 말끝을 흐렸다. 그러자 그녀가 어이없을 때 흔히 그러듯 피식 웃으며 빈정거리듯 말했다.

"아이고, 우리 오라버님. 저리 촌스러워 어쩌나? 글쎄, 그건 아니라니까요. 우선 이 근래 제가 안티 아이들에게 좀 시달리기는 했지만, 그것으로 제 혈통적인 정체성이 뿌리째 훼손되지는 않았다고 봐요. 그 때문에 이 땅을 떠날 생각은 더욱 없고요. 거기다가 리투아니아도 그래요. 물론 내 피의 절반은 그쪽에서 흘러왔지만, 그렇다고 그게 미국과 한국을 아울러 뛰어넘는 내 피의 근원일 수는 없다고요. 선생님 생각처럼 미국, 한국 다 안 되니 거기로밖에 돌아갈 수 없다는 식으로 어쩔 수 없이 찾아가야 하는 피의 조국은 더욱 아니고……."

"그래도 때아닌 민족주의의 망령에 홀려 있는 얼치기 네티즌들에게는 혈통이나 국적이 피아(彼我)를 가르는 중요한 기준이 되지. 정체성과 동질성의 기반이 되기도 하고."

"아직도 이해하지 못하시는 것 같네요. 특히 혈통이나 국적에서 정체성을 찾는다는 거, 지금 같이 글로벌한 시대에는 너무 케케묵은 관념 아니에요? 그렇게 되면 결국 우리 정체성의 근거를 지금 우리가 속해 있는 시대의 한 단계 이전 상태에 둔다는 뜻이 되는데, 생물 분류표까지 들먹이지 않더라도 너무 억지스럽네요. 이를테면 이미 지구인으로 보편화되어 있는데, 그 정체성은 그들이 분포하는 지역에 근거하고, 그래서 이제 같은 국민이 되어 있는데, 다시 정체성을 혈통에서 찾고. 그렇게 소급해 가면 우리 정체성의 출발점은 어디가 되겠어요? 종(種), 속(屬), 과(科), 목(目)을 차례로 죽 거슬러 올라가면 결국 모든 생명 있는 개체의 정체성은 생물이란 것으로 일치하고 모두가 동질성을 얻을 수 있게 되겠지요. 그런데 사람에게만 진화의 한두 단계만 거슬러 올라가 피부색이나 혈통 또는 거주 지역이나 소속집단을 기준으로 정체성을 따진다면 너무 편협하고 자의적이 되지 않겠어요? 저는 정체성이란 돌아보는 게 아니라 앞을 바라보는 개념이고, 돌아가기 위해서가 아니라 나아가기 위해서 가다듬어 보는 자기 파악의 노력이라고 봐요. 내가 어디로 가야 하는지를 가늠하기 위해 떠나온 곳을 몇 걸음 돌아보는 정도의……."

그런 혜련의 말에 철렁하는 가슴속을 감추려는 듯이나 내가 빈정거리는 투로 받았다.

"아주 정교한 계통분류학적 논리로 확보한 생물학적 정체성이네. 그럼 뭐야? 그런데도 왜 이 땅을 떠나겠다는 거야?"

"말씀드렸잖아요? 음악 하러 떠난다고요."

"음악을 왜 거기 나가서 해야만 돼?"

"음악뿐만 아니라, 이 시대에 예술 하는 우리 모두의 운명이죠. 문화적 노마드 말이에요."

그런데 그 말이 내게는 왜 그리 기습적으로 들렸을까. 나는 놀라면서도 어이없는 기분으로 그런 그녀를 뻔히 바라보다 말했다.

"그건 또 무슨 소리야? 노마드라니, 유목민 말이야? 여기서 유목민 얘기가 왜 나와?"

"선생님도 그 소리는 들으셨지요? 이 시대에는 삶의 모든 국면이 유목화(遊牧化)한다고. 특히 정착 문화가 헤게모니를 잡으면서 함께 정착화했던 예술은 이 시대가 되살려 낸 유목화의 전위가 되었다고. 저는 아직 제가 기명화되지 않은 곳에서 자유롭게 예술을 하고 싶을 뿐이에요."

"너, 아무리 여자라고 해도 비겁함이 아무렇게나 용서되지는 않는다. 너는 동족으로 의제(擬制)해 온 종족들로부터 가혹하게 거부되고 부정되었다. 그래서 상처받고 떠나가면서, 아니 비겁하게 달아나면서 예술 하는 유목민으로 떠난다고? 쫓겨 가면서 하는 변명치고는 참으로 거창하네."

"그러실 줄 짐작은 했지만, 정말로 그렇지 않아요. 선생님 앞에서 그 알량한 자존심 지키자고 지어낸 구실은 결코 아니라고요. 지난 몇 달 나도 저들의 악의에 넌덜머리를 낸 건 맞아요. 이건 내 인격의 문제고 자존심과도 연관된 방어전이라고. 그리고 여기서 지면 나는 쓰러져 짓밟히거나 달아나는 수밖에 없다고. 처음 서역을 거쳐 인도로 떠날 때만 해도 어쨌든 지지는 않겠다는 결의에 차 있었어요. 그러나 어느 시기부터 여행이 민속음악 기행으로 변질되면서 모든 게 조금씩 달라지기 시작하더군요. 내가 한 예술가로 발돋움하고 있고, 이제 나와 세상은 내 음악과 그 음악을 소비하는 청중과의 관계로 변환하고 있다는 자각이 일면서였을 거예요. 그리고 그런 자각은 인도 음악 속에 몇 달을 보내는 동안 한층 뚜렷해졌어요. 거창하게 말하면 나의 조국은 음악이고 내 동족은 내 음악을 이해하고 사랑해 주는 사람들이다. 거기서는 생물학적인 정체성이나 혈통의 조국처럼 인종과 국적을 따지지 않는다⋯⋯. 그러자 그때껏 제가 빠져 있었던 수렁은 인격이나 자존심은 물론 존재감이나 혈통적인 정체성과도 무관하다는 게 더욱 확연해지더군요. 한국에서의 시비도 결국은 예술 하는 천민과 교양 없는 소비자 사이의 문제이고, 디지털 시대의 음악가와 청중 사이에 터진 불통(不通) 사고일 뿐이라고. 그러다가 마침 브로드웨이 모퉁이에 간신히 끼어든 옛날 뉴욕 패거리들 가운데 하나를 델리 거리에서 만났어요. 그의 연락으로 다시 이어진 그들은 한국에서의 내 소식을 들어 알고 있었던 듯이나 뉴욕에서 다시 함께 음악을 해 보자는 제안을 해 왔어요. 갑작스러웠지만 때마침 들려온 외할머니의 임종을 핑계로 리투아니아를 다녀오면서 나도 다시 옮겨 보기로 마음을 굳혔고요. 목부(牧夫)가 새로운 초지를 찾아 나서듯 예술가도 자신의 관객이나 청중을 찾아 떠날 수 있다는 믿음으로. 아무런 선입견도 편견도 없는 내 음악의 새로운 소비자들을 찾아⋯⋯."

거기까지 듣자 언뜻언뜻 귀에 들어오기 시작하는 말이 있었지만 내 기분은 전혀 받아들이고 싶지 않았다.

"나도 네가 정말 그래서 떠나는 거라면 좋겠다. 하지만 어쩌겠니? 아무래도 너는 길게 찢어진 눈에 노란 피부를 가진 아이들에게 따돌림을 당해 너희 집으로 울며 뛰어가던 그 옛날 금발의 제니로만 보이니……."

그래 놓고 그녀의 두 손을 잡으며 주책없이 떨리는 목소리로 덧붙였다.

"여기서 나와 함께 있지 않을래? 그 아이들 무시하고 이제 제대로 된 음악 해 보며 다시 살아 보지 않을래? 여기, 네 나라 네 땅에서."

하지만 내 말이 끝나기도 전에 그녀가 가만히 일어나며 말했다.

"인사를 드리러 왔어요. 오래 뵙지 못할 것 같아서 작별을 좀 꾸물댔을 뿐이었어요. 언제 출국할지 모르지만 그때는 그냥 떠날게요."

그 목소리가 어찌나 담담한지 그녀의 두 손을 감싸 잡고 있던 내 손에서 절로 힘이 빠졌다. 그리고 얼른 그녀의 말을 받지 못해 물끄러미 보고 있는 사이에 그녀가 먼저 현관 쪽으로 발걸음을 떼어 놓았다.

현관 앞에서 무엇 때문인가 눈앞이 흐려져 허둥대며 따라 나간 나를 집 안으로 가만히 밀어 넣으면서 그녀가 말했다.

"다시 만나 뵙게 되지 못할지라도 오래 선생님을 그리워할 거예요. 상간의 추억도요."

에필로그

그게 벌써 10년이 지났는가……. 그 뒤 혜련은 한국으로 돌아오지 않았다. 언젠가 그녀가 한국계로는 드물게 브로드웨이의 한 이름난 극단에서 음악 스태프로 일하고 있다는 단신(短信)을 읽은 적이 있을 뿐, 그녀가 한국을 다녀갔다는 소문조차도 더는 듣지 못했다. 그리고 몸이 멀어지면 마음도 멀어진다던가. 나는 이상하게 애매하고 고단해진 50대를 보내면서 아슴아슴 잠이 들 듯 그녀를 잊어 갔다.

나는 혜련이 이 땅을 떠난 까닭을 되도록 그녀가 떠날 때 밝힌 대로 믿어 주려고 했다. 나는 그녀가 유목민 악사(樂士)가 되어 그녀의 가축들과 함께 거칠고 낯선 땅을, 멀리 여러 겹 세상의 끝을, 그래도 흥에 겨워 떠돌고 있는 것으로 상상하려 애썼다. 하지만 어쩌다가 그녀가 화제에 오르거나 무언가 그녀와 관련된 일로 추억에 젖게 되는 날 밤, 늦도록 홀로 마시다가 떠올리는 것은 언제나 저무는 리투아니아의 바닷가에서 그 모래 빛깔을 닮은 머리칼을 휘날리며 서 있는 그녀의 스산한 뒷모습이었다.

작가의 말

　처음으로 이 이야기를 소설로 풀어 볼까 마음먹은 것은 1993년 늦겨울 뉴욕의 어느 호텔에서였다. 일행 다섯이 한 달의 잔치 같은 뮤지컬 관람 여행을 마치고 각기 일정에 따라 귀국하는데, 가장 오래 그 호텔에 남아 있게 된 우리 두 사람이 헤어지기 얼마 전 한방으로 짐을 몰아 놓고 잡담을 하던 중 그녀의 추억담이 끼어들었다. 어렸을 적에 한국에서 자랐던 그녀가 갑자기 미국으로 옮겨 가 거기서 유년 시절을 보내게 된 경위였다. 한국 아이들의 따돌림을 받는 광경을 떠올리는 것도 그랬지만, 대문 너머로 그 광경을 보고 있던 그녀의 아버지 얘기는 잊기 어려울 만큼 강한 인상으로 머릿속에 남았다.
　그 뒤 다시 리투아니아에서 빠져나와 미국까지 찾아온 그녀의 이모들 이야기를 들으면서 한 번 더 소설화의 유혹을 느꼈고, '십자가들의 언덕'을 사진으로 보게 되면서 거의 마음을 굳혔다. 뮤지컬 「명성황후」를 무대에 올리는 과정에서, 그리고 몇 번의 해외 공연에 따라나서 함께 지내게 된 동안, 그녀가 토막토막 털어놓은 별난 삶의 이력과 그만큼 낯설게 들리는 추억담 때문이었던 듯하다.

하지만 나는 곧 어두운 열정에 빠져들어 세상과 시비를 시작했고, 그 뒤 10년을 분별없는 분노와 불평 속에 보내면서 이 작품을 쓰는 데 필요한 문학적 감수성과 언어 감각을 제대로 유지할 수 없었다. 10여 년 내 의식 아래 묻혀 있던 이 이야기가 갑자기 작품으로 끌려 나오게 된 것은 작년에 《중앙일보》 연재를 청탁받게 되면서였다.

그런데 작품 연재를 시작한 지 오래잖아 그녀가 갑자기 우리 사회의 문화적 아이콘으로 떠오르면서 내게 묘한 부담이 되었다. 특히 내 글쓰기가 냄비처럼 달아오르는 우리 시대의 호오 감정에 편승하는 듯한 느낌을 주게 되는 것이 아주 싫었다. 거기다가 같은 시대에, 함께 살아 움직이는 모델을 소설적으로 형상화하는 작업은 한동안 곤혹스럽기까지 했다. 어쩌면 날재료와 예술적 공정을 거친 창작물을 일쑤 동일시하는 대중의 안목에 내가 너무 자주 상처 입어 온 탓인지도 모르겠다.

하지만 창작론의 모델 이론에서조차도 모델과 창작된 캐릭터는 다르다. 나는 이 소설과 그녀의 실제 삶이 혼동되지 않기를 바란다. 여기서 많은 부분 그녀의 추억과 경험이 참고 되었지만, 소설적 갈등 구조를 이루는 부분은 모두가 창작임을 미리 언명해 둔다. 피와 땅에 바탕하는 정체성의 무의미함, 예술의 보편성 또는 노마드적 성격에 대한 짧은 성찰 들을 주제로 하는 소품으로 읽어 주길 바란다. 작가의 말이 너무 구구하였다.

2011년 가을 부악산 기슭에서

이문열

리투아니아 여인

신판 1쇄 인쇄 2022년 1월 5일
신판 1쇄 발행 2022년 1월 10일

지은이 이문열

발행인 양원석
편집장 최두은 **디자인** 김유진 **영업마케팅** 양정길, 김지현, 김보미
펴낸 곳 ㈜알에이치코리아
주소 서울시 금천구 가산디지털2로 53, 20층(가산동, 한라시그마밸리)
편집문의 02-6443-8844 **도서문의** 02-6443-8800
홈페이지 http://rhk.co.kr
등록 2004년 1월 15일 제2-3726호

ISBN 978-89-255-7920-7 03810